Benito Pérez Galdós

Episodios nacionales II
El terror de 1824

Barcelona **2024**
Linkgua-ediciones.com

Créditos

Título original: Episodios nacionales II. El terror de 1824.

© 2024, Red ediciones S.L.

e-mail: info@linkgua-ediciones.com

Diseño de cubierta: Michel Mallard.

ISBN tapa dura: 978-84-1126-407-5.
ISBN rústica: 978-84-9007-289-9.
ISBN ebook: 978-84-9007-251-6.

Sumario

Brevísima presentación

La obra

El terror de 1824 es la séptima novela de la segunda serie de los *Episodios Nacionales* de Benito Pérez Galdós.

La novela hace referencia a los meses inmediatamente posteriores al triunfo del absolutismo tras el periodo conocido como Trienio Liberal. La maquinaria represiva del rey Fernando VII se pone en marcha. Su objetivo: no dejar títere con cabeza.

El terror de 1824 tiene dos protagonistas: el maestro Sarmiento, inflamado liberal en pleno tiempo de dominio y represalias absolutistas, y Sola, esa chica huérfana protegida por Salvador Monsalud, el cual, actualmente, se encuentra en Londres, exiliado. Sarmiento, un nuevo Quijote enloquecido ante el fracaso de las ideas liberales, el cual ha perdido a su hijo en la guerra, es cuidado por Sola, hija de un antiguo antagonista político del maestro, y, ambos, se encontrarán envueltos en una conspiración liberal con la que no tienen nada que ver. Condenados a muerte, Sola será salvada in extremis por su rival amorosa, Genara, mientras que Sarmiento acabará muriendo ahorcado. Pérez Galdós perfila una espléndida evolución del personaje, desde el ridículo más sangriento hasta la lúcida dignidad ante la inmerecida muerte, y nos ofrece una auténtica defensa de la libertad constitucional y un ataque a la monarquía del período posterior al Trienio Liberal.

I

En la tarde del 2 de octubre de 1823 un anciano bajaba con paso tan pre-
cipitado como inseguro por las afueras de la puerta de Toledo en dirección
al puente del mismo nombre. Llovía menudamente, pero sin cesar, según la
usanza del hermoso cielo de Madrid cuando se enturbia, y la ronda podía
competir en lodos con su vecino Manzanares, el cual hinchándose como
la madera cuando se moja, extendía su saliva fangosa por gran parte del
cauce que le permiten los inviernos. El anciano transeúnte marchaba con
pie resuelto, sin que le causara estorbo la lluvia, con el pantalón recogido
hacia la pantorrilla y chapoteando sin embarazo en el lodo con las desfi-
guradas botas. Iba estrechamente forrado, como tizona en vaina, en añoso
gabán oscuro, cuyo borde y solapa se sujetaban con alfileres allí donde no
había botones, y con los agarrotados dedos en la parte del pecho, como la
más necesitada de defensa contra la humedad y el frío. Hundía la barba y
media cara en el alzacuello, tieso como una pared, cubriéndose con él las
orejas y el ala posterior del sombrero, que destilaba agua como cabeza de
tritón en fuente de Reales Sitios. No llevaba paraguas ni bastón. Mirando sin
cesar al suelo, daba unos suspiros que competían con las ráfagas de aire
revuelto. ¡Infelicísimo varón! ¡Cuán claramente pregonaban su desdichada
suerte el roto vestido, las horadadas botas, el casquete húmedo, la aterida
cabeza y aquel continuo suspirar casi al compás de los pasos! Parecía un
desesperado que iba derecho a descargar sobre el río el fardo de una vida
harto pesada para llevarla más tiempo. Y sin embargo, pasó por el puente
sin mirar al agua y no se detuvo hasta el parador situado en la divisoria de
los caminos de Toledo y Andalucía.

Bajo el cobertizo destinado a los alcabaleros y gente del fisco, había hasta
dos docenas de hombres de tropa, entre ellos algunos oficiales de línea y
voluntarios realistas de nuevo cuño en tales días. Los paradores cercanos
albergaban una fuerza considerable cuya misión era guardar aquella prin-
cipalísima entrada de la Corte, ignorante aún de los sucesos que en el
último confín de la Península habían cambiado el Gobierno de constitucional
dudoso en absoluto verídico y puro, poniendo fin entre bombas certeras y
falaces manifiestos, a los *tres llamados años*. En aquel cuerpo de guardia se
examinaban los pasaportes, vigilando con exquisito esmero las entradas y

salidas, mayormente estas últimas, a fin de que no escurriesen el bulto los sospechosos ni se pusieran en cobro los revolucionarios, cuya última cuenta se ajustaría en el tremendo Josafat del despotismo.

El vejete se acercó al grupo de oficiales y reconociendo prontamente al que sin duda buscaba, que era joven, adusto y morenote, bastante adelantado en su marcial carrera como proclamaban las insignias, díjole con mucho respeto:

—Aquí estoy otra vez, señor coronel Garrote. ¿Tiene vuecencia alguna buena noticia para mí?

—Ni buena ni mala, señor... ¿cómo se llama usted? —repuso el militar.

—Patricio Sarmiento, para servir a vuecencia y a la compañía; Patricio Sarmiento, el mismo que viste y calza, si esto se puede decir de mi traje y de mis botas. Patricio Sarmiento, el...

—Pase usted adentro —díjole bruscamente el militar, tomándole por un brazo y llevándole bajo el cobertizo—. Está usted como una sopa.

Un rumor, del cual podía dudarse si era de burla o de lástima, y quizás provenía de las dos cosas juntamente, acogió la entrada del infeliz preceptor en la compañía de los militares.

—Sí, señor Garrote —añadió Sarmiento—; soy, como decía, el hombre más desgraciado de todo el globo terráqueo. Ese cielo que nos moja no llora más que lloro en estos días, desde que me han anunciado como probable, como casi cierta la muerte de mi querido hijo Lucas, de mi niño adorado, de aquel que era manso cordero en el hogar paterno y león indómito en los combates... ¡ah! señores. ¡Ustedes no saben lo que es tener un hijo único y perderlo en una escaramuza de Andalucía, por descuidos de un general, o por intrepidez imprudente de un oficialete!... ¿Pero hay esperanzas todavía de que tan horrible noticia no sea cierta? ¿Se ha sabido algo? Por Dios, señor Garrote, ¿ha sabido vuecencia si mi idolatrado unigénito vive aún o si feneció en esas tremendas batallas?... ¿Hay algún parte que lo mencione?... porque Lucas no podía morir como cualquiera, no: había de morir ruidosa y gloriosísimamente, de una manera tal, que dé gusto y juego a los historiadores... ¿Ha sabido algo vuecencia de ayer acá?

—Nada —repuso Garrote fríamente.

—Ha seis días que vengo todas las tardes y siempre me dice vuecencia lo mismo —murmuró Sarmiento con angustia—. ¡Nada!

—Desde el primer día manifesté a usted que nada podía saber.

—Pero a todas horas entran heridos, soldados dispersos, paisanos, correos que vienen de las Andalucías. ¿Se ha olvidado usted de preguntar?

—No me he olvidado —indicó el coronel con semblante y tono más compasivos—, pero nadie, absolutamente nadie tiene noticia del miliciano Lucas Sarmiento.

—¡Todo sea por Dios! —exclamó el preceptor mirando al cielo—. ¡Qué agonía! Unos me dicen que sucumbió, otros que está herido gravemente... ¿Han entrado hoy muchos milicianos prisioneros?

—Algunos.

—¿No venía Pujitos?

—¿Y quién es Pujitos?

—¡Oh! Vuecencia no conoce a nuestra gente.

—Soy forastero en Madrid.

—¡Oh! Pasaron aquellos tiempos de gloria —exclamó don Patricio con lágrimas en los ojos y declamando con cierto énfasis que no cuadraba mal a su hueca voz y alta figura—. ¡Todo ha caído, todo es desolación, muerte y ruinas! Aquellos adalides de la libertad, que arrancaron a la madre España de las garras del despotismo, aquellos fieros leones matritenses, que con solo un resoplido de su augusta cólera desbarataron a la Guardia Real ¿qué se hicieron? ¿Qué se hizo de la elocuencia que relampagueaba tronando en los cafés, con luz y estruendo sorprendentes? ¿Qué se hizo de aquellas ideas de emancipación que inundaban de gozo nuestros corazones? Todo cayó, todo se desvaneció en tinieblas, como lumbre extinguida por la inundación. La oleada de fango frailesco ha venido arrasándolo todo. ¿Quién la detendrá volviéndola a su inmundo cauce? ¡Estamos perdidos! La patria muere ahogada en lodazal repugnante y fétido. Los que vimos sus días gloriosos, cuando al son de patrióticos himnos eran consagradas públicamente las ideas de libertad y nos hacíamos todos libres, todos igualmente soberanos, lo recordamos como un sueño placentero que no volverá. Despertamos en la abnegación, y el peso y el rechinar de nuestras cadenas nos indican que vivimos aún. Las iracundas patas del déspota nos pisotean, y los frailes nos...

—Basta —gritó una formidable voz interrumpiendo bruscamente al infeliz dómine—. Para sainete basta ya, señor Sarmiento. Si abusa usted de la benignidad con que se le toleran sus peroratas en atención al estado de su cabeza, nos veremos obligados a retirarle las licencias. Esto no se puede resistir. Si los desocupados de Madrid le consienten a usted que vaya de esquina en esquina y de grupo en grupo, divirtiéndoles con sus necedades y reuniendo tras de sí a los chicos, yo no permito que con pretexto de locura o idiotismo se insulte al orden político que felizmente nos rige...

—¡Ah! señor Garrote, señor Garrote —dijo Sarmiento moviendo tristemente la cabeza y sacudiendo menudas gotas de agua sobre los circunstantes—. Vuecencia me tapa la boca que es el único desahogo de mi alma abrasada... Callaré: pero deme vuecencia nuevas de mi hijo, aunque sean nuevas de su muerte.

Garrote encogió los hombros y ofreció una silla al pobre hombre, que despreciando el asiento, juzgó más eficaz contra la humedad y el fresco pasearse de un rincón a otro del cobertizo, dando fuertes patadas y girando rápidamente, como veleta, al dar las vueltas. Los demás militares y paisanos armados no ocultaban su regocijo ante la grotesca figura y ditirámbico estilo del anciano, y cada cual imaginaba un tema de burla con que zaherirle, mortificándole también en su persona. Este le decía que Su Majestad pensaba nombrarle ministro de Estado y llavero del Reino, aquel que un ejército de carbonarios venía por la frontera derecho a restablecer la Constitución, uno le ponía una banqueta delante para que al pasar tropezase y cayese, otro le disparaba con cerbatana un garbanzo haciendo blanco en el cogote o la nariz. Pero Sarmiento, atento a cosas más graves que aquel juego importuno, hijo de un sentimiento grosero y vil, no hacía caso de nada, y solo contestaba con monosílabos o llevándose la mano a la parte dolorida.

Había pasado más de un cuarto de hora en este indigno ejercicio, cuando de la venta salió un hombre pequeño, doblado, de maciza arquitectura, semejante a la de esos edificios bajos y sólidos que no tienen por objeto la gallarda expresión de un ideal, sino simplemente servir para cualquier objeto terrestre y positivo. Siendo posible la comparación de las personas con las obras de arquitectura, y habiendo quien se asemeja a una torre gótica, a un palacio señorial, a un minarete árabe, puede decirse de aquel hombre que parecía una cárcel. Con su musculatura de cal y canto se avenía maravillosamente una como falta de luces, rasgo misterioso e inexplicable de su semblante, que a pesar de tener cuanto corresponde al humano frontispicio, parecía una fachada sin ventanas. Y no eran pequeños sus ojos ciertamente, ni dejaban de ver con claridad cuanto enfrente tenían; pero ello es que mirándole no se podía menos de decir: «¡qué casa tan oscura!»

Su fisonomía no expresaba cosa alguna, como no fuera una calma torva, una especie de acecho pacienzudo. Y a pesar de esto no era feo, ni sus correctas facciones habrían formado mal conjunto si estuvieran de otra manera combinadas. Tales o cuales cejas, boca o narices más o menos distantes de la perfección, pueden ser de agradable visualidad o de horrible aspecto, según cual sea la misteriosa conexión que forma con ellas una cara. La de aquel hombre que allí se apareció era ferozmente antipática. Siempre que vemos por primera vez a una persona, tratamos, sin darnos cuenta de nuestra investigación, de escudriñar su espíritu y conocer por el mirar, por la actitud, por la palabra lo que piensa y desea. Rara vez dejamos de enriquecer nuestro archivo psicológico con una averiguación preciosa. Pero enfrente de aquel sótano humano el observador se aturdía diciendo: «Está tan lóbrego que no veo nada.»

Vestía de paisano con cierto esmero, y todas cuantas armas portátiles se conocen llevábalas él sobre sí, lo cual indicaba que era voluntario realista. Fusil sostenido a la espalda con tirante, sable, machete, bayoneta, pistolas en el cinto hacían de él una armería en toda regla. Calzaba botas marciales con espuelas a pesar de no ser de a caballo; mas este accesorio solían adoptarlo cariñosamente todos los militares improvisados de uno y otro bando. Chupaba un cigarrillo y a ratos se pasaba la mano por la cara, afeitada como la de un fraile; pero su habitual resabio nervioso (estos resabios son muy comunes en el organismo humano) consistía en estar casi siempre moviendo las mandíbulas como si rumiara o mascullase alguna cosa. Su nombre de pila era Francisco Romo.

Don Patricio, luego que le vio, llegose a él y le dijo:

—¡Ah! señor Romo, ¡cuánto me alegro de verle! Aquí estoy por sexta vez buscando noticias de mi hijo.

—¿Qué sabemos nosotros de tu hijo, ni del hijo del Zancarrón? Papá Sarmiento, tú estás en Babia... No tardarás mucho en ir al nuncio de Toledo... Ven acá, estafermo —al decir esto le tomaba por un brazo y le llevaba al interior de la venta que servía de cuerpo de guardia—, ven acá y sirve de algo.

—¿En qué puedo servir al señor Romo? Diga lo que quiera con tal que no me pida nada de que resulte un bien al absolutismo.

—Es cosa mía —dijo Romo hablando en voz baja y retirándose con Sarmiento a un rincón donde no pudieran ser oídos—. Tú, aunque loco, eres hombre capaz de llevar un recado y ser discreto.

—Un recado... ¿a quién?

—A Elenita, la hija de don Benigno Cordero, que vive en tu misma casa, ¿eh? Me parece que no te vendrán mal tres o cuatro reales... Este saco de huesos está pidiendo carne. ¿Cuántas horas hace que no has comido?

—Ya he perdido la cuenta —repuso el preceptor con afligidísimo semblante, mientras un lagrimón como garbanzo corría por su mejilla.

—Pues bien, carcamal: aquí tienes una peseta. Es para ti si llevas a la señorita doña Elena...

—¿Qué?

—Esta carta —dijo Romo mostrando una esquela doblada en pico.

—¡Una carta amorosa! —exclamó Sarmiento ruborizándose—. Señor Romo de mis pecados. ¿por quién me toma usted?

El tono de dignidad ofendida con que hablara Sarmiento, irritó de tal modo al voluntario realista, que empujando brutalmente al anciano le vituperó de este modo:

—¡Dromedario! ¿qué tienes que decir?... Sí, una carta amorosa. ¿Y qué?

—Que es usted un simple si me toma por alcahuete —dijo don Patricio con severo acento—. Guarde usted su peseta y yo me guardaré mi gana de comer. ¡Por vida de la chilindraina! No faltan almas caritativas que hagan limosna sin humillarnos...

Inflamado en vivísima cólera el voluntario y sin hallar otras razones para expresarla que un furibundo terno, descargó sobre el pobre maestro aburrido uno de esos pescozones de catapulta que abaten de un golpe las más poderosas naturalezas, y dejándole tendido en tierra, magullados y acardenalados el hocico y la frente, salió del cuerpo de guardia.

A don Patricio le levantaron casi exánime, y su destartalado cuerpo se fue estirando poco a poco en la postura vertical, restallándole las coyunturas como clavijas mohosas. Se pasó la mano por la cara, y dando un gran suspiro y elevando al cielo los ojos llorosos, exclamó así con dolorido acento:

—¡Indigno abuso de la fuerza bruta, y de la impunidad que protege a estos capigorrones!... Si otros fueran los tiempos, otras serían las nueces... Pero los yunques se han vuelto martillos y los martillos de ayer son yunques ahora. ¡Rechilindrona! ¡Malditos sean los instantes que he vivido después que murió aquella preciosa libertad!...

Y sucediendo la rabia al dolor, se aporreó la cabeza y se mordió los puños. Habíanle abandonado los que antes le prestaran socorro, porque fuera se sentía gran ruido y salieron todos corriendo al camino. Don Patricio, coronándose dignamente con su sombrero, al cual se empeñó en devolver su primitiva forma, salió también arrastrado por la curiosidad.

II

Era que venían por el camino de Andalucía varias carretas precedidas y seguidas de gente de armas a pie y a caballo, y aunque no se veían sino confusos bultos a lo lejos, oíase un son a manera de quejido, el cual si al principio pareció lamentaciones de seres humanos, luego se comprendió provenía del eje de un carro, que chillaba por falta de unto. Aquel áspero lamento unido a la algazara que hizo de súbito la mucha gente salida de los paradores y ventas, formaba lúgubre concierto, más lúgubre a causa de la tristeza de la noche. Cuando los carros estuvieron cerca, una voz acatarrada y becerril gritó: *¡Vivan las caenas! ¡viva el Rey absoluto y muera la Nación!* Respondiole un bramido infernal como si a una rompieran a gritar todas las cóleras del averno, y al mismo tiempo la luz de las hachas prontamente encendidas permitió ver las terribles figuras que formaban procesión tan espantosa. Don Patricio, quizás el único espectador enemigo de semejante espectáculo, sintió los escalofríos del terror y una angustia mortal que le retuvo sin movimiento y casi sin respiración por algún tiempo.

Los que custodiaban el convoy y los paisanos que le seguían por entusiasmo absolutista estaban manchados de fango hasta los ojos. Algunos traían pañizuelo en la cabeza, otros sombrero ancho, y muchos, con el desgreñado cabello al aire, roncos, mojados de pies a cabeza, frenéticos, tocados de una borrachera singular que no se sabe si era de vino o de venganza, brincaban sobre los baches, agitando un jirón con letras, una bota escuálida o un guitarrillo sin cuerdas. Era una horrenda mezcla de bacanal, entierro y marcha de triunfo. Oíanse bandurrias desacordes, carcajada, panderetazos, votos, ternos, *kirieleisones*, vivas y mueras, todo mezclado con el lenguaje carreteril, con patadas de animales (no todos cuadrúpedos) y con el cascabeleo de las colleras. Cuando la caravana se detuvo ante el cuerpo de guardia, y entonces aumentó el ruido. La tropa formó al punto, y una nueva aclamación al Rey neto alborotó los caseríos. Salieron mujeres a las ventanas, candil en mano, y la multitud se precipitó sobre los carros.

Eran estos galeras comunes con cobertizo de cañas y cama hecha de pellejos y sacos vacíos. En el delantero venían tres hombres, dos de ellos armados, sanos y alegres, el tercero enfermo y herido, reclinado doloridamente sobre el camastrón, con grillos en los pies y una larga cadena que, prendida en la cintura y en una de las muñecas, se enroscaba junto al cuerpo como una culebra. Tenía vendada la cabeza con un lienzo teñido de sangre, y era su rostro amarillo como vela de entierro. Le temblaban las carnes, a pesar de disfrutar del abrigo de una manta, y sus ojos extraviados así como su anhelante respiración anunciaban un estado febril y congojoso. Cuando el coronel Garrote se acercó al carro y alzando la linterna que en la mano traía, miró con vivísima curiosidad al preso, este dijo a media voz:

—¿Estamos ya en Madrid?

Sin hacer caso de la pregunta, Garrote, cuyo semblante expresaba el goce de una gran curiosidad satisfecha, dijo:

—¿Con que es usted...?

Uno de los hombres armados que custodiaban al preso en el carro, añadió:

—El héroe de las Cabezas.

Y junto al carro sonó este grito de horrible mofa:

—¡Viva Riego!

Garrote se empeñó en apartar a la gente que rodeaba el carro, apiñándose para ver mejor al preso e insultarle más de cerca.

Un hombre alargó el brazo negro y tocando con su puño cerrado el cuello del enfermo, gritó:

—¡Ladrón, ahora la pagarás!

El desgraciado general se recostó en su lecho de sacos, y callaba, aunque harto claramente imploraban compasión sus ojos.

—Fuera de aquí, señores, a un lado —dijo Garrote, aclarando con suavidad el grupo de curiosos—. Ya tendrán tiempo de verle a sus anchas...

—Dicen que la horca será la más alta que se ha visto en Madrid —indicó uno.

—Y que se venderán los asientos en la plaza, como en la de toros —dijo otro.

—Pero déjennoslo ver... por amor de Dios. Si no nos lo comemos, señor coronel —gruñó una dama del parador cercano.

—Si no puede con su alma... ¿Y ese hombre ha revuelto medio mundo? Que me lo vengan a decir...

—¡Qué facha! ¿Y dicen que este es Riego?... ¡qué bobería!... Si parece un sacristán que se ha caído de la torre cuando estaba tocando a muerto...

—Este es tan Riego como yo.

—Os digo que es el mismo. Le vi yo en el teatro, cantando el himno.

—El mismo es. Tiene el mismo parecido del retrato que paseaban por Platerías.

Hasta aquí las mortificaciones fueron de palabra. Pero un grupo de hombres que habían salido al encuentro de los carros, una gavilla mitad armada, mitad desnuda, desarrapada, borracha, tan llena de rabia y cieno que parecía creación espantosa del lodo de los caminos, de la hez de las tinajas y de la nauseabunda atmósfera de los presidios, un pedazo de populacho, de esos que desgarrándose se separan del cuerpo de la Nación soberana para correr solo manchando y envileciendo cuanto toca, empezó a gritar con el gruñido de la cobardía que se finge valiente fiando en la impunidad:

—¡Que nos lo den; que nos entreguen a ese pillo, y nosotros le ajustaremos la cuenta!

—Señores —dijo Garrote con energía—, atrás; atrás todo el mundo. El preso va a entrar en Madrid.

—Nosotros le llevaremos.

—Atrás todo el mundo.

Y los pocos soldados que allí había, auxiliados con tibieza por los voluntarios realistas, empezaron a separar la gente.

Unos corrieron a curiosear en los carros que venían detrás y otros se metieron en la venta, donde sonaban seguidillas, castañuelas y desaforados gritos y chillidos. Un cuero de vino, roto por los golpes y patadas que recibiera, dejaba salir el rojo líquido, y el suelo de la venta parecía inundado de sangre. Algunos carreteros sedientos se habían arrojado al suelo y bebían en el arroyo tinto; los que llegaron más tarde apuraban lo que había en los huecos del empedrado, y los chicos lamían las piedras fuera de la venta, a riesgo de ser atropellados por las mulas desenganchadas que iban de la calle a la cuadra, o del tiro al abrevadero. Poco después veíanse hombres que parecían degollados con vida, carniceros o verdugos que se hubieran bañado en la sangre de sus víctimas. El vino mezclado al barro y tiñendo las ropas que ya no tenían color, acababa de dar al cuadro en cada una de sus figuras un tono crudo de matadero, horriblemente repulsivo a la vista.

Y a la luz de las hachas de viento y de las linternas, las caras aumentaban en ferocidad, dibujándose más claramente en ellas la risa entre carnavalesca y fúnebre que formaba el sentido, digámoslo así, de tan extraño cuadro. Como no había cesado de llover, el piso inundado era como un turbio espejo de lodo y basura, en cuyo cristal se reflejaban los hombres rojos, las rojas teas, los rostros ensangrentados, las bayonetas bruñidas, las ruedas cubiertas de tierra, los carros, las flacas mulas, las haraposas mujeres, el movimiento, el ir y venir, la oscilación de las linternas y hasta el barullo, los relinchos de brutos y hombres, la embriaguez inmunda, y por último, aquella atmósfera encendida, espesa, suciamente brumosa, formada por los alientos de la venganza, de la rusticidad y de la miseria.

En el segundo carro estaban presos también y heridos los compañeros de Riego, a saber: el capitán don Mariano Bayo, el teniente coronel piamontés Virginio Vicenti y el inglés Jorge Matías. Don Patricio Sarmiento, que no se atrevió a acercarse al primer carro, se detuvo breve rato junto al segundo, pasó indiferente por el tercero, donde solo venían sacos y un guerrillero con su mujer, y se dirigió al cuarto, llamado por una voz débil que claramente dijo:

—Señor don Patricio de mi alma... ¡Bendito sea Dios que me permite verle!

—¡Pujitos!... ¡Pujitos mío!... —exclamó Sarmiento extendiendo sus brazos dentro del carro—. ¿Eres tú?... Sí, tú mismo... Dime, ¿estás también herido? Por lo visto, también vienes preso.

—Sí señor —repuso el maestro de obra prima—, herido y preso estoy... Diga usted ¿nos ahorcarán?

—¿Pues eso quién lo duda?

—¡Infeliz de mí!... Vea usted los lodos en que han venido a parar aquellos polvos. Bien me lo decía mi mujer... Señor don Patricio, al que está como yo medio muerto de un bayonetazo en la barriga, le deberían dejarle en manos de Dios para que se lo llevase cuando a su Divina Majestad le diese la gana ¿no es verdad?

—Sí, Pujitos mío —repuso Sarmiento estrechándole la mano—. ¿Sabes que tiemblo y tengo frío? más frío y más miedo que tú, porque voy a preguntarte por mi hijo en cuya compañía has vivido por esas tierras, y según lo que me contestes, así moriré o viviré... Hace seis días que estoy en la incertidumbre más horrible; hace seis días que bajo a este camino para interrogar a todos los que llegan... ¡Ah! por fin encuentro quien me diga la verdad. Pujitos de mi alma, tú me la dirás, aunque sea terrible.

—Sí señor, sí señor, yo se la diré —repuso Pujitos, cubriéndose con ambas manos el rostro y rompiendo a llorar como un chicuelo.

—¡Conque es cierto, amigo, conque es verdad que mi pobre Lucas!... —gimió el preceptor con la voz entrecortada por el llanto—. ¡Pobre hijo de mi alma!

—¡Pobre amigo mío! —añadió Pujitos, secando sus lágrimas—. ¡Y era tan cariñoso, tan bueno, tan leal!... Sin cesar estaba nombrándole a usted y cavilando sobre lo que haría usted en Madrid o lo que no haría... «Si tendrá discípulos, decía; si pasará trabajos. Ahora estará barriendo la escuela...» No nos separábamos nunca, partíamos nuestra ración y éramos en todo como hermanos. En las batallas siempre nos escondíamos juntos.

—¡Os escondíais! —exclamó don Patricio levantando el rostro con dignidad, pues esta era tan grande en él, que ni el dolor podía vencerla.

—¡Ah! señor... El pobre Lucas era el mejor chico del mundo... ¡Pobrecito!...

—Ha tiempo que el dardo estaba clavado en mi corazón... Yo le tenía por muerto; pero la falta de noticias ciertas me daba alguna esperanza. Me agarraba con desesperación a las conjeturas. Pero tú has disipado mis dudas. Más vale la desgracia verdadera y declarada que una vacilación desgarradora.

—Aquí está todo lo que resta del pobre Lucas —dijo el herido mostrando un pequeño lío de ropa.

Don Patricio se abalanzó a aquel objeto mudo, testimonio tristísimo de su última esperanza muerta y lo besó con ardiente cariño. Breve rato le vio Pujitos con la cabeza apoyada en el borde del carro, oprimiendo con ella el lío de ropa y regándolo con sus lágrimas. Respetuoso con el dolor del padre, el maestro de obra prima no decía nada.

—Esto es hecho —exclamó al fin don Patricio irguiendo la frente caduca, mas bastante fuerte para soportar, mediante la energía de su espíritu, el peso de una gran pena—. El Autor de todas las cosas lo quiere así. Ya no tengo hijo... Toda esperanza acabó y con ella la vida mía... Ahora leal amigo, ahora excelente joven que has sido el Pílades de aquel noble Orestes, cuéntame sin omitir nada los pormenores de la muerte de mi hijo; dime cómo se extinguió aquella vida preciosa, porque siendo Lucas de ánimo tan esforzado e intrépido, no podía morir como los demás milicianos, sino de una manera grande... ¿me entiendes? de una manera gloriosa, y en un momento de sublime heroísmo.

—Precisamente heroísmo no, señor don Patricio —dijo Pujitos con embarazo—. Yo le contaré a usted... Lucas...

—Heroísmo ha habido: no me lo niegues, porque yo conozco muy bien la raza de leones de que viene mi hijo, yo sé qué casta de bromas gastamos los Sarmientos con el enemigo en un campo de batalla. Si por modestia callas las acciones homéricas en que tú has tomado parte, haces mal, que al fin y al cabo todo se ha de saber, y si no ahí están los historiadores que en un abrir cerrar de ojos desentrañarán lo más escondido.

20

—Si no ha habido acciones heroicas ni cosa que lo valga, hombre de Dios —objetó Pujitos con pena—. Nosotros estábamos en Málaga con el general Zayas, cuando este representó a las Cortes al tenor de lo que dijo Ballesteros al capitular; ¿usted me entiende? Vino entonces Riego mandado por las Cortes, tomó el mando y nos llevó contra Ballesteros; ¿usted me entiende?

—Y entonces se trabaron esas crueles batallas que yo imagino.

—No hubo más sino que el general llevaba el encargo de inflamarnos... Sí señor, de inflamarnos, porque todos estábamos muy abatidos y sin ganas de guerra, porque la veíamos muy negra.

—¿Y os inflamó?

¿Cómo se puede inflamar la nieve? Fuimos en busca de Ballesteros y le hallamos en Priego. Allí se armó una...

—¡Corrieron mares de sangre!

—No señor. Todo era *¡Viva Ballesteros!* por un lado, y por otro *¡Viva Riego!* Nos abrazamos y los generales conferenciaron. Como no se pudieron avenir, Riego arrestó a Ballesteros.

—Bien hecho, muy bien... ¿Y Lucas?

—Lucas tan bueno y tan sano... Era aquella la mejor vida del mundo, porque como no había balas sino conferencias... Pero un día se presentó delante de nosotros Balanzat y tiros van tiros vienen... Desde entonces perdió la salud el pobre Lucas, porque le entró como un súpito y se quedó frío y yerto, temblando y quejándose de que le dolía esto y lo otro.

—¡Desgraciado hijo mío! Su principal pena consistiría en no poder batirse en primera fila.

—Puede que así fuera. Lo cierto es que empezó a decaer, a decaer, y la calentura seguía en aumento, y deliraba con los tiros. Riego abandonó el campo; nos fuimos con él y el pobre Lucas parecía que recobraba la vida según nos íbamos alejando de las tropas de Balanzat. El general fue perdiendo su gente porque oficiales y soldados desertaban a cada hora. ¡Qué tristeza, señor don Patricio! Pero el pobre Lucas se alegraba y decía: «Amigo Pujos, esto parece que acabará pronto.» Había mejorado bastante, y estaba limpio de calentura... Pero de repente cuando íbamos cerca de Jaén, aparecen los franceses...

—¡Oh! ¡Me tiemblan las carnes al oírte! ¡Cómo correría la sangre en ese glorioso cuanto infausto día!

—Más corrieron los pies, señor Sarmiento. Yo, la verdad sea dicha, no fui de los que más corrieron, porque no podía abandonar al pobre Lucas, que se descompuso todo, y se quedó en un hilo. Arrojamos los fusiles que nos pesaban mucho y nos refugiamos en una casa de labor. ¡Ay, pobre amigo mío! Le entró tal calenturón que su cuerpo parecía un volcán, perdió el conocimiento, y a las treinta horas...

—No sigas que se me parte el corazón —dijo don Patricio con voz entrecortada por los sollozos—. ¡Cuánto padecería al ver que su mísero estado corporal no le permitía batirse! ¡Qué lucha tan horrenda la de aquella alma de león, al sentirse sin cuerpo que la ayudara!

—El pobrecito en su delirio nombraba a los franceses y se metía debajo del jergón. Serían las doce y media de la noche cuando entregó su alma al Señor...

—¡Ay, parece que me arrancan las entrañas! Calla ya.

—Yo caí prisionero, fui herido de un bayonetazo, y después de tenerme algunos días en un calabozo de la Carolina me metieron en este carro. Por el camino se nos unió el general preso y herido también, y juntos hemos llegado aquí. Dicen que nos van a ahorcar a todos.

—Eso es indudable —contestó Sarmiento en tono que más era de satisfacción y orgullo que de lástima—. ¡Fin lamentable, pero glorioso! ¿Qué mayor honra que morir por la libertad y ser mártires de tan sublime idea?

Pujitos, que sin duda no había dado hospedaje en su pecho a tan elevados sentimientos, suspiró acongojadamente.

—Bendice tu muerte, hijo mío —añadió Sarmiento, extendiendo hacia él sus venerables manos, en la actitud de un sacerdote antiguo—, bendice tus nobles heridas, pregoneras de tu indomable valor en los combates. Has sido atravesado de un bayonetazo, y además tienes heridos la cabeza y el brazo.

—Esto que tengo en el arca del estómago es fechoría de un francés a quien vea yo comido de perros. Lo de la cabeza es una pedrada, y lo del brazo un mordisco. En los pueblos por donde hemos pasado nos han recibido lindamente, señor. Como los curas salían diciendo que estábamos todos condenados y que ya nos tenían hecha la cama de rescoldo en el infierno, no había para nosotros más que palos, amenazas y pedradas. En Santa Cruz de Mudela nos dieron una rociada buena. El general y yo salimos descalabrados, y gracias a que los carros echaron a andar; que si no, allí nos quedamos como San Esteban. En Tembleque nos quisieron matar, y si la tropa no nos defiende a culatazos, allí perecemos todos. Hombres y mujeres salían al camino aullando como lobos. Uno que debía de ser pariente de caníbales, después de molerme a coces y puñadas me clavó los dientes en este brazo y me partió las carnes... ¿Qué ganará el Rey absoluto con esto? Mala peste le dé Dios... Pero dicen que todo esto es por obra y gracia de los condenados frailes... ¿Es verdad, señor don Patricio?

—Hijo mío, mucho me temo que esos bribones se venguen ahora de lo que les hicimos con razón. Y no serán como nosotros, generosos y templados en el condenar, sino fieros, vengativos y sanguinarios cual líbicas hienas... Hemos de ver lo que nadie ha visto, ¡por vida de la ch...!

No pudo seguir su frase el buen preceptor, porque un voluntario realista se acercó al carro y brutalmente gritó:

—Atrás, don Camello, o le parto... ¡fuera de aquí, estantigua!

Sarmiento corrió dando zancajos hacia el parador. Con su gran levitón, cuyos faldones se agitaban en la carrera, parecía una colosal ave flaca que volaba rastreando el suelo. Después de recoger del fango su sombrero que había perdido en la huida, confundiose entre la multitud para estar más seguro. Entonces oyó al coronel Garrote dar esta orden al capitán Romo.

—Siga adelante el convoy. Custódielo usted con su media compañía. Tengo orden de que no entre en las calles de Madrid. Pase el río; tome la ronda a la izquierda hacia la Virgen del Puerto; adelante siempre, y subiendo por la cuesta de Areneros, diríjase al Seminario de Nobles, donde esperan a los presos. En marcha, pues. Guárdense los curiosos de seguir al convoy porque haré fuego sobre ellos. Marche cada cual a su casa y buenas noches.

El convoy se puso en movimiento, carro tras carro, oyéndose de nuevo el rechinar áspero y melancólico de los ejes, que aun desde muy lejos se percibía clarísimo en el tétrico silencio de la noche. Los farolillos recogíanse poco a poco en el cuerpo de guardia como luciérnagas que corren a sus agujeros; se apagaron las hachas y se extinguieron los graznidos, cayendo todo en una especie de letargo, precursor del profundo sueño en que termina la embriaguez.

Sarmiento se alejó de allí, y antes de tomar el camino de los Ocho Hilos para subir a la puerta de Toledo, parose para ver los carros que ya a mediana distancia iban por el paseo Imperial. Bien pronto dejó de verlos, a causa de la oscuridad, mas conocía su situación por el farolillo que el vehículo delantero llevaba. Con voz sorda habló así el viejo patriota:

—¡Oh! tú, el héroe más grande que han producido las edades todas, insigne campeón de la libertad española, soldado ilustre, Riego, amigo mío, si ahora vas conducido entre sayones en ignominioso carro, mañana tendrás un trono en el corazón de todos los españoles. Si te arrastran a suplicio afrentoso los infames verdugos a quienes perdonamos cuando éramos fuertes, tu nombre, que tanto repugna a despóticos oídos, será un símbolo de libertad y una palabra bendita cuando humillada la tiranía se restablezca tu santa obra. Subirás a la morada de los justos entre coros de patrióticos ángeles que entonen tu himno sonoro, mientras tu patria se revuelve en el lodo de la reacción domeñada por tus verdugos. ¡Oh, feliz tú, feliz cuanto grande y sublime! ¡Varón excelso, el más precioso que Dios ha concedido a la tierra, si fuera dable a este humilde mortal participar de tu gloria!... ¡Si al menos pudiera yo compartir tu martirio y entrar contigo en la cárcel, y oír juntos la misma sentencia, y subir juntos a la misma horca!... Este honor, yo lo ambiciono y lo deseo con todas las fuerzas de mi alma. Vacío y desierto está el mundo para mí, después que he perdido al lucero de mi existencia, a aquel preciosísimo mancebo inmolado como tú al numen sanguinario de la reacción... Quiero morir, sí, y moriré.

Inflamado en furor que no tenía nada de risible, añadió corriendo con agitación:

—Quiero morir gloriosamente; quiero ser víctima sublime; quiero ser mártir de la libertad; quiero subir al patíbulo... ¡Sicarios, venid por mí!

Tropezando en un árbol, estuvo a punto de caer en tierra. Entonces añadió hablando consigo mismo:

—¡Ah, Patricio, tu noble arranque me causa la más viva admiración!... Mañana has de hacer algo digno de pasar a las más remotas edades. Sí, mañana. Vámonos a casa.

Echó a andar, y al poco rato dijo:

—¿Pero en dónde está mi casa? Pues no se me ha olvidado dónde está mi casa...

Miraba a la tierra como quien ha perdido el sombrero.

—¡Ah! Ya me acuerdo —exclamó sonriendo—. Tu casa está en la calle de la *Emancipación Social*, ¿no es verdad Patricio?

Meditaba con el índice puesto en la punta de la nariz.

—No... —dijo después de una pausa, en el tono gozoso del que hace un descubrimiento útil—. Es que yo solicité del Ayuntamiento que llamase calle de la *Emancipación Social* a la de Coloreros; pero no accedió y sigue llamándose *calle de Coloreros*. Allí vivo, pues.

Entró en Madrid resueltamente. Subiendo por la calle de Toledo, dijo:

—Tengo hambre.

Pero después de registrar todos los bolsillos de su ropa que no bajaban de ocho, adquirió una certidumbre aterradora, que expresó en angustiosos suspiros.

—Parece que se me doblan las piernas y que voy a caer desfallecido... ¡Comer! ¡que esto sea indispensable!... Miserable carne, ¿por qué eres así?... ¿A dónde iré?... Mi casa está vacía: no hay en ella ni una miga de pan... ¿Pediré limosna? Jamás. Los hombres de mi temple sucumben, pero no se humillan. A casa, señor don Patricio; si es preciso se comerá usted el palo de una silla; ¡a casa!

Al entrar en la calle de Coloreros encontrola oscura y desierta por ser muy avanzada la noche. Como su extenuación era grande, se habían debilitado sus sentidos, particularmente el de la vista, y necesitó palpar las paredes para encontrar la puerta. Sin saber por qué vino entonces a su mente un recuerdo muy triste, que ya otras veces había turbado profundamente su espíritu. Pareciale estar viendo delante de sí, en una noche oscura como aquella, al sin ventura Gil de la Cuadra arrojado en el suelo, arrastrando ignominiosa cadena, insultado por los polizontes. De todos los incidentes de aquella lúgubre escena, el más presente en la memoria de don Patricio y el que le causaba más dolor era el ocurrido cuando su infeliz vecino preso pidió agua y Sarmiento, inspirándose en el más cruel fanatismo, se la negó.

—Ya, ya lo sé —dijo don Patricio cerrando los ojos para dominar mejor su terror—, ya sé que aquello fue una gran bellaquería.

Y abriendo, no sin trabajo, la puerta, entró, apresurándose a cerrar tras sí porque le parecía que feos espectros y sombras iban en su seguimiento y que oía el lamentable son de la cadena de Gil de la Cuadra, arrastrando por las baldosas. Buscó en sus bolsillos eslabón y yesca para encender luz, mas nada halló de que pudiera sacarse lumbre. Sin desanimarse por esto, acometió la escalera con mucho cuidado y empezó a subir, deteniéndose en cada escalón para tomar fuerzas. Pero no había subido ocho cuando le fue preciso andar a gatas porque las piernas no podían con el peso del desmayado cuerpo.

—Si me iré a morir aquí —dijo con angustia bañado en sudor frío—. ¡Oh! Dios mío. ¿Me estará reservada una muerte oscura, en mísera escalera, aquí, olvidado de todo el mundo...? Piedad, Señor...

Sus fuerzas, a causa de la inacción, se extinguían rápidamente. Llegó a no poder mover brazo ni pierna. Entonces dio un ronquido y entregose a su malhadado destino.

—¡Oh! no, Señor —pensó allá en lo más hondo de su pensar—; no era así como yo quería morir.

Sus sentidos se aletargaron; pero antes de perder el conocimiento, vio un espectro que hacia él avanzaba.

Era un hermoso y brillante espectro que tenía una luz en la mano.

III

Cuando volvió en su acuerdo, el buen anciano se encontró en un lugar que era indudablemente su casa y que sin embargo bien podía no serlo. Llena de confusión su mente, miraba en derredor y decía:

—Indudablemente es mi casa; pero mi casa no es así.

Se incorporó en el canapé donde yacía, tocó la pared cercana, midió con la vista las distancias, y a medida que se aclaraba su entendimiento, más grande era su confusión. La semejanza entre su casa y aquella en que estaba era muy grande, pero también había diferencias, siendo las principales el aseo, los muebles y el orden perfecto de todo. Pero lo que más sorprendió al maestro de escuela fue ver en mitad de la encantada pieza una mesa puesta como para cenar, alumbrada por lámpara de pantalla, y que en la blancura de sus manteles y en el brillo de los platos revelaba las hacendosas manos que habían andado por allí. Como la mesa puesta, y puesta de aquel modo era el más grande fenómeno que podía presentarse ante los ojos de Sarmiento en su propia casa, creyose juguete de duendes o artes demoníacas. Probó a levantarse y pudo sostenerse en pie aunque apoyándose en la silla. Junto a la mesa había un sillón, y como Sarmiento lo creyese destinado a su persona, no vaciló en ocuparlo. En el mismo instante llegaron a su nariz olores de comida muy picantes y aperitivos. El anciano exclamó con mayor confusión:

—No, esta no es mi casa.

Decíalo por aquellos olores que hacía mucho tiempo habían dejado de acompañarle en su domicilio. A pesar de no ser supersticioso afirmose en la idea de hallarse bajo la acción de una magia o bromazo de Satanás. Y sin embargo, era la cosa más sencilla del mundo. Pronto se convenció de ello nuestro amigo viendo entrar a una joven vestida de negro, la cual se llegó a él sonriendo y le dijo:

—Buenas noches, señor don Patricio. ¿Ya se le pasó a usted el desmayo? Bien decía yo que no era nada. Sin embargo, mandamos llamar un médico.

—¡Por vida de cien mil chilindrones! —repuso Sarmiento, saliendo poco a poco del estupor en que había caído—. Pues no me queda duda de que estoy hablando con Solita en persona.

—La misma —dijo la joven acercándose a la mesa y apoyando ambas manos en ella para contemplar más de cerca al viejo.

¿Y cómo es que estoy en mi casa y no estoy en ella?

—Está usted en la mía.

—¡Ah! bien lo decía yo, bien lo decía. Estos platos, estos ricos olores, este arreglo no pueden existir en la casa de un pobre maestro de escuela sin discípulos. Como todos los cuartos de la casa son iguales, de aquí que... Pues con permiso de usted... Me retiro a mi vivienda...

—Antes cenará usted —dijo la muchacha sonriendo con bondad—. Me han dicho que no hay gran abundancia por allá arriba.

—¿Cómo ha de haber abundancia donde reina con imperio absoluto la desgracia? He caído, señorita doña Sola, a los más profundos abismos de la miseria. Vea usted en mí una imagen del santo patriarca Job. ¡Dios me ha quitado todo, me ha quitado a mi hijo!

—Cómo ha de ser... Es preciso aceptar con resignación esos golpes y todos los que vengan detrás. Ahora cene usted, que Dios manda a los desgraciados no abandonarse al dolor y dar al cuerpo todo lo que el cuerpo necesita.

—Usted me invita a cenar...

—No invito, sino que obligo —afirmó Sola poniendo en la mesa pan y vino—. Aguarde usted un momento, que no le haré esperar.

Al poco rato volvió con una cazuela de sopas, cuyo gratísimo olor despertó en Sarmiento las más dulces sensaciones y una generosa reconciliación con la vida.

—Debe usted recordar, señorita doña Sola —dijo el preceptor, cuando la joven le ataba las dos puntas de la servilleta detrás del cogote—, que yo fui encarnizado enemigo de su padre de usted, porque jamás he transigido ni podré transigir con las perras ideas absolutistas.

—Lo recuerdo, sí; pero eso no hace al caso.

—Es que mi delicadeza —añadió Sarmiento tomando la cuchara—, no me permite aceptar un banquete... Con usted personalmente no hay resentimiento... pero ¿a qué negarlo? Usted y yo no podemos ser amigos hoy ni nunca... Dígolo para que no se crea que adulo, que me dejo seducir y sobornar por este fino obsequio, que agradezco.

—Cene usted, cene usted... —dijo Solita llenándole el vaso—. La mucha conversación podrá ser perjudicial a su cabeza, que según me han dicho, no está del todo buena.

—Cenaré, señora, puesto que usted lo toma tan a pechos... Conste que yo no he mendigado esta cena; conste que me han traído aquí por fuerza; que no he solicitado esta amistad, conste, en fin, que no podemos ser amigos.

—Aunque no quiera serlo mío, yo me empeño en serlo de usted y lo he de conseguir —dijo Soledad sonriendo, y hablando al viejo en el tono que se emplea con los chiquillos.

—Dale, dale —repuso Sarmiento engullendo aprisa—. Conque amiguitos, ¿eh? ¡Chilindrón!... Como si no hubiera pasado nada... Usted no tiene memoria, sin duda.

—Verdaderamente no tengo mucha para el daño recibido.

—Su dichosito papaíto de usted y yo éramos como el agua y el fuego... Mi deber era perseguirle, denunciarle, no dejarle respirar... Yo siempre cumplo mi deber, yo soy esclavo de mi deber. Pertenezco a mi patria, una idea, ¿me entiende usted?

—Entiendo.

—Con nada transijo. El enemigo de la patria es mi enemigo, y la hija del enemigo de mi patria es mi enemiga. ¿Qué dice usted a eso?

—Que no ha tratado a las sopas como enemigas de la patria.

—No ciertamente, porque hace mucho tiempo que no las había comido tan buenas.

—Ahora voy por la perdiz.

—¿Perdiz?... Vamos, esto parece un cuento de brujas... Si se empeña usted... pero conste que yo no he pedido la perdiz; que yo no he mendigado nada, que...

Un momento después Sola partía la perdiz, ofreciéndola pedazo tras pedazo al hambriento anciano.

—Está sabrosísima... Pero con la sorpresa de esta cena había olvidado... ¿Cuándo ha llegado usted, señora doña Solita? ¿Qué tal le ha ido en su viaje?

—He llegado esta mañana. Los de Cordero me hablaron de usted... Dijéronme que estaba usted loco...

—¡Loco yo!

—O poco menos. Que andaba usted mal de fondos.

—Eso sí que es como el Evangelio.

—Que había perdido usted a su hijo Lucas.

—También ¡ay! es verdad.

—Esperé verle a usted y ofrecerle algo de lo poco que yo tengo.

—Gracias...

—Pero usted había salido antes que yo llegara. Había ido, según me dijeron, a correr por las calles divirtiendo a los chicos, y sirviendo de entretenimiento, con sus discursos, a los desocupados de los cafés y de la Puerta del Sol.

—¡Yo!

—Descansé un poco. Todo el día lo he empleado en arreglar mi casa. He buscado una sirviente, he hecho parte de lo mucho que hay que hacer cuando se ha tenido todo abandonado a causa de una ausencia de cinco meses. Ya muy entrada la noche sentí pasos en la escalera y después lamentos y quejidos como de una persona enferma. Salimos y hallamos al gran don Patricio tendido boca abajo. Los vecinos salieron, y unos decían: «¡Buena turca ha cogido!» otros: «¡Ya las pagó todas juntas!» ¡Cómo reían algunos!... «El maldito viejo ya echó su último discurso...» «¡Qué feísimo está!» Don Juan de Pipaón dijo: «No tiene sino hambre. Denle a oler sopas y verán cómo resucita...» Me pareció que esta opinión era la más razonable. Entre el mancebo de los Corderos, mi criada y yo entramos el cuerpo desmayado en mi casa, que estaba seis escalones más arriba, le tendimos en ese sofá...

—Conste que yo no entré por mi pie, que no pedí... —dijo Sarmiento con viveza arqueando las cejas.

—Le abrigamos bien, vino el veterinario del sotabanco y dijo que usted padecía estos desvanecimientos desde que había dado en el hito de hablar mucho y no comer... Yo había cenado ya: al momento dispuse otra cena para el nuevo huésped.

—Traído por fuerza; es decir, acogido, secuestrado, usurpado durante su desmayo.

—Mandé venir un médico, mientras hacía la cena —añadió Sola observando con la mayor complacencia el buen apetito de Sarmiento—. Yo creí que al pobre hombre no le vendrían mal estos cuidados. Yo dije para mí: «Cuando se ponga bueno y se le despeje la cabeza, abrirá de nuevo la escuela, se llenarán sus bolsillos, y podrá vivir otra vez solo y holgado en su casa. Entretanto le conservaré en la mía, si quiere, y partiré con él lo poco que tengo.»

—¡Cuidarme, conservarme aquí, darme asilo!... —murmuró don Patricio con cierto aturdimiento.

—Me han dicho que el casero le va a plantar a usted en la calle esta semana.

—Ese troglodita será capaz de hacerlo como lo dice.

—En aquel cuarto le he preparado a usted una cama —manifestó Soledad, señalando una alcoba cercana.

Don Patricio miró y vio un lecho, cuyas cortinas blancas le deslumbraron más que si fueran rayos de Sol.

—¡Una cama!... ¡para mí!... ¡para mí que hace cinco meses duermo en el suelo!...

—Aquí podrá usted vivir. Yo estoy sola, quizás lo esté por mucho tiempo —añadió la joven poniendo delante del anciano un plato de uvas—. La casa es demasiado grande para mí... No tendrá usted que ocuparse de nada... le cuidaré, le alimentaré.

—¡Me cuidará, me alimentará!... Repito que esto es magia.

—Es caridad... ¿Por ventura no entienden de caridad los patriotas?

—Sí entendemos, sí —replicó Sarmiento tan aturdido ya que no sabía qué decir—. ¡La caridad! sublime sentimiento. Pero no ha de sobreponerse al tesón ni a la fijeza de ideas. La caridad puede llegar a ser un mal muy grande si se emplea en los enemigos de la patria, en los ministros del error... ¿Qué le parece a usted?

—Que las uvas no deben de ser ministros del error, según las ha cogido usted.

—Están riquísimas... Yo ¿cómo negarlo? agradezco a usted sus obsequios... Quizás pueda algún día corresponder a tantas finezas con otras igualmente delicadas... Conque dice que me dará una cama...

—Aquella...

—Y desayuno...

—También.

—Y comida...

—Y cena. Soy pobre; pero tengo para vivir algún tiempo. Después Dios nos dará más. Ya ve usted que si a veces quita, también da cuando menos se espera.

—Es cierto, sí, es cierto —dijo Sarmiento con viva emoción que se apresuró a disimular—. Pero me asombra una cosa.

—¿Qué?

—La poca memoria de usted.

—¿Poca memoria? En verdad no es mucha —dijo Sola ofreciéndole un vaso de agua—. A veces no sirve la memoria sino de estorbo.

—Pues sí —añadió Sarmiento mascullando las palabras y algo cortado—. Usted no se acuerda... De que yo... No era santo de la devoción de su papá de usted... Porque que digan arriba, que digan abajo, su papá de usted conspiraba. Así es que yo... Mire usted, siempre que me acuerdo de esto, tengo una congoja... Cierta noche, cuando llevaron preso al señor Gil de la Cuadra, yo... Repito que él conspiraba y que hacían bien en prenderle... ¿Usted recuerda...?

Soledad, pálida y abatida, miraba fijamente el mantel.

—Usted recuerda que su papá... Cuando le pusieron las cadenas, ¿eh?... pues sí, parece que tenía sed. Me pidió agua, y yo no se la quise dar. Hice mal, mal, mal; aquello fue una bellaquería, una brutalidad... una infamia: seamos claros. Más adelante, cuando vivían ustedes en casa de Naranjo... que, entre paréntesis, era un gran bribón, yo... En fin, recordará usted que la noche en que murió el señor Gil de la Cuadra, me metí en la casa con otros milicianos para registrarla... Confiese usted que teníamos razón, porque su papá de usted conspiraba, es decir, nones, ya no conspiraba por causa de estar muerto; pero...

La confesión de sus brutales actos de fanatismo costaba al preceptor sudores y congojas; pero sentía la necesidad imperiosa de echar de sí aquel tremendo peso, y como con tenazas iba sacándose las palabras.

—Ello es que yo me porté mal aquella noche... Verdad que éramos enemigos; que él conspiraba contra la libertad; que yo tenía una misión que cumplir... El Gobierno descansaba en mi vigilancia... Pero de todos modos, señora doña Solita, usted no obra cuerdamente al tratarme como me trata.

—¿Por qué? —dijo la joven alzando sus ojos llenos de lágrimas.

—Porque somos enemigos políticos.

Bañado el rostro en lágrimas, Sola se echó a reír, lo que producía singular contraste.

—Porque somos enemigos encarnizados... porque me porté mal, y si ahora salimos con que usted me da cama y mesa... Además mi dignidad no me permite aceptarlo, no señora. Parecerá que he cedido en mis opiniones... que transijo con ciertas ideas.

Sola reía más.

—Usted se burla de mí. Bien: no hablemos más del asunto. Se me figura que usted me perdona aquellos desmanes. Bien, muy bien. Reconozco que es un proceder admirable; pero yo... póngase usted en mi lugar...

—Me parece —dijo Sola—, que ya es hora de que se acueste usted.

—¿En esa cama? —dijo Sarmiento con incredulidad y abriendo mucho los ojos.

—En esa.

—¡Y tiene colchones!

—Y manta... Ya que tiene usted repugnancia de aceptar lo que le ofrezco, no insistiré —dijo la muchacha con malicia—; pero valga mi hospitalidad por esta noche. Mañana se volverá usted a su casa.

—Bien, bien —exclamó Sarmiento—. Por vida de la chilindraina, que es una excelente idea. Mañana lo decidiremos, y esta noche como estoy tan cansado... En verdad, ¿para qué necesito yo colchones ni platos exquisitos si están contados mis días?... ¡Ay! La pérdida de mi hijo me ha secado el corazón. Para mí ha concluido el mundo. Conozco que estoy de más y me apresuro a emprender el viaje. Pero ha de saber usted que mi idea es morir gloriosamente, mi plan tener un fin que corresponda a la grandeza de las doctrinas que he sustentado en vida. Yo no puedo morir como otro cualquiera, señora doña Solita, y aquí me tiene usted en camino de llenar una página de la historia.

Sola parecía inquieta oyendo los disparates de su huésped.

—Sí señora —añadió Sarmiento exaltándose y echando lumbre por los ojos—. Voy a morir por la patria, voy a morir por la libertad, por esa luz que ilumina al mundo; voy a ser mártir; voy a elevar mi frente como los héroes, conquistando con un fin heroico la inmortalidad.

—Lo que yo veo es que era cierto lo que me habían dicho.

Don Patricio se levantó y tomando una actitud de estatua, prosiguió de este modo:

—¿A qué arrastrar una vejez oscura y miserable, cuando las circunstancias me brindan con la inmortalidad? El ejemplo de ese héroe a quien he visto conducido como los criminales y que subirá al Calvario dentro de poco, me sirve de guía. ¡Oh luz de mi inteligencia, bendita seas por haberme inspirado esta idea!

Tomando luego bruscamente el tono familiar, dijo a Solita:

—Pocos días me restan de vida. Quizás tres, quizás dos, quizás uno solo. Como he de molestar por tan poco tiempo, apreciable señora, me quedaré aquí.

—Está muy bien pensado. Ahora a dormir.

Vino el médico que habían llamado, y Sarmiento le despidió de mal talante, diciendo que no necesitaba medicinas, porque para él, el cuerpo no era nada y el alma todo. El médico que ya le conocía, encargole mucho cuidado con la cabeza, advirtiendo reservadamente a Sola que le encerrara si tenía empeño en que tal enfermo viviese. Después de la partida del Galeno, don Patricio mostró deseos de acostarse.

—Buenas noches, señora —dijo el preceptor entrando en la alcoba—. ¿Mañana tomaré chocolate?

—¿Eso había de faltar? Si no fuera por esa dichosa muerte heroica que le espera, le tomaría usted muchos días. ¡Qué necedad privarse de ese gusto por la gloria que no es más que humo!

—Usted habla en broma —dijo don Patricio, cuya voz se oía débilmente desde la sala, porque había cerrado la puerta para acostarse—. No puedo comprender que su claro entendimiento compare unas cuantas onzas de soconusco con la inmortalidad y la gloria... ¡Ah! señora mía, lo único que me consuela de la pérdida que acabo de experimentar, es el saber que mi adorado hijo está gozando de esa inextinguible luz de la gloria, premio justo de los que han muerto defendiendo la libertad. ¡Mártir sublime, que Dios te bendiga como te bendigo yo! ¡Yo que me apresuro a imitarte!... ¿Solita, se ha marchado usted?

—No señor, aquí estoy oyéndole con mucho gusto. ¡Cuánto siento la muerte del pobre Lucas!... ¡Era tan buen muchacho!...

—¡Válgame Dios lo que he perdido! Era un dechado de virtudes —dijo Sarmiento dando un gran suspiro— y de amor filial. Su inteligencia superior se remontaba a las más altas concepciones. Su valor indomable no tenía igual, y creeríase al verle que en él había resucitado un héroe antiguo. Vamos, que en aquel famoso 7 de julio, dejó bien puesto el pabellón... ¡Pobre hijo mío! Sus nobles facciones eran idénticas a las de su madre. ¡Si supiera usted cuán hermosa era mi Refugio!... ¿Está usted ahí, Solita?

—Aquí estoy. Sí, debía de ser muy hermosa doña Refugio.

¡Ah! ¡Si usted la hubiera visto!... ¡Qué boca!... ¡qué ojos!... ¡qué pie!... Me parece que la estoy mirando. La llamaban la diosa de Calabazar del Buey por ser este el lugar de su nacimiento... ¡Oh dulces memorias! ¿por qué venís a atormentarme en estas aflictivas horas?... Yo me enamoré de Refugio como un insensato, porque siempre he sido así, un fuego vivo. ¡Cuánto me costó sacarla de la casa paterna!... En fin, nos unimos en dulce lazo el día de la Encarnación... Por Noche-Buena nació nuestro pobre Lucas, que parecía una bola de oro y manteca... ¡Oh tiempos!... Señora doña Solita.

—¿Qué?

—¿Se ha marchado usted?

—No señor, aquí estoy.

—Parece que se ríe usted.

—De ningún modo.

—Hágame usted el favor de abrir la puerta, porque deseo verla a usted antes de dormir. Es una necesidad de mi pobre espíritu.

Soledad abrió. Completamente arrebujado en las sábanas, don Patricio no mostraba más que la cabeza.

—Está usted mucho más guapa que cuando vivía el señor Gil de la Cuadra —insinuó el viejo.

—Podrá ser.

—¿Se acuesta usted ya?

—Antes tengo que hacer.

—Pues buenas noches, porque a causa del mucho cansancio... Perdone usted mi descortesía; pero no lo puedo remediar; me duermo como un animal. ¡Oh gloria, oh lauros inmortales, oh libertad!... Esta cama... Es tan... buena...

IV

Pasando sobre treinta y cinco días, nos trasladamos con el lector al 6 de noviembre.

La plazuela de la Cebada, prescindiendo del mercado que hoy la ocupa desfigurándola y escondiendo su fealdad, no ha variado cosa alguna desde 1823. Entonces, como hoy, tenía aquel aire villanesco y zafio que la hace tan antipática, el mismo ambiente malsano, la misma arquitectura irregular y ramplona. Aunque parezca extraño, entonces las casas eran tan vetustas como ahora, pues indudablemente aquel amasijo de tapias agujereadas no ha sido nuevo nunca. La iglesia de Nuestra Señora de Gracia, viuda de San Millán desde 1868, tenía el mismo aspecto de almacén abandonado, mientras su consorte, arrinconado entre las callejuelas de las Maldonadas y San Millán, parecía pedir con suplicante modo que le quitaran de en medio. La fundación de doña Beatriz Galindo no daba a la plaza sino podridos aleros, tuertos y llorosos ventanuchos, medianerías cojas y covachas miserables. La elegante cúpula de la capilla de San Isidro, elevándose en segundo término, era el único placer de los ojos en tan feo y triste sitio.

Esta plazuela había recibido de la Plaza mayor, por donación graciosa, el privilegio de despachar a los reos de muerte, por cuya razón era más lúgubre y repugnante. Aquella boca monstruosa y fétida se había tragado ya muchas víctimas, y ¡cuántas le quedaban aún por tragar desde aquella célebre fecha de noviembre de 1823, que ennobleció la plaza-cadalso, dándole nombre más decoroso que el que siempre ha llevado!

En la mañana del 6 estaba llena de curiosos que por las calles afluyentes entraban para ver los dos palos largos plantados en medio de tal plaza, y asistir con curiosidad afanosa a la tarea de seis hombres que se ocupaban en unir los topes de dichos árboles con un tercer madero horizontal. Los corrillos eran muchos y la gente iba y venía paseando como en los preliminares de una fiesta. Veíanse hombres uniformados, otros con armas y sin uniforme, mucha gente del populacho que por aquellos barrios abajo tiene sus albergues, y no pocas personas de la clase acomodada. Un hombre alto, seco, moreno, de ojos muy saltones, de rostro fiero y ademán amenazador, mirar insolente, boca bravía, como de quien no muerde por no menoscabar la dignidad humana; un hombre que francamente mostraba en todo su condición perversa, y en cuyo enjuto esqueleto el uniforme de brigadier parecía una librea de verdugo, avanzó resueltamente por entre el gentío, abriéndose calle bastón en mano; y dirigiéndose después con airada voz y gesto a los que trabajaban en el cadalso, les dijo:

—¡Malditos!... Mal haya el pan que se os da... ¿No he mandado que se pusieran los palos más grandes que hay en los almacenes de la Villa?

Uno que parecía jefe de los aparejadores balbució algunas excusas que no debieron de satisfacer al vestiglo, porque al punto soltó por su abominable boca nueva andanada de denuestos:

—¡Ahora mismo, ahora mismo, canallas!... quitarme de ahí ese juguete, si no quieren que los cuelgue en él... Traigan los palos grandes, los más grandes, aquellos que estaban la semana pasada en el Canal... ¿Entienden lo que digo?... ¿Hablo yo en castellano?... Los palos grandes.

Otra vez se disculparon los aparejadores, pero el del bastón repitió sus órdenes.

—Si hace falta más gente, venga más gente... Estos holgazanes no comprenden la gravedad de las circunstancias, ni están a la altura de un suceso como este... Por vida del Santísimo Sacramento que yo les haré andar a todos derechos... Señor Cuadrado, lleve usted al Canal a todos los operarios de la Villa para transportar esos leños, y si no iré yo mismo, que lo mismo sirvo para un fregado que para un barrido.

Tres horas más tarde, el deseo de aquel hombre tan atroz se empezaba a cumplir, y la gente allí reunida (porque había más gente) vio que se elevaban con majestad dos maderos como mástiles de barco, gruesos, lisos, hermosos, gallardos.

—¡Ah, muy bien! —dijo el endriago, observando desde lejos el golpe de vista—. Esto es otra cosa. Así es como el Gobierno quiere que se haga. ¡Magnífico efecto!

Sus miradas de satisfacción recorrieron toda la plaza, por encima del mar de cabezas, y parecía decir: «¡Feliz el pueblo que tiene al frente de su policía un hombre como yo!»

Clavados los altos maderos, los aparejadores se ocuparon en atar la traviesa horizontal. El efecto era soberbio.

Daba nuevas órdenes para perfeccionar tan bella obra el formidable polizonte, cuando se llegó a él un hombre cuadrado y de semblante oscuro e indescifrable, que le saludó cortésmente.

—¿Qué te parece Romo lo que hemos hecho? —dijo el del bastón, cruzando atrás las manos con el emborlado instrumento de su autoridad.

—¡Oh! es la mayor que se ha elevado en Madrid —repuso contemplando la horca—. Y si hubiera maderos de más talla, a mayor altura la pondríamos. Esto debiera verse de toda España.

—Desde todo el mundo; que fuera de aquí también hay pillos a quienes escarmentar... Yo traería mañana a esta plaza a todos los españoles para que aprendieran cómo acaban las porquerías revolucionarias... No hay enseñanza más eficaz que esta... Como el nuevo Gobierno no se empeñe en ir por el camino de la tibieza, habrá buenos ejemplos, amigo Romo.

—Es que si se empeña en ir por el camino de la tibieza —dijo Romo dando un golpe en el puño de su sable—, nosotros no le dejaremos ir...

—Bien, bien, me gustan esos bríos —afirmó un tercer personaje, casi tan parecido a un gato como a un hombre, y que de improviso se unió a los dos anteriores—. No ha salido el Rey de manos de los liberales para caer en las de los tibios.

—Señor Regato —dijo el del bastón—, ha hablado usted como los cuatro Evangelios juntos.

—Señor Chaperón —añadió Regato—, bien conocidas son mis ideas... ¿Ve usted esa horca? Pues todavía me parece pequeña.

—Se puede hacer mayor —dijo el que respondía al nombre de Chaperón—. Por vida del Santísimo Sacramento, que no se quejará el Cabezudo... y su baileteo será bien visto.

—¿Conoce usted la sentencia? —preguntó Regato.

—Será conducido a la horca arrastrado por las calles —dijo Romo—. Si hubieran omitido esto los jueces habría sido una gran falta.

—Es claro: hay que distinguir... Según pedía el fiscal, la cabeza se colocará en el pueblo donde dio el grito nefando el año 20, y el cuerpo se dividirá en cuatro cuartos.

—Para poner uno en Madrid, otro en Sevilla, otro en Málaga y otro en la isla de León —añadió Chaperón dando gran importancia a tan horribles detalles.

—Pues ayer se dijo... yo mismo lo oí... —afirmó Regato—, que los dos cuartos delanteros quedarían en Madrid. Yo no lo aseguro: pero así se dijo.

—En puridad —dijo Chaperón—, esto no es lo más importante. En vez de perder el tiempo descuartizando buscaremos nueva fruta de cuelga, que no faltará en Madrid... ¿Pero qué alboroto es ese?... ¿Por qué corre mi gente?

Volvió los saltones ojos hacia Nuestra Señora de Gracia, donde los grupos se arremolinaban y se oía murmullo de vivas. El fiero jefe de la Comisión Militar frunció el ceño al ver que el buen pueblo confiado a su vigilancia relinchaba sin permiso de la policía.

—No es nada, señor Chaperón —dijo Regato—. Es que tenemos ahí a nuestro famoso Trapense.

—Hace un rato —añadió Romo—, venía por Puerta de Moros con su escolta. Entró a rezar en Nuestra Señora de Gracia y ya sale otra vez. Viene hacia acá.

En efecto, avanzaba hacia el centro de la plaza la más estrambótica figura que puede ofrecerse a humanos ojos en esos días de revueltas políticas, en que todo se transfigura, y sale a la superficie confundido con la clara linfa el légamo social. Era un hombre a caballo, mejor dicho, a mulo. Vestía hábitos de fraile y traía un Crucifijo en la mano, y pendientes del cinto sable, pistolas y un látigo. Seguíanle cuatro lanceros a caballo y rodeábale escolta de gritonas mujeres, pilluelos y otra ralea de gente de esa que forma el vil espumarajo de las revoluciones.

Era el Trapense joven, de color cetrina, ojos grandes y negros, barba espesa, con un airecillo más que de feroz guerrero, de truhán redomado. Había sido lego en un convento, en el cual dio mucho que hacer a los frailes con su mala conducta, hasta que se metió a guerrillero, teniendo la suerte de acaudillar con buen éxito las partidas de Cataluña. Conocedor de la patria en cuyo seno había tenido la dicha de nacer, creyó que sus frailunas vestiduras eran el uniforme más seductor para acaudillar aventureros, y al igual de las cortantes armas puso la imagen de Crucificado. En los campos de batalla, fuera de alguna ocasión solemne, llevaba el látigo en la mano y la cruz en el cinto; pero al entrar en las poblaciones colgaba el látigo y blandía la cruz, incitando a todos a que la besaran. Esto hacía en el momento en que le vemos por la plazuela adelante. Su mulo no podía romper sino a fuerza de cabezadas y tropezones la muralla de devotos patriotas, y él afectando una seriedad más propia de mascarón que de fraile, echaba bendiciones. El demonio metido a evangelista no hubiera hecho su papel con más donaire. Viéndole fluctuaba el ánimo entre la risa y un horror más grande que todos los horrores. Los tiempos presentes no pueden tener idea de ello, aunque hayan visto pasar fúnebre y sanguinosa una sombra de aquellas espantables figuras. Sus reproducciones posteriores han sido descoloridas, y ninguna ha tenido popularidad, sino antes bien, el odio y las burlas del país.

Cuando el bestial fraile, retrato fiel de Satanás a caballo, llegó junto al grupo de que hemos hablado, recibió las felicitaciones de las tres personas que lo formaban y él les hizo saludo marcial alzando el Crucifijo hasta tocar la sien.

—Bienvenido sea el padre Marañón —dijo el jefe de la Comisión Militar acariciando las crines del mulo, que aprovechó tal coyuntura para detenerse—. ¿A dónde va tanto bueno?

—Hombre... también uno ha de querer ver las cosas buenas —replicó el fraile—. ¿A qué hora será eso mañana?

—A las diez en punto —contestó Regato—. Es la hora mejor.

—¡Cuánta gente curiosa!... No me han dejado rezar, señor Chaperón —añadió el fraile inclinándose como para decir una cosa que no debía oír el vulgo—. Usted, que lo sabe todo, dígame ¿conque es cierto que se nos marcha el príncipe?

—¿Angulema? Ya va muy lejos camino de Francia. ¿Verdad, padre Marañón, que no nos hace falta maldita?

—¿Pues no nos ha de hacer falta, hombre de Dios? —dijo el fraile andante soltando una carcajada que asemejó su rostro al de una gárgola de catedral despidiendo el agua por la boca—. ¿Qué va a ser de nosotros sin figurines? Averigüe usted ahora cómo se han de hacer los chalecos y cómo se han de poner las corbatas.

—Los tres y otros intrusos que oían rompieron a reír, celebrando el donaire del Trapense.

—Queda de general en jefe el general Bourmont.

—Por falta de hombres buenos a mi padre hicieron alcalde —dijo Chaperón—. Si Bourmont se ocupara en otra cosa que en coger moscas, y se metiera en lo que no le importa, ya sabríamos tenerle a raya.

—Me parece que no nos mamamos el dedo —repuso el fraile—. Y me consta que Su Majestad viene dispuesto a que las cosas se hagan al derecho, arrancando de cuajo la raíz de las revoluciones. Dígame usted, ¿es cierto que se ha retractado en la capilla?

—¿Quién, Su Majestad?

—No, hombre, Rieguillo.

—De eso se trata. El hombre está más maduro que una breva. ¿No va usted por allá?

—¿Por la capilla?... No me quedaré sin meter mi cucharada... Ahora no puedo detenerme: tengo que ver al obispo para un negocio de bulas y al ministro de la Guerra para hablarle del mal estado en que están las armas de mi gente... Con Dios, señores... ¡arre!

Y echó a andar hacia la calle de Toledo, seguido del entusiasta cortejo que le vitoreaba. Chaperón, después de dar las últimas órdenes a los aparejadores y de volver a observar el efecto de la bella obra que se estaba ejecutando, marchó con sus amigos hacia la calle Imperial, por donde se dirigieron todos a la cárcel de Corte. En la plazuela había también gente, de esa que la curiosidad, no la compasión, reúne frente a un muro detrás del cual hay un reo en capilla. No veían nada, y sin embargo, miraban la negra pared, como si en ella pudiera descubrirse la sombra, o si no la sombra, misterioso reflejo del espíritu del condenado a muerte.

Los tres amigos tropezaron con un individuo que apresuradamente salía de la Sala de alcaldes.

—¡Eh! no corra usted tanto, señor Pipaón —gritole el de la Comisión militar—. ¿A dónde tan a prisa?

—Hola, señores; salud y pesetas —dijo el digno varón deteniéndose—. ¿Van ustedes a la capilla?...

—No hemos de ser los últimos, hombre de Dios. ¿Qué tal está mi hombre?

—Va a comer... Una mesa espléndida, como se acostumbra en estos casos. Conque señor Chaperón, señor Regato...

—¡A dónde va usted que más valga! —dijo Chaperón deteniéndole por un brazo—. ¿Hay trabajillo en la oficina?

—Yo no trabajo en la oficina, porque estoy encargado de los festejos para recibir al Rey —repuso Bragas con orgullo.

—¡Ah! no hay que apurarse todavía.

—Pero no es cosa de dejarlo para el último día. No preparamos una chaba-canería como las del tiempo constitucional, sino una verdadera solemnidad regia como lo merecen el caso y la persona de Su Majestad. El carro en que ha de verificar su entrada se está construyendo. Es digno de un Emperador romano. Aún no se sabe si tirarán de él caballos o mancebos vistosamente engalanados. Es indudable que llevarán las cintas los voluntarios realistas.

—Pues se ha dicho que nosotros tiraríamos del carro —dijo Romo con énfasis, como si reclamara un derecho.

—Ahí tiene usted un asunto sobre el cual no disputaría yo —insinuó Regato blandamente—. Yo dejaría que tiraran los caballos.

—Ya se decidirá, señores, ya se decidirá a gusto de todos —dijo Bragas con aires de transacción—. Lo que me trae muy preocupado es que... verán ustedes... Me he propuesto presentar ese día doscientas o trescientas majas lujosamente vestidas. ¡Oh! ¡qué bonito espectáculo! Costará mucho dinero ciertamente; pero ¡qué precioso efecto! Ya estoy escogiendo mi cuadrilla. Doscientas muchachas bonitas no son un grano de anís. Pero yo las tomo donde las encuentro... ¿eh? De los trajes se encarga el Ayuntamiento... Me han dado fondos. ¡Caracoles! es una cuestión peliaguda... Espero lucirme.

—Este Pipaón es de la piel de Satanás... ¿De dónde van a sacar ese mujerío?

—Yo daría la preferencia a los arcos de triunfo —dijo Romo—. Es mucho más serio.

—¿Arcos?... Si ha de haber cuatro. Por cierto que el señor Chaperón nos ha hecho un flaco servicio llevándose para la horca los grandes mástiles que sirven para armar arcos de triunfo.

—Hombre, por vida del Santísimo Sacramento —dijo Chaperón mostrando un sentimiento que en otro pudiera haber sido bondad—, ya servirán para todo. Pues qué, ¿vamos a ahorcar a media España?

—Entre paréntesis, no sería malo... Conque ahora sí que me voy de veras.

Estrechó Pipaón sucesivamente la mano de cada uno de sus tres amigos.

—Ya nos veremos luego en las oficinas de la Comisión.

—Pues qué, ¿hay algo nuevo?

—Hombre no se puede desamparar a los amigos.

—¡Recomendaciones! —vociferó el brigadier mostrando su fiereza—. Por vida del Santísimo, que eso de las recomendaciones y las amistades me incomoda más que la evasión de un prisionero. Así no hay justicia posible, señor Pipaón, así la justicia, los castigos y las purificaciones no son más que una farsa.

El terrible funcionario se cruzó de brazos, conservando fuertemente empuñado el símbolo de su autoridad.

—Es claro —añadió Romo por espíritu de adulación—, así no hay justicia posible.

—No hay justicia posible —repitió Regato como un eco del cadalso.

—Amigo Chaperón —dijo el astuto Bragas con afabilidad y desviando un poco del grupo al comisario para hablarle en secreto—, cuando hablo de amigos me refiero a personas que no han hecho nada contra el régimen absoluto.

—Sí, buenos pillos son sus amigos de usted.

—No es más sino que al pobre don Benigno Cordero le está molestando la policía de Zaragoza y es posible que lo pase mal. Ya recordará usted que don Benigno dio cien onzas bien contadas porque se le comprendiera en el Decreto del 2 de octubre fechado en Jerez. Acogiéndose a la proscripción se libraba de la cárcel y quizás de la horca... Pues en Zaragoza me le han puesto en un calabozo. Eso no está bien...

—Bueno, bueno —dijo Chaperón disgustado de aquel asunto—. También Romo me ha recomendado a ese Cordero.

Romo no dijo una palabra, ni abandonó aquella seriedad que era en él como su mismo rostro.

—Por última vez, señores, adiós —chilló Bragas—, ahora sí que me voy de veras.

—Abur.

Dirigiéronse a la puerta de la cárcel por la calle del Salvador; pero les fue preciso detenerse porque en aquel momento entraba una cuerda de presos. Iban atados como criminales que recogiera en los caminos la antigua Hermandad de Cuadrilleros, y por su traje, ademanes, y más aún por el modo de expresar su pena, debían de pertenecer a distintas clases sociales. Los unos iban serenos y con la frente erguida, los otros abatidos y llorosos.

Eran veintidós entre varones y hembras, a saber: tres patriotas de los antiguos clubs, dos ancianos que habían desempeñado durante el régimen caído el cargo de vocales del Supremo Tribunal de Justicia, un eclesiástico, dos toreros, cuatro cómicos, un chico de siete años, descalzo y roto, tres militares, un indefinido, como no se clasificara entre los pordioseros, una señora anciana que apenas podía andar, dos de buena edad y noble continente, que pertenecían a clase acomodada, y dos mujeres públicas.

Chaperón echó sobre aquella infeliz gente una mirada que bien podía llamarse amorosa pues era semejante a las del artista contemplando su obra, y cuando el último preso (que era una de las damas de equívoca conducta) se perdió en el oscuro zaguán de la prisión, rompió por entre la multitud curiosa y entró también con sus amigos.

V

Lo más cruel y repugnante que existe después de la pena de muerte es el ceremonial que la precede y la lúgubre antesala del cadalso con sus cuarenta y ocho mortales horas de capilla. Casi es más horrendo que la horca misma aquella larga espera y agonía entre la vida y la muerte, durante la cual la víctima es expuesta a la compasión pública como son expuestos a la pública curiosidad los animales raros. La ley, que hasta entonces se ha mostrado severa, muéstrase ahora ferozmente burlona, permitiéndole la compañía de parientes y amigos y dándole de comer a qué quieres boca. Algún condenado de clase humilde prueba en esos dos días platos y delicadas confituras, cuyo sabor no conocía. Señores, sacerdotes y altos personajes le dan la mano, le dirigen vulgares palabrillas de consuelo, y todos se empeñan en hacerle creer que es el hombre más feliz de la creación, que no debe envidiar a los que incurren en la tontería de seguir viviendo, y que estar en capilla con el implacable verdugo a la puerta es una delicia. Sin embargo, a nadie se le ha ocurrido solicitar expresamente tanta felicidad, ni contar a Nerón, Luis XI, don Pedro de Castilla, Felipe II, Robespierre y Fernando VII entre los bienhechores de la humanidad.

Desde el 5 de noviembre a las diez de la mañana gustaba don Rafael del Riego las dulzuras de la capilla. Aquel hombre famoso, el más pequeño de los que aparecen injeridos sin saber cómo en las filas de los grandes, mediano militar y pésimo político, prueba viva de las locuras de la fama y usurpador de una celebridad que habría cuadrado mejor a otros caracteres y nombres condenados hoy al olvido, acabó su breve carrera sin decoro ni grandeza. Un noble martirio habría dado a su figura el realce heroico que no pudo alcanzar en tres años de impaciente agitación y bullanga; pero tan desgraciada era la libertad en nuestro país, que ni al morir bajo las soeces uñas del absolutismo, pudo alcanzar aquel hombre la dignidad y el prestigio de la idea que se avalora sucumbiendo. Pereció como la pobre alimaña que expira chillando entre los dientes del gato.

La causa del revolucionario más célebre de su tiempo fue un tejido de iniquidades y de absurdos jurídicos. Lo que importaba era condenarle emborronando poco papel, y así fue. Desde que le leyeron la sentencia el preso cayó en un abatimiento lúgubre, hijo según algunos, de sus dolencias físicas. Creeríase que confiaba hasta entonces en la clemencia de los llamados jueces o del Rey, que es todo el caudal de inocencia que puede caber en espíritu de hombre nacido. A diferencia de otros que en horas tan tremendas se atracan de los ricos manjares con que engorda el verdugo a sus víctimas, no quiso comer o comió muy poco. Ningún amigo pudo visitarle porque la visita hubiera sido quizás el primer paso para compañía perpetua hasta la eternidad; pero le vieron muchos individuos particulares de categoría, deseosos de hartar sus ojos con la vista de aquel hombre que conmovió con su nombre a toda España; sacerdotes que solícitamente se prestaban a encaminarle al cielo; hermanos de diversas hermandades; personas varias, en fin, compungidas las unas, indiferentes otras, curiosas las más: pero en tal número que no dejaban al preso un momento de descanso.

Estaba frío, caduco, con los ojos fijos en el suelo, amarillo como las velas que ardían junto al Crucifijo del altar. A ratos suspiraba, parecía vagar en sus labios la palabra *perdón*, acometíanle desmayos y hacía preguntas triviales. Ni mostró apego a las ideas políticas que le habían dado tanto nombre, ni dio alas a su espíritu con la unción religiosa, sino que se abatía más y más a cada instante, apareciendo quieto sin estoicismo, humilde su resignación. Chaperón y otros de igual talla gozaban viendo llorar como un alumno castigado al general de la Libertad, al pastor que con la magia de su nombre arrastraba tras sí rebaño de los pueblos. En el delirio de su triunfo no habían ellos soñado con una caída semejante que les desembarazara no solo de su enemigo mayor, sino del prestigio de todos los demás.

La retractación del héroe de las Cabezas fue una de las más ruidosas victorias del bando absolutista. ¡Qué mayor triunfo que mostrar a los pueblos un papel en que de su puño y letra había escrito el hombre diminuto estas palabras: «Asimismo publico el sentimiento que me asiste por la parte que he tenido en el Sistema llamado constitucional, en la revolución y en sus fatales consecuencias, por todo lo cual pido perdón a Dios de mis crímenes...» Han quedado en el misterio las circunstancias que acompañaron a este arrepentimiento escrito, y aunque el carácter de Riego y su pusilanimidad en las tremendas horas justifican hasta cierto punto aquella genuflexión de su espíritu, puede asegurarse que no hubo completa espontaneidad en ella. El fraile que le asistía, Chaperón y el escribano Huerta sabrían acerca de este suceso cosas dignas de pasar a la posteridad, porque a ellos debieron los absolutistas el envilecimiento del personaje más culminante, si no el más valioso de la segunda época constitucional. Ahora, cuando ha pasado tanto tiempo y la losa del sepulcro los guarda a todos, ahorcadores y ahorcados, no podemos menos de deplorar que los que acompañaron en la capilla a don Rafael del Riego en la noche del 6 al 7 de noviembre no hubieran hecho públicos después los argumentos empleados para arrancar una abdicación tan humillante.

El 7 a las diez de la mañana le condujeron al suplicio. De seguro no ha brillado en toda nuestra historia un día más ignominioso. Es tal que ni aun parece digno de ser conocido, y el narrador se siente inclinado a volver, sin leerla, esa página sombría, y a correr tras de una ficción verosímil que embellezca la descarnada verdad histórica. Una víctima sin nobleza, arrastrada al suplicio por verdugos sin entrañas es el espectáculo más triste que pueden ofrecer las miserias humanas; es el mal puro sin porción ninguna de bien, de ese bien moral que aparece más o menos claro aun en los más horrendos excesos del furor político y en los suplicios a que es sometida la inocencia. Una víctima cobarde parece que enaltece al verdugo, y al hablar de cobardía no es que echemos de menos la arrogancia fanfarrona con que algunos desgraciados han querido dar realce teatral a su postrer instante, sino la dignidad personal que unida a la resignación religiosa rodean al mártir jurídico de una brillante aureola de simpatías y compasión. Ninguna de aquellas especies de valor tuvo en su desastroso fin el general Riego, y creeríase al verle que víctima y jueces se habían confabulado para cubrir de vilipendio el último día de la libertad y hacer más negro y triste su crepúsculo. La grosería patibularia y el refinamiento en las fórmulas de degradación empleadas por los unos, parece que guardaban repugnante armonía con la abjuración del otro.

Sacáronle de la cárcel por el callejón del Verdugo, y condujéronle por la calle de la Concepción Jerónima, que era la carrera oficial. Como si montarle en borrico hubiera sido signo de nobleza, llevábanle en un serón que arrastraba el mismo animal. Los hermanos de la Paz y Caridad le sostuvieron durante todo el tránsito para que con la sacudida no padeciese; pero él, cubierta la cabeza con su gorrete negro, lloraba como un niño, sin dejar de besar a cada instante la estampa que sostenía entre sus atadas manos.

Un gentío alborotador cubría la carrera. La plaza era un amasijo de carne humana. ¿Participaremos de esta vil curiosidad, atendiendo prolijamente a los accidentes todos de tan repugnante cuadro? De ninguna manera. ¡Un hombre que sube a gatas la escalera del patíbulo, besando uno a uno todos los escalones, un verdugo que le suspende y se arroja con él, dándole un bofetón después que ha expirado, una ruin canalla que al verle en el aire grita: «Viva el Rey absoluto...»! ¿acaso esto merece ser mencionado? ¿Qué interés ni qué enseñanza ni qué ejemplo ofrecen estas muestras de la perversidad humana? Si toda la historia fuese así, si no sirviera más que de afrenta, ¡cuán horrible sería! Felizmente aun en aquellos días tan desfavorecidos, contiene páginas honrosas aunque algo oscuras, y entre los miles de víctimas del absolutismo húbolas nobilísimas y altamente merecedoras de cordial compasión. Si el historiador acaso no las nombrase, peor para él; el novelador las nombrará, y conceptuándose dichoso al llenar con ellas su lienzo, se atreve a asegurar que la ficción verosímil ajustada a la realidad documentada, puede ser en ciertos casos más histórica y seguramente es más patriótica que la historia misma.

VI

El triste día de la ejecución todo Madrid asistió a ella, lo mismo los absolutistas rabiosos que los antiguos patriotas, a excepción de los que no podían salir a la calle sin peligro de ser afeitados o arrojados en los pilones de las fuentes, cuando no hechos trizas por el vulgo. Pero entre tanto gentío faltó un hombre que durante el verano había vivido casi constantemente en la calle, entreteniendo a los desocupados y dando que reír a los pícaros. Echábanle de menos en las esquinas de la Puerta del Sol y en los diversos mentideros, por lo cual le creían muerto. No era cierto. Sarmiento vivía, gozando además de una regular salud.

La primera noche que se quedó en casa de Solita durmió de un tirón once horas, y habiendo despertado al medio día, llamó con fuertes voces para que le llevaran chocolate. Dióselo la misma dueña de la casa con mucha amabilidad, y entre sorbo y sorbo, el preceptor decía:

—Puedo aceptar estos obsequios porque hoy mismo entraré por la senda a que me lleva mi destino... Si fuera por mucho tiempo de ningún modo aceptaría... Mi carácter, mi dignidad, los recuerdos de nuestro antagonismo no me lo permiten.

—¿Qué tal está el chocolate? —le preguntó Sola con malignidad.

—Así, así... Mejor dicho, no está mal... quiero decir, muy bueno, excelente, o hablando con completa franqueza, riquísimo.

—¿Hoy se marcha usted?

—Ahora mismo... Me presentaré a las autoridades —repuso Sarmiento dejando el cangilón y arropándose de nuevo entre las sábanas—, y les diré: «Aquí tenéis, infames sicarios, al que os ha hecho tanto daño; quitadme esta miserable vida; bebed mi sangre, caníbales. Quiero compartir la inmortalidad del insigne Riego...»

—¿Todo eso va a decir usted?... Pues un poco perezosillo está mi buen viejo para hacer y decir tantas cosas.

—¡Yo perezoso! —exclamó incorporando el anguloso busto y extendiendo los brazos—. ¡Venga al punto mi ropa!

Soledad le mostró ropa blanca limpia y planchada.

—He estado arriba —dijo.

—¿En mi casa?

—Sí; saqué la llave del bolsillo de usted, subí, revolví todo buscando ropa mejor que la que usted tiene puesta... pero no encontré nada.

—¡Cómo había de encontrar, alma de Dios, lo que no tengo! No se burle usted de mi miseria... Pero entendámonos, ¿qué ropa es esta que me ofrece?

—Estaba en la casa... Son piezas desechadas, pero en buen uso.

—¡Ah! ya... Es ropa desechada del señor don Salvador Monsalud... Pues mire usted, si fuera obsequio de otra persona lo rehusaría; pero siendo de aquel noble patriota lo acepto. Conste que no he pedido nada.

—De ropa exterior podríamos arreglarle algunas piezas decentes —dijo Sola sonriendo—, siempre que usted tarde algunos días en marchar a la inmortalidad.

—¡Tardar! Basta de bromas... ¿Para qué quiero yo ropas bonitas? ¿Voy acaso a entrar en algún salón de baile o en los Elíseos Campos, donde los justos se pasean envueltos en mantos de nubes?... Fígurese usted la falta que me hará a mí la buena ropa...

—Puede que tarden en matarle a usted un mes o dos. Y si siguen estos fríos no le vendrá mal una buena capa.

—Tanto como venir mal precisamente no... ¿La tiene usted?

—La buscaremos.

—No, no es preciso... Voy a levantarme.

Soledad se retiró y al poco rato apareció en la sala don Patricio completamente vestido. Sentose en el sofá, y contemplando a la joven con bondadosa mirada, dijo así:

—Desde el tiempo de mi Refugio, no había dormido en una cama tan buena... ¡Ay! ¡ella era tan hacendosa, tan casera! Nuestro domicilio estaba como un oro, y nuestro lecho nupcial podía haber servido para que en él se revolcara un Rey... ¡Pobre Refugio! Si me vieras en mi actual miseria... ¡Pobre Lucas, pobre hijo mío! Hoy tu muerte es digna de envidia porque estás en la morada de los héroes y de los elegidos; pero tu padre no tiene consuelo, ni puede vivir sin verte...

Derramó algunas lágrimas y por largo rato estuvo silencioso y cabizbajo, dando muestras de verdadero dolor. Soledad, ocupada en sus quehaceres, no se presentó a él sino a la hora de la comida.

—Supongo que no saldrá usted hasta después de comer —le dijo poniendo la mesa.

—Saldré antes, ahora mismo, señora —dijo Sarmiento irguiéndose súbitamente como un asta de bandera—. El peso de la vida me es insoportable. Una voz secreta me grita: «Anda, corre...» Todo mi ser avanza en pos de la gloria que me está destinada.

—¡Cuánto mejor irá usted después de comer!... ¿Es que desprecia usted mi mesa?

—¡Oh! no señora, de ningún modo —replicó Sarmiento con cortesía—; pero conste que solo por acompañar a usted...

Comieron tranquilamente, siendo de notar que el espiritual don Patricio, creyendo sin duda poco conveniente el aventurarse por los ideales senderos con el estómago vacío, diose prisa a llenarlo de cuanto la mesa sustentaba.

—¡Qué buena comida! —dijo permitiendo a su paladar aquel desliz de sensualismo—. ¡Qué bien hecho todo, y con cuánto primor presentado! Solita, si usted se casa su marido de usted será el más feliz de los hombres.

Al final de la comida, los ojos de don Patricio brillaron con resplandores de gozo, viendo una taza llena de negro licor.

—¡También café!... ¡Oh! ¡cuánto tiempo hace que no pruebo este delicioso líquido!... El néctar de los dioses, el néctar de los héroes... Gracias, mil gracias por tan delicada fineza.

—Yo sabía que a usted le gusta mucho este brebaje.

—¡Gracias!... ¡y qué bueno es!... ¡qué aroma!

—Será el último que beba usted, porque en la cárcel no dan estas golosinas.

—¿Y qué importa? —repuso el anciano con solemne acento—. ¿Acaso somos de alfeñique? Cuando un hombre se decide a escalar con gigantesco pie el último círculo del cielo, ¿de qué vale el liviano placer de los sentidos?

Dijo, y poniéndose el farolillo de fieltro que desempeñaba en su cabeza las funciones propias de un sombrero, se dispuso a salir.

—Adiós, señora —murmuró—, gracias por sus atenciones, que no esperaba en persona de quien soy encarnizado enemigo... político. Su papá de usted y yo nos aborrecimos y nos aborreceremos en la otra vida... Abur.

Salió precipitadamente hacia la puerta, mas no pudiendo abrirla, volvió diciendo:

—La llave, la llave...

Soledad rompió a reír.

—¡Y creía el muy tonto que iba a dejarle salir! —exclamó—. No faltaba más. Eso querrían los chicos para divertirse. ¿Quiere usted quitarse ese sombrero, hombre de Dios, y sentarse ahí y estarse tranquilo?

—Señora, señora —dijo Sarmiento moviendo la cabeza y pateando ligeramente en muestra de su decoroso enfado—, ábrame usted la puerta y déjeme en paz, que cada uno va a su destino y el mío es... El que yo me sé.

—No abro.

—Señora, señorita, que yo soy hombre de poca paciencia. Ábrame la puerta o reñimos de veras.

—Que no abro la puerta —repuso Sola, remedando el tonillo de cantinela de su digno huésped.

—Basta de bromas, basta, repito —vociferó Sarmiento tomando el aire y tono tragi-cómicos que empleaba al reprender a los alumnos—. Yo soy un hombre formal... De mí no se ríe nadie y menos una chiquilla loca... Ea, niña sin juicio, abra usted si no quiere saber quién es Patricio Sarmiento.

—Un loco, un majadero, un vagabundo de las calles, a quien es preciso recoger por caridad y encerrar por fuerza, para que no se degrade en las calles como un pordiosero, haciendo el saltimbanquis y muriéndose de miseria, ya que por el estado de su cabeza no puede morirse de vergüenza.

Esto le dijo la muchacha con tanta seriedad y entereza, que por breve rato estuvo el patriota aturdido y confuso.

—Aquí hay algo, aquí hay algún designio oculto que no puedo comprender —afirmó el anciano—, pero que tiene por objeto, sí, tiene por objeto impedir una resolución demasiado ruidosa y que quizás perjudicaría al absolutismo.

Otra vez se echó a reír Sola de tan buena gana, que Sarmiento se enfureció más.

—Por vida de la Chilindraina —gritó agitando sus brazos—, que si usted no me da la llave, la tomaré yo donde quiera que se encuentre.

—Atrévase usted —dijo Soledad con festiva afectación de valor, incorporándose en su asiento—. Mujer y sin fuerzas no temo a un fantasmón como usted... Quieto ahí, y cuidado con apurarme la paciencia.

—Señora, no puedo creer sino que usted se ha vuelto loca —gruñó Sarmiento con sarcasmo—. ¡Querer detener a un hombre como yo! No sabe usted las bromas que gasto. Repito que aquí hay una conjuración infame... ¡Oh! si es usted hija del conspirador más grande que han abortado los despóticos infiernos... ¡Ah, taimada muchachuela! ahora me explico a qué venían los chocolatitos, la ropita blanca, el buen cocido y mejor sopa... ¡Quite usted allá! ¿Cree usted que con eso se ablanda este bronce? ¿Cree usted que así se abate esta montaña? ¿Soy yo de mantequillas? Aunque fuera preciso derribar a puñetazos estas paredes y arrancar con los dientes esos cerrojos del despotismo, yo lo haría, yo... porque he de ir a donde me llama mi hado feliz, y mi hado, *fatum* que decían los antiguos, se ha de cumplir, y la víctima preciosa inscrita en el eterno libro no puede faltar, ni la sangre redentora puede dejar de derramarse, ni la libertad ha de quedarse sin la víctima que necesita. De modo que saldré, pese a quien pese, aunque tenga que emplear la fuerza contra miserables mujeres, lo que es impropio de la nobleza de mi carácter.

—¿Se atreverá usted?

—Sí; deme usted la llave de esa puerta nefanda —contestó Sarmiento con énfasis petulante que no tenía nada de temible—, o se arrepentirá de su crimen... porque esto es un crimen, sí señora... ¡La llave, la llave!

—Ahora lo veremos.

Corriendo afuera, prontamente volvió Sola con un palo de escoba, y enarbolándole frente a don Patricio, le hizo retroceder algunos pasos.

—Aquí están mis llaves, pícaro, vagabundo. O renuncia usted a salir, o le rompo la cabeza.

—Señora —exclamó don Patricio acorralado en un ángulo de la sala—, no abuse usted de mi delicadeza... De mi dignidad, que me impide poner la férrea mano sobre una hembra... ¡Esto es un ardid, pero qué ardid!... una trama verdaderamente absolutista.

—Siéntese usted —gritó Soledad conteniendo la risa y sin dejar el argumento de caña—. Fuera el sombrero.

—Vaya, me siento y me descubro —repuso Sarmiento con la sumisión del esclavo—. ¿Qué más?

—¿Se compromete usted a no salir en quince días?

—Jamás, jamás, jamás. Antes la muerte —murmuró cerrando los ojos—. Pegue usted.

—Esto es una broma —dijo Soledad arrojando el palo, sentándose junto al anciano y poniéndole la mano amorosamente sobre el hombro—. ¿Cómo había yo de castigar al pobre viejecito demente y miserable que se pasa la vida por las calles divirtiendo a los muchachos? Si no hay en el mundo ser alguno más digno de lástima... ¡Pobre viejecillo! Me he propuesto hacer una buena obra de caridad y lo he de conseguir. Yo he de traer a este infeliz a la razón. ¿Y cómo? Asistiéndole, cuidándole, dándole de comer cositas buenas y sabrosas, arreglándole su ropa para que esté decente y no tenga frío, proporcionándole todo lo necesario para que no carezca de nada y tenga una vejez alegre y pacífica.

Estas palabras debieron de hacer ligera impresión en el espíritu del viejo, porque moviendo la cabeza, se dejó acariciar y no dijo nada.

—Jesucristo nos manda hacer el bien a los pobres, cuidar a los enfermos y aliviar a los menesterosos— añadió Sola acercando su gracioso rostro a la rugosa efigie del vagabundo—. Y cuando esto se hace con enemigos, el mérito es mayor, mucho mayor, y el placer de hacerlo también aumenta. Recordando que este pobre iluso y fanático negó un vaso de agua a mi padre en un trance terrible, más me alegro de hacerle beneficios, sí, porque además yo sé que este desgraciado vejete loco no es malo en realidad, ni carece de buen corazón, sino que por causa del condenado fanatismo hizo aquella y otras maldades... Por consiguiente, papá Sarmiento, aquí estarás encerradito, comiendo bien y cenando mejor, libre de chicos, de insultos, de atropellos, de hambre y desnudez; aquí vivirás tranquilo, haciéndome compañía, porque yo soy sola como mi nombre, y estaré sola por mucho tiempo, quizás toda la vida... ¿Quedamos en eso? Ya ves que te tuteo en señal de parentesco y familiaridad.

—¡Ah! mujer melosa y liviana —dijo Sarmiento haciendo un esfuerzo de energía, semejante al de los anacoretas cuando se veían en grande y peligrosa tentación—. ¡Quita allá! mi alma es demasiado fuerte para sucumbir a tus pérfidos halagos.

—Esta noche cenaremos —dijo Soledad hablando como cuando se les anuncia a los niños lo que han de comer—. Oye tú lo que cenaremos: pollo, chuletas, uvas...

Iba contando por los dedos cada cosa, y haciendo gran pausa en cada parada.

—Mañana —añadió—, voy a ocupar a mi ancianito en cosas útiles. Me ha de trabajar para que pueda tratarle bien. Yo necesito reformar mi letra, porque escribo patas de mosca y no tengo ortografía. El viejecillo me dará lección todas las noches. Por el día le emplearé en algo que le entretenga. Darele buenos libros... Nada de política... y cuando esté domesticado, le sacaré a paseo por las tardes.

A don Patricio se le humedecieron los ojos. Difícil es saber lo que pasaba en su alma.

—¿Y mi gloria, pero esa gloria que me está llamando? —dijo dando fuerte porrazo en el brazo de la silla—. ¡Vaya un modo de hacer caridades, señora, quitándole a uno la inmortalidad, el lauro de oro que se le tiene destinado!

Don Patricio dijo esto con una seriedad que hacía llorar y reír al mismo tiempo.

—¿Qué gloria? —repuso Soledad—. No conozco sino la que Dios da a los que se portan bien y cumplen sus mandamientos.

—¿Pero y esa víctima de quien necesita la libertad?

—La libertad no necesita víctimas, sino hombres que la sepan entender... Conque Sarmientillo, seremos amigos. De aquí no se sale, mientras esa cabeza no esté buena.

Diole dos cariñosas palmadas en ella la encantadora joven, mientras el insigne patriota exhalaba de su noble pecho un suspiro de a libra, permítase la frase. ¿Era que hacía el sacrificio de su ideal sublime? ¿Era que pedía a su espíritu fuerzas para sobreponerse a seducción tan terrible? No es fácil saberlo. Los próximos sucesos lo dirán.

—¡Ah! señora —exclamó tomando la mano de Sola—, no sabe usted bien lo que hace. La historia, quizás, pedirá a usted cuentas de su acción abominable, aunque declaro que es inspirada por un noble impulso de caridad...

Engañosa Circe; no sabe usted bien qué clase de ímpetus sojuzga y contiene al encerrarme; no sabe usted bien qué especie de monstruo encarcela ni qué heroicas acciones se pierden con este hecho, ni qué días gloriosos serán borrados de la serie del tiempo.

Dijo, y un rato después dormía la siesta.

VII

En los días sucesivos tuvo don Patricio los mismos deseos de salir, si bien, a excepción de una vez, no fueron tan ardientes; pero hubo gritos, amenazas, volvió a funcionar el inocente palo y la carcelera a desplegar las armas de su convincente piedad y de la graciosa prudencia que tan buenos efectos produjera el primer día. Horas enteras pasaba el vagabundo patriota, corriendo de un ángulo a otro de la sala, como enjaulada bestia, deteniéndose a veces para oír los ruidos de la calle, que a él le sonaban siempre como discursos, proclamas o himnos, y poniéndose a cada rato el sombrero para salir. Este acto de cubrirse primero y descubrirse después al caer en la cuenta de su encierro era gracioso, y excitaba la risa de su amable guardiana. En la comida y cena mostrábase más manso, y se ponía con cierto orgullo las prendas de vestir que Sola le había arreglado. Desde la cabeza a los pies cubríase con lo perteneciente al antiguo dueño de la casa, de cuya adaptación no resultaba gran elegancia, a causa de la diferencia de talle y estatura.

Por las noches daba a Soledad lección de escritura, poniendo en ella tanto cuidado la discípula como el maestro. Él particularmente mostraba una prolijidad desusada, esmerándose en transmitir a su alumna sus altos principios caligráficos y la primorosa maestría de ejecución que poseía y de que estaba tan orgulloso.

—Desde que el mundo es mundo —decía observando los trazos hechos por Soledad sobre el papel pautado—, no se han dado lecciones con tanto esmero. Hanse reunido, para producir colosales efectos, la disposición innata de la discípula y la destreza del maestro. Ahora bien, señora y carcelera mía, la justicia y el agradecimiento piden que en pago de este beneficio me conceda usted la libertad que es mi elemento, mi vida, mi atmósfera.

—Bueno —respondió Sola—, cuando sepa escribir te abriré la puerta, viejecillo bobo.

En los primeros días de noviembre estuvo muy tranquilo, apenas dio señales de persistir en su diabólica manía, y se le vio reír y aun modular entre dientes alegres cancioncillas; pero el 7 del mismo mes llegaron a su encierro, no se sabe cómo (sin duda por el aguador o la indiscreta criada) nuevas del suplicio de Riego, y entonces la imaginación mal contenida de don Patricio perdió los estribos. Furioso y desatinado, corrió por toda la casa gritando:

—¡Esperad, verdugos; que allá voy yo también! No será él solo... Esperad, hacedme un puesto en esa horca gloriosa... ¡Maldito sea el que quiera arrancarme mis legítimos laureles!

Soledad tuvo miedo; mas sobreponiéndose a todo, logró contenerle con no poco trabajo y riesgo, porque Sarmiento no cedía como antes a la virtud del palo, ni oía razones, ni respetaba a la que había logrado merced a su paciencia y dulzura tan gran dominio sobre él. Pero al fin triunfaron las buenas artes de la celestial joven, y Sarmiento, acorralado en la sala, sin esperanzas de lograr su intento, tuvo que contentarse con desahogar su espíritu poniéndose de rodillas y diciendo con voz sonora:

—¡Oh! tú, el héroe más grande que han visto los siglos, patriarca de la libertad, contempla desde el cielo donde moras esta alma atribulada que no puede romper las ligaduras que le impiden seguirte. Preso contra todo fuero y razón; víctima de una intriga, me veo imposibilitado de compartir tu martirio y con tu martirio tu galardón eterno. Y vosotros, asesinos, venid aquí por mí si queréis. Gritaré hasta que mis voces lleguen hasta vuestros perversos oídos. Soy Sarmiento, el digno compañero de Riego, el único digno de morir con él; soy aquel Sarmiento, cuya tonante elocuencia os ha confundido tantas veces, el que no os ha ametrallado con balas sino con razones, el que ha destruido todos vuestros sofismas con la artillería resonante de su palabra. Aquí estoy, matad la lengua de la libertad, así como habéis matado el brazo. Vuestra obra no está completa mientras yo viva, porque mientras yo viva se oirá mi voz por todas partes diciendo lo que sois... Venid por mí. La horca está manca: falta en ella un cuerpo. No será efectivo el sacrificio sin mí. ¿No me conocéis, ciegos? Soy Sarmiento, el famoso Sarmiento, el dueño de esa lengua de acero que tanto os ha hecho rabiar... ¿No daríais algo por taparle la boca? Pues aquí le tenéis... Venid pronto... El hombre terrible, la voz destructora de tiranías callará para siempre.

Todo aquel día estuvo insufrible en tal manera que otra persona de menos paciencia y sufrimiento que Solita le habría puesto en la calle, dejándole que siguiera su glorioso destino; pero se fue calmando y un sueño profundo durante la noche le puso en regular estado de despejo. Habíale traído Soledad tabaco picado y librillos de papel para que se entretuviese haciendo cigarrillos, y con esto y con limpiar la jaula de un jilguero pasaba parte de la mañana. Sentándose después junto a la huérfana mientras esta cosía, hablaban largo rato y agradablemente de cosas diversas. Uno y otro contaban cosas pasadas: Sarmiento sus bodas, la muerte de Refugio y la niñez de Lucas; Sola su desgraciado viaje al reino de Valencia.

Continuaban las lecciones de escritura por las noches, y después leía el anciano un libro de comedias antiguas que Sola trajo de la casa de Cordero. Cuidaba muy bien de que en la vivienda no entrase papel ninguno de política, y siempre que el anciano pedía noticias de los sucesos públicos se le contestaba con una amonestación acompañada a veces de tal cual suave pasagonzalo. Poco a poco iba acomodándose el buen viejo a tal género de vida, y sus accesos de tristeza o de rabia eran menos frecuentes cada día. Su carácter se suavizaba por grados, desapareciendo de él lentamente las asperezas ocasionadas por un fanatismo brutal y la irritación y acritud que en él produjera la gran enfermedad de la vida, que es la miseria. A las ocupaciones no muy trabajosas de hacer cigarrillos y cuidar el pájaro, añadió Soledad otras que entretenían más al anciano. Como no carecía de habilidad de manos y había herramientas en la casa, todos los muebles que tenían desperfectos y todas las sillas que claudicaban recibieron compostura. En la cocina se pusieron vasares nuevos de tablas, y después nunca faltaba una percha que asegurar, una cortina que suspender, una lámpara que colgar, una lámina que mudar de sitio o una madeja de algodón que devanar.

Llegó el invierno, y la sala se abrigaba todas las noches con hermoso brasero de cisco bien pasado, en cuya tarima ponían los pies el vagabundo, inclinándose sobre el rescoldo sin soltar de la mano la badila. Era notable Don Patricio en el arte de arreglar el brasero, y se preciaba de ello. Su conocimiento de la temperatura teníale muy orgulloso, y cuando el brasero empezaba a desempeñar sus funciones, el patriota extendía la mano como para palpar el aire y decía: «Ya principia a tomar calor la habitación... Va aumentando... Un poquito más y tendremos bastante. Yo no necesito más termómetro que la yema del dedo meñique.»

Más de una vez dijo, repitiendo una idea antigua:

—Desde el tiempo de mi Refugio no había visto yo un brasero tan bueno.

Por la mañana levantábase muy temprano y barría toda la casa, cantorriando entre dientes. No habían pasado tres meses desde el primer día de su encierro, cuando parecía haber adquirido conformidad casi perfecta con su pacífica existencia. Sus ratos de mal humor eran muy escasos, y por lo general las turbonadas cerebrales estallaban mientras Solita estaba fuera, disipándose desde que volvía. Para el espíritu del pobre anciano la huérfana era como un Sol que lo vivificaba. Verla y sentir efectos semejantes a los de la aparición de una luz en sitio antes oscuro, era para él una misma cosa.

—Parece que no —decía para sí—, y le estoy tomando cariño a esa muchachuela... Quién lo había de decir, siendo como éramos enemigos irreconciliables... ¡Ah! Patricio, Patricio, si ahora te abrieran la puerta de la casa y te echaran fuera, ¿abandonarías sin pena a esta pobre huérfana que te mira como miraría la hija más cariñosa al padre más desgraciado?

Un día, allá por febrero o marzo del 24, Sarmiento observó que Sola estaba más triste que de ordinario. Atribuyolo a no haber recibido las cartas que una vez al mes causábanla tanta alegría. El siguiente día lo pasó la huérfana llorando de la mañana la noche, lo que afligió extremadamente al patriota. Por más que agotó Sarmiento todo el repertorio, no muy grande por cierto, de sus trasnochados chistes, no pudo sacarla de aquel estado, ni menos obligarla a revelar la causa de su tristeza. Durante la cena, que casi fue de pura fórmula, Sarmiento dijo:

—Pues si usted no se pone contenta, yo me volveré patriota como antes, ea... Así estaremos los dos iguales... Me marcharé, sí señora, estoy decidido a marcharme... y lo siento, porque le he tomado a usted mucho cariño, tanto cariño que...

Se echó a llorar y tuvo que correr a ocultar sus lágrimas en la alcoba inmediata.

Tres días después Sola salió muy de mañana, y volvió asaz contenta, disipada la aflicción y con frescos colores en la cara, que eran como la irradiación de su alegría, demasiado grande para contenerse en los límites del alma. Tampoco entonces pudo el preceptor saber la causa de tan rápido cambio; pero contentose con ver los efectos, y se puso a bailar en medio de la sala, diciendo:

—¡Viva mi señora doña Solita, que ya está contenta, y yo también! No más lágrimas, no más suspiros. Señora, si usted me lo permite me voy a tomar la libertad de darle un abrazo.

Soledad aceptó con júbilo la idea, y el anciano la estrechó en sus brazos con fuerza.

—¿Sabe usted —dijo limpiándose una lágrima—, que hoy se quedó la llave en casa, y que habría podido escaparme si hubiera querido?

—¿Y por qué no saliste, viejecillo bobo?

—Porque no me ha dado la gana, vamos a ver... porque estoy aquí muy re-que-te-bien.

—¡Cosa más rara! —observó Soledad jovialmente—. Ya no quieres salir...

—No señora, no. Vea usted lo que son los gustos. Ya no quiero salir, y no saldré sino cuando usted me arroje. Así de *bóbilis bóbilis* me he ido acostumbrando a esta vida tonta, y... No es que yo renuncie al cumplimiento de mi destino; pero ya vendrá la ocasión, ¿no es verdad, niña mía? Hay más días que longanizas, y tiempo hay, tiempo hay.

Don Patricio hacía con su mano derecha movimientos semejantes al fluctuar de las olas, queriendo expresar de este modo el lento rodar del tiempo.

—Ahora, hija mía... No se me enfade usted si le doy este nombre, que me sale del corazón... Sí señor, porque usted se ha portado conmigo como una hija, y es justo que yo sea un buen padre para usted... Pues decía, hija querida, que si usted no lo tiene a mal... Me estorba en la boca el tratamiento de usted... Si no te llamo de *tú*, reviento... Pues decía, hija de mi alma, que ya es hora de que me des de comer.

Un momento después comían los dos alegremente, departiendo sobre cosas placenteras, que no hay cosa que tan bien acompañe a un buen apetito como la conversación amistosa y grata. Por la tarde, Soledad preparaba a su viejo una bonita sorpresa.

—Como te vas portando bien —dijo—, y vas curándote de esas ideas ridículas, voy a darte una golosina.

—¿Qué, hija de mi alma? —preguntó don Patricio con la curiosidad de los niños, cuando se les anuncia algún regalo.

—Una golosina... ya la verás.

—¿Pero qué es? Estoy rabiando. ¿Café? Si lo tomo todos los días... ¿Un periódico?

—Ahora no hay periódicos.

—¡No hay periódicos!... ¡Oh! vil absolutismo. ¿Conque no hay prensa periódica?

Con un simple gesto apagó Soledad aquel chispazo de la hoguera que parecía sofocada.

—¿Pues cuál es la golosina? Dímelo, angelito de mi corazón.

—La golosina es un paseo... Esta tarde te llevaré a dar un paseíto. Está hermosa la tarde.

—Bien, bravísimo, archi-bravísimo —exclamó el vagabundo arrojando su sombrero al aire—. Estrenaré esa magnífica capa que me has arreglado. Vamos pronto... Mira, hija, que puede llover...

—Si no hay nubes...

—Puede ocurrir cualquier cosa.

—Nada puede ocurrir. Aguardaremos.

¡Qué hermoso día! Haces bien en sacarme a pasear. Mira que tengo ganitas de saber lo que es el aire libre.

Salieron a las calles y de las calles al campo con vivo contento del patriota que experimentó grandísimo gozo por tal expansión, y luego se volvieron a casa haciendo planes para nuevos paseos en los días sucesivos. Así corría mansamente la vejez del buen maestro, que se asombraba de encontrarse feliz sin saberlo, es decir, que miraba aquel maravilloso cambio de sus sentimientos y de sus gustos sin acertar a darse cuenta de él, como observa el vulgo los grandes fenómenos de la Naturaleza sin explicárselos. Él pensaba a ratos en estas cosas, tratando de examinar de cerca la metamorfosis de su alma, y decía:

—Es que yo soy todo corazón... Esta joven me ha recogido, me ha dado de comer y de vestir, me trata como a un padre. ¿Cómo no adorarla? Patricio no es, no puede ser ingrato, y su corazón está dispuesto a encenderse, a arder, a derretirse con los sentimientos más vivos, así como los más delicados... No es que en mí se hayan enfriado los sublimes afectos de la patria, no, de ningún modo... (Ponía mucho empeño en convencerse a sí mismo de esta verdad). Soy lo mismo que era, el mismo gran patriota, y persisto en mi noble idea de sacrificarme por la libertad, ofreciendo mi sangre preciosísima... Esto no puede faltar, porque está escrito en el sacrosanto libro del destino... Es que Dios no quiere que sea tan pronto como yo esperaba. Vendrá el sacrificio, el cruento martirio, los lauros, la inmortalidad; pero vendrán en oportuna sazón y cuando suene la hora. A cada sublime momento de la historia le suena su hora, y entonces no hay más que decir... He aquí que Dios me depara un medio de corresponder a las bondades de ese mi ángel tutelar. (Al decir esto se frotaba las manos en señal de gozo). Es evidente que yo no tengo ningún bien mundano que dejarle, pues carezco de fincas y de dinero, como no sea el que ella misma me da. ¿Quiere decir esto que no pueda legarle algo? No... le dejaré un tesoro que vale más que todas las fincas y caudales, un tesoro que es para beneficio del espíritu, no del cuerpo; le dejo, pues, mi gloria, y así cuando la vean, dirán: «Esa es la compañera del gran Sarmiento, esa es su hija adoptiva, la que le socorrió en sus últimos días. ¡Loor eterno a la muchacha!»

Como se ve, el patriota no estaba curado, pero su enfermedad ofrecía menos peligro, por haber entrado en un período que podremos llamar médicamente de revulsión. El cariño que Sarmiento había tomado a su favorecedora era síntoma muy favorable, y bien podía verse en aquello más que la extirpación del fanatismo, una nueva dirección de él. No mentía el infeliz al decir que era todo corazón. Capaz era este de los sentimientos más delicados, así como de los más ardientes; bastaba que las misteriosas corrientes de la vida consumasen su obra, llevando, como las del cielo, la tempestad a otra región y zona distinta; pero el pensamiento no podía obedecer a este cambio, porque había en la máquina del cerebro Sarmentil una clavija rota que no podía y quizás no debía componerse nunca.

También Sola había tomado mucho cariño al desvalido anciano. Le recogió por caridad; propúsose realizar sin ayuda de nadie uno de esos admirables actos de la voluntad, tanto más meritorios cuanto son más oscuros, y sofocando resentimientos antiguos, indignos de la grandeza de su alma, consumó valerosamente su obra bendita, digna de figurar en el *Flos Sanctorum*. Con el tiempo encendiose en su pecho un vivo afecto hacia el mendigo abandonado, y esto, unido a los dulces placeres que trae consigo el amar, fue el más digno premio de su noble acción. Llegó a acostumbrarse de tal modo a la compañía del patriota vagabundo, que la habría echado muy de menos si en cualquiera ocasión le faltara.

Un día Sarmiento le dijo:

—Querida Sola, hoy voy a pedirte un favor que creo no me has de negar... Es un caprichillo de anciano mimoso, un antojillo de abuelo... Si me lo niegas por cualquier pretexto, no me enfadaré, pero me pondré muy triste.

—¿Qué es?

—Que me permitas darte un beso, hija mía. Hace muchos días que estoy bregando con esta idea en la imaginación. Ya no puedo esperar más.

Soledad corrió hacia él, y don Patricio la tuvo largo rato sobre las rodillas prodigándole tiernas caricias.

—Por vida de la grandísima Chilindraina, niña de mi corazón —exclamó hecho un mar de lágrimas—, si ahora me separan de ti, juro que me moriría de pena. ¡Bendita seas tú mil veces!... Bendita seas, angelito mío, angelito mío, consuelo de mi vejez y heredera de mi gloria... ¡Toda, toda ella será para ti!

VIII

Parece que es urgente decir algo de la singular vida de esta solitaria joven, e inquirir su conducta para deducir de su conducta sus proyectos. Sin duda aquel espíritu valeroso, contrariado por lo que hemos convenido en llamar suerte, no llevaba una existencia pasiva, entregándose a la arbitraria fluctuación de los acontecimientos, sino que vivía en actividad grande, aunque escondida, trabajando en obra misteriosa o luchando con obstáculos tan oscuros como sus esfuerzos. Para afirmar esto nos fundamos en conjeturas y en el conocimiento que de su carácter tenemos; mas nada positivo afirmamos aún.

Nos consta, sí, que recibía cartas de cuyo contenido no enteraba a nadie; que a veces pasaba largas horas fuera de su casa; que escribía a altas horas de la noche algún pliego y lo rompía después para volverlo a escribir, repitiendo este trabajo cuatro o cinco veces, hasta quedar medianamente satisfecha; que su semblante expresaba con fidelidad pasmosa cambios muy bruscos en su espíritu, presentándola ya sombríamente melancólica, ya festiva y dichosa; que no cesaba un punto en su actividad, y cuando los asuntos de la casa le daban reposo, discurría sobre mil temas concernientes a la faena del día venidero.

No le conocemos otras relaciones de amistad que las que tenía con la familia de Cordero, la cual, a consecuencia de las calamidades de la época, había ido a vivir en la misma casa, descendiendo algunos grados en la escala social.

Ya es conocido de nuestros lectores el gran don Benigno Cordero[1], comerciante de la subida a Santa Cruz, hombre que se preciaba de ocupar dignamente su lugar en todas las ocasiones, y que sabía ser bondadoso padre de familia, honrado tendero, puntual amigo y también héroe glorioso, según lo que exigían las circunstancias. Siendo tímido por naturaleza, mandole un día su deber que fuese héroe y lo fue. Desgraciadamente no hay ninguna calle, ni monumento, ni lápida, ni escultura, que recuerden a la posteridad su nombre, símbolo de la inocencia; pero los veteranos del 7 de julio saben que hubo en Boteros un Leónidas de nariz picuda y roja como guindilla, de gafas de oro y cuerpo más propio para sobresalir de la tabla de un mostrador que para erguirse sobre el pedestal de gloria a quien llaman campo de batalla.

La espantosa reacción absolutista, como furibunda riada que todo lo arrastra, arrastró también al digno patricio, que en su tienda de encajes había adquirido la idea de que los pueblos no se han hecho para los Reyes. Esta idea se pagaba entonces con la cabeza, con la ruina o con el destierro. Muchos perdieron la primera; infinito número buscó refugio en el suelo extranjero. No era en verdad de los más delincuentes el buen don Benigno, porque no había ejercido cargo público del Estado durante los *tres llamados años*. Su crimen había sido pertenecer a la Milicia y vestir su honroso uniforme sin tacha, con la circunstancia agravante de haber cargado charreteras como representante de las más altas jerarquías. Su sobrino don Primitivo Cordero, que se había significado altamente como correveidile político

---

1   Véase *7 de julio*. (N. del A.)

(el grado inmediatamente inferior al de personaje), fue condenado a muerte, y tuvo que huir al extranjero disfrazado de pastor, abandonando su comercio de hierro a la autoridad que lo embargara; mas con don Benigno fueron más humanos, condenándole tan solo a hacer una visita a Melilla o a otra de las cortes del África, en lo que recibió más disgusto que si le destinaran a la horca.

Él, no obstante, diose su maña, y con ella, un poco de paciencia y un puñado de onzas de oro (que entonces corrían de lo lindo para estos arreglos), logró de la generosidad absolutista que se le comprendiera en el Decreto de proscripción de Jerez, el cual mandaba que todos los que se habían significado durante el malhadado imperio del Régimen famoso, sin llegar al grado de culpabilidad necesario para incurrir en otras penas mayores, no pudiesen hallarse a cinco leguas en contorno de los puntos que recorría el Rey en su viaje, cerrándoseles además la Corte y Sitios Reales dentro del radio de quince leguas. Cien mil individuos fueron por este ridículo Decreto privados de la contemplación de la Corte y Sitios Reales.

Abandonando su tienda y su familia partió Cordero a Zaragoza, donde fue molestado y reducido a prisión por la feroz policía de aquella ciudad, viéndose precisado a buscar en su bolsa nuevos argumentos contra la famélica justicia de aquel bendito tiempo. Entretanto la familia vivía en Madrid en la mayor aflicción, esperando todos los días nuevas tristes de Zaragoza, atendiendo al comercio de encajes con el mayor celo y economizando todo lo posible para ver de reparar los estragos hechos por la política en el erario Corderil. Esta última razón fue la que les impulsó a mudar de domicilio, pues una habitación arreglada cuadraba admirablemente a su presupuesto más estirado ya que cuerda de ballesta. Desde noviembre se instalaron en el principal de la casa que ya conocemos en la calle de la Emancipación Social según don Patricio, y de Coloreros según el Municipio. La tienda continuaba en el mismo sitio, a mano derecha, como vamos a la plazuela de Santa Cruz y a la cárcel de Villa.

Componían tan hidalga familia la señora de Cordero y tres hijos, hembra la mayor y ya mujer, varones y pequeñuelos los otros dos. Acontecía en aquel matrimonio un contraste que no deja de ser frecuente en este extravagantísimo mundo, a saber, que si el esposo era diminuto y ligero, la esposa era corpulenta y pesada. Doña Robustiana podía coger a su marido debajo del brazo como un falderillo y aun jugar con él a la pelota si hubiera tenido tal antojo. Era avilesa y natural de Arenas de San Pedro, de una familia nombrada Toros de Guisando, sin duda porque en la antigüedad adquirió fama de dar hombres y mujeres de gran corpulencia. Alta estatura, blancas y apretadas carnes, admirables contornos y blanduras que estirando la tela pugnaban por mostrarse, arrogante cabeza con ojos negros y cejas de terciopelo, manos gruesas, semblante más correcto que agraciado, con cierto ceño no muy simpático y algo de mohín avinagrado, boca demasiado pequeña con blancos dientes, carrillos con demasiada carne, nariz castellana, escasísima agilidad en los movimientos y mucha fuerza en los puños componían la persona de doña Robustiana Toros de Guisando de Cordero.

De la incongrua pareja que formaba esta mujer con el benemérito hombrecillo del arco de Boteros (pareja admirablemente acordada en el orden moral) había nacido el día mismo de la batalla de Trafalgar (21 de octubre de 1805) Elena Cordero, en cuya persona se verificó una preciosa amalgama del ser físico del padre y del de la madre. No salió a ella ni a él, sino a los dos, realizando en sí uno de esos maravillosos términos medios que solo resultan bien en los divinos talleres de la Naturaleza. No era Elena grande ni chica, ni gorda ni flaca, sino admirablemente proporcionada en talle, color y estatura. Su cabeza era de las más hermosas que pueden imaginarse, de tal modo que viéndola se comprendía que el valor sereno de don Benigno no era el único parentesco de aquella familia con la raza helénica. Su cara era la más bella que se ha visto durante muchos años en toda la zona del comercio matritense desde Majaderitos a la calle de Milaneses.

Quizás faltaba a su rostro aquella movilidad de la fisonomía española, que es como el temblor de la luz jugando sobre la superficie del agua agitada; quizás le faltaba esa facultad de hablar en silencio, lenguaje admirable del cual son signos las pestañas, el iris negro que alumbra como una luz, la sombra de la cara, el modo de mover el cuello, la olvidada guedeja sobre la sien, el rumorcillo del pendiente que se mueve ensartado en la oreja. Quizás Elena era demasiado selecta y tenía demasiada corrección en su persona; mas no por esto dejaba de ser acabado tipo de hermosura. Verdad es que miraba y reía, se peinaba y se adornaba de una manera harto metódica; mas es posible que su corta edad y su educación circunspecta la tuvieran en tal estado. Sus apasionados alegaban para defenderla que era más bella su timidez inocente y aquella perfección muñequil tan esmerada en sus limpios perfiles que la desenvoltura y graciosa viveza de otras. Algunos la ponían resueltamente en el orden de los juguetes finos; otros, en el de las imágenes de iglesia. Pero, no obstante tal diversidad de opiniones, era generalmente admirada, contribuyendo además la fama de su virtud a aumentar la aureola de respeto y consideración que circundaba como nimbo luminoso a toda la familia de Cordero.

De los dos varones poco puede decirse; eran pequeñuelos, traviesos y muy devotos hermanos de la hermandad del Novillo. En aquel tiempo las familias discurrían el modo de congraciarse con el bando dominante, y uno de los sistemas más eficaces durante el trienio había sido vestir a los niños de milicianos nacionales. Cambiadas radicalmente las cosas, doña Robustiana, que quería estar en paz con la situación, siguió la general moda vistiendo a los borregos de frailes. Los domingos Primitivo y Segundito salían a la calle hechos unos padres priores que daban gozo.

La familia, que antes de la catástrofe de la Constitución era feliz y vivía tranquila en su paz laboriosa, había caído en gran desaliento y tristeza desde la proscripción del padre. Temían nuevas desgracias, y como no veían en torno de sí más que cuadros de luto, ignominia, venganzas horribles, asesinatos jurídicos, delaciones infames, horcas y traición, no respiraban. Resuelta doña Robustiana a no ser en manera alguna sospechosa a los ojos de la reacción, se esmeraba en variar los vestidos domingueros de los niños, dándoles la forma y color de todas las órdenes religiosas imaginables.

Compartían el tiempo hija y madre entre la tienda y la casa. En la primera tenían un mancebo jovenzuelo que era muy despierto y les prestaba no poca ayuda. En la casa vivían recogidamente, sin cultivar amistades que podrían resultar peligrosas; huyendo de tratar mucha y diversa gente; consagrando bastantes horas a rezar por la vuelta del padre, y a imaginar medios pacíficos y legales para hacer su situación menos aflictiva. La amistad más íntima y cariñosa que cultivaban era la de Sola, que bajaba todos los días un par de horas lo menos, cuando no subía Elena a hacerle compañía y ayudarla en sus quehaceres. La amistad de la huérfana databa de 1822 en vida de su padre, que era paisano de Cordero; pero se había aumentado y encendido más el afecto con la común desgracia. Elena había sentido desde luego por ella una de esas vivas inclinaciones de la primera juventud, que establecen lazos duraderos para toda la vida, y a la cual daban aliciente la belleza moral de Sola y aquel peculiar atractivo indefinible que sometía los corazones. La de Cordero reconocía en ella una gran superioridad espiritual, que le infundía respeto no inferior a su cariño, y subyugada por el misterioso e invencible despotismo que ejerce a la callada la aristocracia moral, se sometía a los pensamientos y al sentir de Sola, con la docilidad de la niñez ante la edad madura. Siendo Sola poco menos joven que ella, se le representaba, por la seriedad de sus consejos y su precoz experiencia, como de edad mucho más alta. Hermana mayor antes que amiga, la huérfana fue erigida en confesor, en consejero, y en depositaria de los secretos del corazón de Elenita, porque el corazón de la muñeca tan perfilada, metódica y acabadita tenía secretos.

Otra principal amistad de los Corderos era con la familia de los Romos, y particularmente con Francisco Romo, jefe a la sazón del comercio conocido con este nombre en la plazuela de Herradores. Las excelentes relaciones mercantiles entre ambos tenderos fueron parte a anudar las de la amistad, y durante la emigración de don Benigno, Romo colmó de atenciones y finezas a la familia, sirviéndoles al mismo tiempo de amparo contra la reacción, por ser voluntario realista de los más significados. Doña Robustiana fiaba mucho en la amistad de aquel joven de tanto poder entre las turbas realistas, y por nada del mundo la diera en cambio de la de un príncipe. Creía tener en él fortísimo escudo contra las brutalidades de la época y fiaba en que por mediación suya sería restituido prontamente Cordero a la dulzura de su hogar.

—Hay que tener un poquito de paciencia —les decía Romo—. Se hace todo lo que se puede para que el señor don Benigno vuelva a su casa; pero no se podrá mucho, hasta que los liberales no estén sometidos. Figúrese usted, señora doña Robustiana, que el Gobierno abre un poco la mano y empieza a perdonar, a perdonar... pues ya tiene usted la revolución encima. No lo digo por el señor don Benigno, que es un hombre de bien, sino por esos pillos que están acechando nuestra debilidad para soltar las riendas de su desvergüenza... No se aflijan ustedes; que vamos a dar una amnistía, una amnistía amplia, general, con excepción de todos los pillos se entiende, y entonces o no soy quien soy, o don Benigno será comprendido en ella.

Con estas promesas se consolaba la familia; pero pasaban los meses y la deseada amnistía no era más que una esperanza. En su lugar véanse nuevas proscripciones, encarcelamientos, la horca siempre en pie, la venganza más cruel gobernando a la Nación, y la vida de los españoles pendiente del capricho de un salvaje frailón o de fieros polizontes. Las delaciones, como puñaladas recibidas en la oscuridad, traían en gran consternación a la Corte. Desaparecían los ciudadanos sin que fuera posible saber en qué calabozo habían caído. Las cárceles tragaban gente como las tumbas en una epidemia. Nadie, libre hoy, podía estar seguro de conservar la libertad mañana, porque la virtud más pura no podía estar segura del golpe secreto, como no puede estarlo del miasma invisible.

Al fin, allá en mayo del 24, vino la amnistía. Por ella se concedía *indulto y perdón general*; mas eran tantas las excepciones, que antes que amnistía parecía el Decreto de una sangrienta burla. Se perdonaba a todo el mundo y se exceptuaba después a todo el mundo. La familia de Cordero, viendo que pasaban meses sin que el proscrito volviese, examinaba detenidamente los 15 artículos de las excepciones, por ver si don Benigno podía ser comprendido en alguno de ellos; pero Romo tranquilizaba a las dos señoras, diciéndoles:

—Eso corre de mi cuenta. Don Benigno vendrá; en caso que la Superintendencia de policía tenga algún escrúpulo, le purificaremos y... Santas Pascuas.

En efecto, una mañana del mes de agosto hallábase doña Robustiana en el mostrador midiendo algunas varas de puntilla, cuando vio que oscurecía la luz de la puerta un objeto, un bulto, un cuerpo, un hombre, ¡don Benigno!... Cayósele de las manos la vara de medir, y dando un grito, extendió los macizos brazos por encima del mostrador. Cordero, a quien la emoción tenía mudo y aturdido, no acertaba a abrazar a su esposa convenientemente, hallándose por medio, como guión entre dos letras, la dura tabla del mostrador, y le dio una cabezada en el pecho. Entonces doña Robustiana cogiole con sus robustas manazas, tiró de él suspendiéndole, y don Benigno quedó de rodillas sobre el mostrador. Su amante esposa le oprimía contra su delantera y así estuvieron largo rato entre babas y sollozos, hasta que vencida por su sensibilidad que era más fuerte que ella, cayó redonda al suelo la esposa, como un colchón que recobra su posición natural. El mancebo corrió en busca de un sangrador.

—Esto no es nada —dijo don Benigno corriendo a desabrochar el corsé de su esposa, que no era tarea de un momento—. Robustiana... Robustiana... ¿Y qué tal? ¿Están buenos los niños? ¿Y Elena?... ¿En dónde están mis hijos?

El héroe de Boteros se bebía las lágrimas. No tardó la señora en volver de su soponcio, y abrazándose nuevamente ambos, derramaron más lágrimas. Don Benigno dijo entre pucheros:

—No más política, no más tonterías. La lección ha sido buena. Viva mi familia, que es lo único que me interesa en el mundo.

Los amigos de las tiendas cercanas acudieron a felicitarle; el mancebo corrió a traer a los chicos que ya habían ido a la escuela, y él, no pudiendo refrenar su impaciente anhelo de ver a Elena, corrió a la calle de Coloreros. Por el camino topaba a cada instante con amigos que le daban la bienvenida, y como casi todos se empeñaban en manifestarle su gozo con apretones de manos, abrazos y otras muestras de sensibilidad, al feliz padre le consumía el desasosiego, y procurando desasirse de las amistosas manos, exclamaba:

—Yo bueno... Estoy bien... Hasta luego, señores... Voy a ver a mi hija querida.

Y penetrando en el portal, decía:

—Estará sola la pobrecita... ¡qué alegría tendrá cuando me vea!... ¡Pobre ángel de mi vida!

Subió temblando y al acercarse a la puerta, y cuando alargaba la mano para tomar el verde cordón de la campanilla, sintió una voz de hombre que sonaba dentro de la casa. Era una voz agria, bronca, y pronunciaba atropelladamente palabras que no podían entenderse bien desde la escalera. Luego oyó don Benigno la voz de su hija, expresándose con agitación. Al buen ciudadano matritense se le heló la sangre en las venas, a pesar de no haber formado aún idea concreta de lo que oía, y llamó fuertemente con la campanilla y con los puños, gritando:

—Elena, hija mía, soy yo... ¡tu padre!

IX

Aquella mañana, cuando don Benigno estaba aún a dos leguas de la Corte, Sola entraba en su casa después de una breve excursión por las tiendas.

—Querida niña —le dijo don Patricio suspendiendo el barrido y apoyándose en el palo de la escoba—, Elenita Cordero ha venido a buscarte para que la acompañes un poco. Hoy está sola todo el día.

—¿Y no ha venido nadie más?

—Sí, ha venido también el caballero que estuvo ayer —repuso Sarmiento poniendo ceño de disgusto—. Puede que él crea que yo no le conozco, a pesar de las barbas de capuchino que gasta... Si me parece que le estoy viendo en la sala de armas del castillo... Pero más vale callar... ¡Ah! se me olvidaba decirte que ha dejado un paquete para ti.

—Sí... hoy debía traerle —dijo Sola mirando a todos lados con ansiedad—. ¿En dónde lo ha dejado?

Don Patricio señaló una puerta, por la cual entró Sola corriendo. Fue derecha a tomar un paquete que estaba sobre su cama. Pálida y con los labios secos, le dio vueltas en sus manos temblorosas, buscando la lazada del cordón que lo ataba. La veía, la tocaba sin acertar a deshacerla, de tal modo se había vuelto torpe a causa de su gran emoción.

En el paquete había cartas, muchas cartas; pero Sola buscó entre todas una que debía de ser la principal, y hallada se puso a leerla. Por temor a ser interrumpida, encerrose en la alcoba, y sentándose en un rincón, arrojó todo su espíritu sobre un papel escrito. Allí estuvo largo rato aleteando sobre él, como la mariposa sobre la flor, y tan pronto lloraba como reía según los sentimientos expresados por aquella sombra de un ser vivo a la cual se llama carta. Después miró uno por uno los sobrescritos de las otras, y al hacer esto no mostraba mucho contento, antes bien miedo. Además el paquete contenía una cajita pequeña con dinero en monedas de oro. Contolas una por una y después lo guardó todo cuidadosamente, a excepción de las cartas que no eran para ella. De estas hizo un nuevo paquete que ocultó en su seno.

Púsose la mantilla para salir. Don Patricio vio pintado en el semblante de la joven el gran gozo que la dominaba, y dando el último escobazo, se dirigió a ella sonriendo. Sola se detuvo en la puerta, y mirando a su protegido con expresión de lástima y de bondad, le dijo:

—Abuelo Sarmiento, si yo tuviera que marcharme para Inglaterra, ¿qué harías tú, viejecillo bobo?

Y diciendo esto y sin dejar de mirarle bajó la escalera.

Inmóvil y perplejo don Patricio, empuñando con su derecha mano el palo de la escoba, y alzando la siniestra hasta la altura de su frente, parecía la estatua erigida para conmemorar la petrificación del hombre.

Solita entró en casa de Cordero. Elena, que corrió a abrirle la puerta, le dijo:

—Hace una hora que te espero... quítate la mantilla... Estoy sola con Reyes... Tengo muchas cosas que contarte.

Entraron en la sala. En el centro de ella había una gran mesa llena de puntillas que Elenita cosía unas con otras...

—¿Pero no te quitas la mantilla? —repitió la de Cordero, emprendiendo la obra interrumpida—. Hoy no sales de aquí en todo el día.

—Ahora mismo me voy —replicó Solita dejando escapar el contento por los ojos.

—¡Vaya unas amigas! —dijo Elena manifestando en el tono su tristeza—. ¿A dónde vas ahora? Hay mucho calor.

—Tengo que hacer —repuso la huérfana tocándose el pecho para ver si se le habían perdido las cartas—. Hay cosas que no se pueden dejar para mañana.

—Es verdad —dijo la muñeca poniendo un hilo entre los dientes—. Si yo pudiera dejar esto para la semana que entra lo dejaría... Parece que estás contenta...

—Siempre no hemos de estar tristes.

—¿A dónde fuiste esta mañana?

—A comprar un vestido.

—¿Y ahora a dónde vas?

Sola vaciló un instante, porque era preciso mentir, y su inventiva no era grande.

—A comprar otro —repuso al fin.

—¡Qué lujo!... —exclamó Elena en son de amistosa burla.

—Qué quieres tú... Es posible que tenga que salir de Madrid para ir a...

—¿A dónde? —preguntó la de Cordero con viveza.

—A... Otra parte —repuso la huérfana cayendo en la cuenta de que había sido indiscreta—. Todavía no hay nada de cierto.

—De modo que me quedaré sola... Pero muy satisfecha, muy oronda estás hoy.

Sola se echó a reír. Este era el desahogo de un espíritu, a quien la prudencia imponía silencio absoluto. Cuando una alegría tiene en la boca de su cráter una gran piedra de discreción que la tapa y la ahoga, solo puede calmar su hervor riendo como los chicos y los tontos.

—Tú ríes y yo estoy desesperada —dijo la primorosa muñeca dando una patadita en el suelo y rompiendo de un tirón el hilo que tenía entre los dientes—. Solilla, anoche... Si supieras lo que pasó anoche...

—¿Qué?

Este monosílabo lo pronunció Sola distraída y maquinalmente, porque tenía fija toda su atención en sí misma.

—¡Anoche!

—¡Anoche!... —repitió la amiga volviéndose a tocar el pecho para ver si había perdido las cartas.

—Todavía no se me ha quitado el miedo —dijo Elena suspendiendo su obra para que ningún acto perjudicase a la expresión de lo que iba a decir—. Antes ese hombre me era muy antipático; pero ahora... te juro que le aborrezco con toda mi alma.

—¡Pobrecito!... No, no, quiero decir que le está bien merecido... El señor Romo no cautivará a ninguna mujer. Sin ser feo, es tal que parece más feo que los que lo son adrede.

—Justamente, has dicho la verdad... El amigo de la casa se empeña en quererme y en que yo le he de querer... ¡Ay! amiga, tú tienes razón en decir que ese hombre es malo... Tiene en la cara una cosa... ¿qué es? Parece que va pasando por delante de él una máscara horrible que le hace sombra en la cara. ¿No es así?

—Así mismo es, así —dijo Sola mirándose en un espejo que frente a ella había y haciendo la observación de que no se encontraba tan poco bonita como antes creyera.

—Pues ve a decirle a mamá que Francisco Romo no es la flor y nata de los caballeros... Todo lo bueno lo hace el señor Romo... «Ay, cuándo vendrá el señor de Romo para contarle lo que nos pasa!...» «De este apuro nadie más que el señor de Romo puede sacarnos...» «Si el señor de Romo no nos devuelve a tu padre, tenlo por perdido...» Y dale con el señor *de* Romo.

—¿Por qué no le cuentas a tu madre lo que te pasa?

—No puedo... De ningún modo —dijo Elenita mostrando en su hermoso rostro perfilado la imagen de la mayor confusión— ¡Ay! ¡pobre de mí qué desgraciada soy! ¡sí, la más desgraciada de todas las mujeres!

Diciendo esto, la figurita de porcelana cayó en una silla y llevó a los ojos, acompañadas de un largo pañuelo, sus dos lindas manos. Alarmada Solita acudió hacia ella y abrazola tiernamente, rogándole que explicase aquellas desgracias tan enormes que abrumaban a la gentil doncella.

—Yo no puedo querer a Romo —afirmó esta sollozando—, porque es muy feo, muy bastote y porque no me gusta... ¿Qué culpa tengo yo de que otro me haya parecido mejor? Dime tú si cualquier mujer a quien le pongan delante a Francisco Romo y a Angelito Seudoquis puede dudar.

—¡Oh! no, de ningún modo. Angelito Seudoquis se ha de llevar la palma.

—Pues está claro —dijo Elena recibiendo gran consuelo con la declaración de su amiga—. El pobre muchacho es muy bueno, de muy noble familia, superior a nosotros, que somos tenderos; es muy honrado, muy caballero, muy fino, muy valiente, según él mismo me ha dicho, y quiere casarse conmigo.

—¿Y por qué no se ha de casar?

—Porque yo soy muy desgraciada... No te rías... la más desgraciada de las mujeres —exclamó la doncella llorando como una Magdalena—, y además porque he sido mala, muy mala y Dios me está castigando.

—¿Qué has hecho?

—Escribí una carta a Angelito —dijo Elena observando atentamente su pañuelo.

—Eso sí que no me lo habías dicho.

—Pensaba decírtelo hoy... Le he escrito dos cartas.

—¿Dos?

—No... Me parece que han sido tres... O quizás sean cuatro.

—¿Cuatro?

—La verdad, amiga de mi alma; le ha escrito ya cinco cartas.

—No digas más, porque si sigue la cuenta, va a resultar que le has escrito cincuenta.

—Él pasaba todos los días por aquí... yo sentía sus taconazos con el rechinchín de las espuelas, y me daba mucha lástima... No podía menos de asomarme... un día me mando con Reyes un papelito... En fin, en la última carta que le escribí...

—Eso es, vamos a la última.

—En la última carta le decía muchas boberías... Como él es tan tierno y en las cartas pinta muchos corazones atravesados chorreando sangre...

—¿Tú también le pintaste corazones?

—No... pero le decía que Romo es un animal... porque está celoso de Romo... También le decía que con él (es decir, con Angelito) o con nadie... que me metería monja... que el sepulcro me era más dulce que casarme con otro... En fin, esas cosillas que se dicen...

—¿Y nada más?

—Pero el caso es que la policía ha puesto preso a Angelito ayer por la mañana.

—¡Jesús, mujer!

—Sí —añadió Elena más acongojada—. Le han puesto preso, porque parece que un hermano suyo que estaba emigrado en Inglaterra ha venido para conspirar. Le buscan, y como no pueden encontrarle, han cogido al hermanito... y... y...

Elena soltó un torrente de lágrimas y se deshizo en sollozos.

—¡Y... y le van a ahorcar! —prosiguió con lastimeros ayes.

—No seas tonta, mujer —le dijo Sola, que se había puesto muy pálida—. Y dices que por haber llegado su hermano...

—Sí, un condenado masón que ha venido a armar revoluciones; y como no le han podido coger...

Soledad pasó de la sorpresa a la estupefacción más profunda.

—¡Esos infames polizontes son tan malos!... —añadió la de Cordero—. ¿Qué culpa tiene el pobre Angelito?... Él es liberal, muy liberal; pero se halla decidido, así me lo ha dicho, a no desenvainar su espada contra el Rey... Ya sabes que es cadete. No, no, jamás Angelito atentará a los derechos del

Trono... Pues volviendo a ese vil Romo... Ya sabes que él es amigo de los de la policía y de Chaperón.

Sola no oía nada. Estaba absorta y no apartaba su mano del seno. Creía sentir sobre él un peso colosal que la abrumaba.

—Como es amigo de la policía... —añadió Elena—. Ya sabes que registran a todos los presos... Romo encontró en el bolsillo de Angelito la última carta que le escribí... ¿Conoces tú desgracia semejante?

—¿Y qué?

—Que la tiene él... Romo... y me la enseñó anoche... y dice que se la va a enseñar a mamá y a papá cuando venga... y dice que cuando ahorquen a Angelito él le tirará de los pies...

Un nuevo temporal deshecho de lágrimas, ayes y acongojados sollozos interrumpió la narración de la inocente doncella.

—Yo me voy —dijo Sola levantándose bruscamente.

—No digas eso —repuso Elena tirando de la falda de su amiga—. Voy a estar llorando todo el día: acompáñame.

—Después.

—Ahora.

—Tengo que salir —repitió Sola sin mirar a su amiga y oprimiéndose el seno.

—¿Qué llevas ahí? —preguntó Elena tocando también y sintiendo rumor de papeles.

—Nada, nada —repuso la huérfana con turbación.

¡Ah! pícara... las cartas de tu novio... y no me has querido decir quién es... y dices que no tienes ninguno; ¡y te escribe tantos pliegos!... Ahí llevas una resma... No te vayas, por amor de Dios.

Sola se despidió de su amiga con gran desasosiego.

—Parece que se te ha desvanecido la alegría —le dijo la muñeca.

—Adiós.

—Espera un rato.

—Ni un minuto... Voy a ver a una persona...

—¿No me has dicho que a comprar otro vestido?

—Es verdad... volveré pronto. Adiós.

X

Elenita se quedó sola en la calma y silencio de la casa, apenas interrumpidos por los cantorrios de la criada que chillaba en la cocina acompañándose con el almirez.

La desgraciada joven, más infeliz que todas las mujeres nacidas, según su propio parecer, reanudó su trabajo de coser puntillas, el cual, si no ponía la artífice gran atención, había de salir muy imperfecto. No iba a las mil maravillas la obra, por cuya razón Elena deshacía con frecuencia lo hecho, tornando a empezar. A ratos aparecían entre la delicada tela de araña algunas lágrimas que se quedaban temblando en los menudos hilos negros, como insectos de diamantes cogidos en una red de pelo. A ratos los suspiros de la obrera hacían moverse y volar los pedazos más pequeños, que se remontaban en busca de otros climas. Frecuentemente se picaba Elenita con la aguja, y muy a menudo se le enredaba el hilo entre los dedos obligándola a detenerse y a perder los minutos. También solía pasar la aguja con tanta presteza como si fuera puñal y con él tratara de atravesar un corazón aborrecido.

Absorta en sus reflexiones, la niña no advirtió que habían llamado a la puerta, que la criada acababa de abrir y que un hombre avanzaba con pie muy quedo, al modo de ladrón, hacia la salita donde estaba el taller de encajes. Así es que al sentir las palabras: «¿Se puede pasar?», la joven dio un grito y saltó despavorida, cual si se viera en presencia de un toro del Jarama.

—Váyase usted señor de Romo, váyase usted —exclamó con terror, refugiándose en un rincón de la estancia—. Mamá no está aquí... Estoy sola...

—Mejor —repuso Romo sonriendo y tratando de dar a su rostro y a su ademán el aire no aprendido de la cortesía—. ¿Me como yo a la gente? ¿Soy ladrón o facineroso?... No: yo vengo aquí con móviles de honradez... ¿Podrán todos decir lo mismo?

—No, aquí no ha entrado nadie, nadie más que usted.

—Puesto que usted lo dice, Elenita, lo creo —dijo el hombre oscuro tomando una silla—. Con la venia de usted me sentaré. Estoy muy fatigado.

—¡Y se sienta!

—Sí, porque tenemos que hablar. Atención, Elenita, yo tengo la desgracia de estar prendado de usted.

—Pues mire usted, yo tengo muchas desgracias, menos esa.

Romo contrajo su semblante, expresando sus afectos como los animales, de una manera muy opaca, digámoslo así, por ser incapaz de hacerlo de otro modo. No podía decirse si era el ruin despecho o la meritoria resignación lo que determinaba aquel signo ilegible, que en él reemplazaba a la clara sonrisa, señal genérica de la raza humana.

—Pues mire usted —dijo afectando candidez—, a otros les ha pasado lo mismo, y al fin, a fuerza de paciencia, de buenas acciones y de finezas se han hecho adorar de las que les menospreciaban.

—No conseguirá usted tal cosa de la hija de mi madre.

—Pues qué... ¿tan feo soy? —preguntó Romo indicando que no tenía la peor idea respecto a sus desgracias personales.

—No, no; es usted monísimo —dijo Elena con malicia—, pero yo estoy por los feos... ¿Quiere usted hacer una cosa que me agradará mucho?

—No tiene usted más que hablar, y obedeceré.

—Pues déjeme sola.

—Eso no... —repuso frunciendo el ceño—. No pasa un hombre los días y las noches oyendo leer sentencias de muerte, y acompañando negros a la horca; no pasa un hombre, no, su vida entre lágrimas, suspiros, sangre y cuerpos horribles que se zarandean en la soga, para venir un rato en busca de goces puros junto a la que ama y verse despedido como un perro.

—Pero yo, pobre de mí, ¿qué puedo remediar? —dijo Elena cruzando las manos.

—Es terrible cosa —continuó el hombre-cárcel con hueco acento—, que ni siquiera gratitud haya para mí.

—¿Gratitud?... Eso sí... Nosotros estamos muy agradecidos.

—Se compromete uno, se hace sospechoso a sus amigos, intercediendo siempre por un don Benigno que mató a muchos guardias del Rey en el Arco de Boteros; trabaja uno, se desvive, se desacredita, echa los bofes... y en pago... vea usted... ¡Rayo! hay una niña que en nada estima los beneficios hechos a su familia... ¿Qué le importan a ella la buena opinión del favorecedor de su padre, su honradez, su limpia fama en el comercio?... Todo lo pospone al morrioncillo, a las espuelas doradas y al bigotejo rubio de un mozalbete que no tiene sobre qué caerse muerto, hijo y hermano de conspiradores...

Encendida como la grana, Elena se sentía cobarde. Pero si su valor igualara a su indignación y sus tijeras pudieran cortar a un hombre como cortaban un hilo, allí mismo dividiera en dos pedazos a Romo.

—Calle usted, cállese usted —exclamó sofocada.

—Y sin embargo —añadió el hombre opaco poniéndose más amarillo de lo que comúnmente era—, soy bueno, tengo paciencia, me conformo, callo y padezco... Es verdad que tengo en mi poder un instrumento de venganza... pero no lo emplearé por razón de amor, no, lo emplearé tan solo por el decoro de esta familia a quien estimo tanto.

Elena tuvo un arranque de esos que se han visto alguna vez, muy pocas, pero se han visto, en las palomas, en los corderos, en las liebres, en las mariposas, en los seres más pacíficos y bondadosos, y pálida de ira, con los labios secos y los puños cerrados, apostrofó al amigo de su familia, gritando así:

—Usted es un malvado, y si yo supiera que algún día había de caer en el pecado de quererle, ahora mismo me quitaría la vida para que no pudiera llegar ese día. Usted es un tunante, hipócrita y falsario, y si mi padre dice que no, yo diré que sí, y si mi padre y mi madre me mandan que le quiera, yo les desobedeceré. Hágame usted todo el daño que guste, pues todo lo que venga de usted lo desprecio, sí señor, lo desprecio, como desprecio su persona toda, sí señor; su alma y su cuerpo, sí señor... Ahora, ¿quiere usted quitárseme de delante, o tendré que llamar a la vecindad para que me ayude a echarle por la escalera abajo?

Al concluir su apóstrofe, la doncella se quedó sin fuerzas y cayó en una silla; cayó blanda, fría, muerta como la ceniza del papel cuando ha concluido la rápida llama. No tenía fuerzas para nada, ni aun para mirar a su enemigo, a quien suponía levantado ya para matarla. Pero el tenebroso Romo más que colérico parecía meditabundo, y miraba el suelo, juzgando sin duda indigno de su perversidad grandiosa el conmoverse por la flagelación de una mano blanca. Su resabio de mascullar se había hecho más notable. Parecía estar rumiando un orujo amargo, del cual había sacado ya el jugo de que nutría perpetuamente su bilis. Veíase el movimiento de los músculos maxilares sobre el carrillo verdoso donde la fuerte barba afeitada extendía su zona negruzca. Después miró a Elena de un modo que si indicaba algo era una especie de paciencia feroz o el aplazamiento de su ira. La córnea de sus ojos era amarilla como suele verse en los hombres de la raza etiópica y su iris negro con azulados cambiantes. Fijaba poco la vista, y raras veces miraba directamente como no fuera al suelo. Creeríase que el suelo era un espejo, donde aquellos ojos se recreaban viendo su polvorosa imagen.

Levantose pesadamente, y dando vueltas entre las manos al sombrero, habló así:

—Y sin embargo, Elena, yo la adoro a usted... Usted me insulta, y yo repito que la adoro a usted... Cada uno según su natural; el mío es requemarme de amor... ¡Rayo! si usted me quisiera, aunque no fuese sino poquitín, me dejaría gobernar como un perro faldero... Sería usted la más feliz de las mujeres y yo el más feliz de los hombres, porque la quiero a usted más que a mi vida.

Sus palabras veladas y huecas parecían salir de una mazmorra. Sin embargo, hubo en el tono del hombre oscuro una inflexión que casi casi podría creerse sentimental; pero esto pasó; fue cosa de brevísimo instante, como la rápida y apenas perceptible desafinación de un buen instrumento músico en buenas manos. Elena se echó a llorar.

—Ya ve usted que no puede ser —balbució.

—Ya veo que no puede ser —añadió Romo mirando a su espejo, es decir, a los ladrillos—. Puede que sea un bien para usted. Mi corazón es demasiado grande y negro... Ama de una manera particular... tiene esquinas y picos... De modo que no podrá querer sin hacer daño... A mí me llaman el hombre de bronce... Adiós, Elenita... quedamos en que me resigno... Es decir, en que me muero... Usted me aborrece... ¡Rayo! ¡con cuánta razón!... Es que soy malo, perverso y amenacé a usted con hacer ahorcar a ese pobre pajarito de Seudoquis... No lo haré... Si le ahorcara, al fin le olvidaría usted, olvidándose también de mí... Eso sí que no me gusta. Es preciso que usted se acuerde de este desgraciado alguna vez.

Elena no comprendiendo nada de tan incoherentes razones, vacilaba entre la compasión y la repugnancia.

—Además yo había amenazado a usted con otra cosa —dijo Romo retro-cediendo después de dar dos pasos hacia la puerta—. Yo tengo una carta, sí, aquí está... En mi cartera la llevo siempre. Es una esquela que usted escribió a esa lagartija. En ella dice que yo soy un animal... Bien: puede que sea verdad. Yo dije que iba a mostrar la carta a su mamá de usted... No, ¿a qué viene eso? Me repugnan las intriguillas de comedia. ¡Yo enseñando cartas ajenas, en que me llaman animal!... Tome usted el papelejo y no hablemos más de eso.

Romo largó la mano con un papel arrugado, del cual se apoderó Elena, guardándolo prontamente.

—Gracias —murmuró.

En aquel instante oyose la campanilla de la puerta, y la voz de don Benigno, que gritaba:

—Hija mía, soy yo, tu padre.

Elena corrió a abrir, y el amoroso don Benigno abrazó con frenesí a su adorada hija, comiéndose a besos la linda cara, sonrosada de llorar. También él lloraba como una mujer. —¿Quién está aquí?... ¿Con quién hablabas? —preguntó con viveza el padre, luego que pasaron las primeras expansiones de su amor.

Al entrar en la sala, don Benigno vio a Romo que iba a su encuentro abriendo también los brazos.

—¡Ah! ¿estaba usted aquí... Era usted...? ¡amigo mío!

—No esperábamos todavía al señor Cordero —dijo Romo—. Desconfiaba de que le soltaran a usted.

—¿Por qué llorabas, hija mía, antes de yo entrar? —dijo el patriota, fijando en esto toda su atención.

—El señor Romo —repuso Elena muy turbada, pero en situación de poder disimularlo bien— acababa de entrar...

—Yo creí que estaría aquí doña Robustiana —añadió el realista.

—Y me decía —prosiguió Elena—, me estaba diciendo que usted... pues, que no había esperanzas de que le soltaran a usted, padre.

—Eso me dijeron esta mañana en la Superintendencia; pero por lo visto las órdenes que se dieron la semana pasada han hecho efecto.

—Venga acá el mejor de los amigos, venga acá— exclamó don Benigno con entusiasmo, abriendo los brazos para estrechar en ellos a su salvador—. Otro abrazo... y otro... A usted debo mi libertad. No sé cómo pagarle este beneficio... Es como deber la vida... Venga otro abrazo... ¡Haber dado tantos pasos para que no me maltrataran en Zaragoza, haberme servido tan lealmente, tan desinteresadamente! No, no se ve esto todos los días. Y es más admirable en tiempos en que no hay amigo para amigo... Yo liberal, usted absolutista, y sin embargo, me ha librado de la horca. Gracias, mil gracias, señor don Francisco Romo —añadió con emoción que brotaba como un torrente de su alma honrada—. ¡Bendita sea la memoria de su padre de usted! Por ella juro que mi gratitud será tan duradera como mi vida.

Era la hora de comer; y cerrada la tienda, llegaron la señora, los niños y el mancebo. Quiso don Benigno que les acompañase Romo a la frugal mesa; pero excusose el voluntario y partió, dejando a la hidalga familia entregada a su felicidad. Elena no respiró fácilmente hasta que no vio la casa libre de la desapacible lobreguez de aquel hombre.

XI

Dejamos a don Patricio como aquellas *estatuas vivas de hielo*, a cuya mísera quietud y frialdad quedaban reducidas, según confesión propia, las heroínas de las comedias tan duramente flageladas por Moratín. El alma del insigne patriota había caído de improviso en turbación muy honda, saliendo de aquel dulce estado de serenidad en que ha tiempo vivía. Dudas, temores, desconsuelo y congoja le sobresaltaron en invasión aterradora, sin que la presencia de Sola le aliviara, porque la huérfana habló muy poco durante todo aquel día y no dijo nada de lo que a nuestro anciano había quitado hasta la última sombra de sosiego.

Mas por la noche, cuando la joven se retiraba, volvió a decir la terrible frase:

—Si yo me fuera a Inglaterra, ¿qué harías tú, viejecillo bobo?

Don Patricio no pudo hablar, porque su garganta era como de bronce y todo el cuerpo se le quedó frío. No pudo dormir nada en toda la noche, revolviendo en su mente sin cesar la terrible pregunta.

—¡Consagrar yo mi vida a una criatura como esta!... —exclamaba en su calenturiento insomnio—: ¡amarla con todas las fuerzas del alma, ser padre para ella, ser amigo, ser esclavo, y a lo mejor oír hablar de un viaje a Inglaterra!... ¡Ingrata, mil veces ingrata! Te ofrezco mi gloria, trasmito a ti, bendiciéndote, los laureles que han de ornar mi frente, y me abandonas!... ¡Ah! Señor, Señor de todas las cosas... ¡La ocasión ha llegado! El momento de mi sacrificio sublime está presente. No espero más. ¡Adiós, hija de mi corazón; adiós, esperanza mía, a quien diputé por compañera de mi fama!... Tú a Inglaterra, yo a la inmortalidad... ¿Pero a qué vas tú a Inglaterra, grandísima loca? ¿a qué?... Sepámoslo. ¡Ay! te llama el amor de un hombre, no me lo niegues, de un hombre a quien amas más que a mí, más que a tu padre, más que al abuelo Sarmiento... ¡Por vida de la Ch...! Esto no lo puedo consentir, no mil veces... yo tengo mucho corazón... Sola, Sola de mi vida... ¿por qué me abandonas? ¿por qué te vas, y dejas solo, pobre, miserable, a tu buen viejecito que te adora como a los ángeles? ¿Qué he hecho yo? ¿Te he faltado en algo? ¿No soy siempre tu perrillo obediente y callado que no respiraría si su respiración te molestara?

Diciendo esto sus lágrimas regaban la almohada y las sábanas revueltas.

Al día siguiente notó que Sola estaba también muy triste y que había llorado; pero no se atrevió a preguntarle nada.

Por la noche luego que cenaron, Sola, después de larga pausa de meditación, durante la cual su amigo la miraba como se mira a un oráculo que va a romper a hablar, dijo simplemente:

—Abuelito Sarmiento; tengo que decirte una cosa.

Don Patricio sintió que su corazón bailaba como una peonza.

—Pues abuelito Sarmiento —añadió Sola, mostrando que le era muy difícil decir lo que decía—, yo, la verdad... ¡tengo una pena, una pena tan grande!... Si pudiera llevarte conmigo te llevaría, pero me es imposible, me es absolutamente imposible. Me han mandado ir sola, enteramente sola.

Don Patricio dejó caer su cabeza sobre el pecho, y le pareció que todo él caía, como un viejo roble abatido por el huracán. Lanzó un gemido como los que exhala la vida al arrancar del mundo su raíz y huir.

—Es preciso tener resignación —dijo Sola poniéndole la mano en el hombro—. Tú, en realidad, no eres hombre de mucha fe, porque con esas doctrinas de la libertad los hombres de hoy pierden el temor de Dios, y principiando por aborrecer a los curas acaban por olvidarse de Dios y de la Virgen.

—Yo creo en Dios —murmuró Sarmiento—. Ya ves que he ido a misa desde que tú me lo has mandado.

—Sí, no dudo que creerás, pero no tan vivamente como se debe creer, sobre todo cuando una desgracia nos cae encima —dijo la huérfana con enérgica expresión—. Ahora que vamos a separarnos, es preciso que mi viejecito tenga la entereza cristiana que es propia de su edad y de su buen juicio... porque su juicio es bueno, y felizmente ya no se acuerda de aquellas glorias, laureles, sacrificios, inmortalidades, que le hacían tan divertido para los granujas de las calles.

—Yo no he renunciado ni debo renunciar a mi destino —repuso el anciano humildemente.

—Ni aun por mí...

—Por ti tal vez; pero si te vas...

—Si me voy, será para volver —replicó Sola con ternura—... yo confío en que el abuelito Sarmiento será razonable, será juicioso. Si el abuelito en vez de hacer lo que le mando, se entrega otra vez a la vida vagabunda, y vuelve a ser el hazme reír de los holgazanes, tendré grandísima pena. Pues qué, ¿no hay en el mundo y en Madrid otras personas caritativas que pueden cuidar de ti como he cuidado yo? Hay, sí, personas llenas de abnegación y de amor de Dios, las cuales hacen esto mismo por oficio, abuelito, y consagran su vida a cuidar de los pobres ancianos desvalidos, de los pobres enfermos y de los niños huérfanos. A estas personas confiaré a mi pobre viejecillo bobo, para que me le cuiden hasta que yo vuelva.

Don Patricio que había empezado a hacer pucheros, rompió a llorar con amargura.

—Soledad, hija de mi alma... —exclamó—. Ya comprendo lo que quieres decirme. Tu intención es ponerme en un asilo... ¡Lo dices y no tiemblas!

Después, variando de tono súbitamente, porque variaba de idea, ahuecó la voz, alzó la mano y dijo:

—¡Y crees tú que a un hombre como este se le mete en un hospicio! Sola, Sola, piénsalo bien. Tú has olvidado qué clase de mortal es este que tienes en tu casa. ¡Y me crees capaz de aceptar esa vida oscura, sin gloria y sin ti, sin ti y sin gloria! ¡ay! los dos polos de mi existencia... Mira, niña de mi alma, para que comprendas cuánto te quiero y cómo has conquistado mi gran corazón, te diré que yo no soy el que era, que si mis ideas no han variado han variado mis acciones y mi conducta.

Y luego con una seriedad que hizo sonreír a Sola en medio de su pena, se expresó así:

—Es evidente... porque esto es evidente como la luz del día... que yo estoy destinado a coronarme de gloria, a adornar mi frente de rayos esplendorosos sacrificándome por la libertad, ofreciéndome como víctima expiatoria en el altar de la patria, como el insigne general, mi compañero de martirio, que me espera en la mansión de los justos, allá donde las virtudes y el heroísmo tienen eterno y solemne premio... Pues bien, es tanto lo que te quiero, que por tu cariño he ido dejando pasar días y días y días y hasta meses sin cumplir esto que ya no es para mí una predestinación tan solo, sino un deber sagrado. ¿Me entiendes?

Soledad le pasó la mano por la cabeza, incitándole a que no siguiese tocando aquel tema.

—Por ti, solo por ti... —prosiguió el viejo—. ¡Me da tanta pena dejarte!... Así es que me digo: «Tiempo habrá, Señor...» ¿Creerás que aquí en tu compañía se me han pasado semanas enteras sin acordarme de semejante cosa?... Hay más todavía: yo estaba dispuesto a hacer un sacrificio mayor... ¿te espantas? que es el de sacrificarte mi sacrificio, ¿no lo entiendes?... Sí, poner a tus pies mi propia gloria, mi corona de estrellas... Sí, chiquilla, yo estaba dispuesto a no separarme jamás de ti y a no pensar más en la política... Ni en Riego, ni en la libertad... ¡Oh! hija mía, tú no puedes comprender la inmensidad de tal sacrificio. Por él juzgarás de la inmensidad del amor que te tengo. ¡Y cuando yo renuncio por ti a lo que es mi propia vida, a mi idea santa, gloriosa, augusta, tú me abandonas, me echas a un lado como mueble inútil, me mandas a un hospicio y te vas!...

Soledad veía crecer y tomar proporciones aquel problema de la separación que le causaba tanta pena. Su alma no era capaz de arrepentirse del bien que había hecho al desvalido anciano; pero deploraba que por los misteriosos designios de Dios, la caridad que hiciera algunos meses antes, le trajese ahora aquel conflicto que empezaba a surgir en su cristiano corazón.

—El Señor nos iluminará —dijo, remitiendo su cuita al que ya la había salvado de grandes peligros—. Confío en que Dios nos indicará el mejor camino. Si tú le pidieras con fervor, como yo lo hago, luz, fuerzas, paciencia y fe, sobre todo fe...

—Yo le pediré todo lo que tú quieras, hija de mi alma; yo tendré fe... Dices que tengo poca; pues tendremos mucha. Me has contagiado de tantas cosas, que no dudo he de adquirir la fe que tú, solo con mirarme, me estás infundiendo.

—Para adquirir ese tesoro —dijo Sola con cierto entusiasmo—, no basta mirarme a mí ni que yo te mire a ti, abuelo; es preciso pedirlo a Dios y pedírselo con ardiente deseo de poseer su gracia, abriendo en par en par las puertas del corazón para que entre; es preciso que nuestra sensibilidad y nuestro pensamiento se junten para alimentar ese fuego que pedimos y que al fin se nos ha de dar. Teniendo ese tesoro, todo se consigue, fuerzas para soportar la desgracia, valor para acometer los peligros, bondad para hacer bien a nuestros enemigos, conformidad y esperanza, que son las muletas de la vida para todos los que cojeamos en ella.

—Pues yo haré que mi sensibilidad y mi pensamiento se encaminen a Dios, niña mía —replicó el vagabundo participando del entusiasmo de su favorecedora—. Haré todo lo que mandas.

—Y tendrás fe.

—Tendremos fe... Sí; venga fe.

—Con ella resolveremos todas las cuestiones —dijo Sola acariciando el flaco cuello de su amigo—. Ahora, abuelito, es preciso que nos recojamos. Es tarde.

—Como tú quieras. Para los que no duermen, como yo, nunca es tarde ni temprano.

—Es preciso dormir.

—¿Duermes tú?

—Toda la noche.

—Me parece que me engañas... En fin, buenas noches. ¿Sabes lo que voy a hacer si me desvelo? Pues voy a rezar, a rezar fervorosamente como en mis tiempos juveniles, como rezábamos Refugio y yo cuando teníamos contrariedades, alguna deudilla que no podíamos pagar, alguna enfermedad de nuestro adorado Lucas... Ello es que siempre salíamos bien de todo.

—A rezar, sí; pero con el corazón, sin dejar de hacerlo con los labios.

—Adiós, ángel de mi guarda —dijo Sarmiento besándola en la frente—. Hasta mañana, que seguiremos tratando estas cosas.

Retirose Soledad, y el anciano se fue a su cuarto y se acostó, durmiéndose prontamente; mas tuvo la poca suerte de despertar al poco tiempo sobresaltado, nervioso, con el cerebro ardiendo.

—Ea, ya estamos desvelados —dijo dando vueltas en su cama, que había sido para él durante diez meses un lecho de rosas—. Voy a poner por obra lo que me mandó la niña; voy a rezar.

Disponiendo devotamente su espíritu para el piadoso ejercicio, rezó todo lo rezable, desde las oraciones elementales del dogma católico hasta la que en distintas épocas ha inventado la piedad para dar pasto al insaciable fervor de los siglos. Sarmiento rezó a Dios, a la Virgen, a los Santos que antaño habían sido sus abogados, sin olvidar a los que fueron procuradores de Refugio, mientras esta, desterrada en el mundo, les necesitara.

Mas a pesar de esto, el anciano no advirtió que entrara gran porción de calma en su espíritu, antes al contrario, sentíase más irritado, más inquieto con propensiones a la furia y a protestar contra su malhadada suerte. Como llegara un instante en que no pudo permanecer en el abrasado lecho, levantose en la oscuridad y se vistió a toda prisa sin estar seguro de ponerse la ropa al derecho. Sentía impulsos de salir gritando por toda la casa y de llamar a Sola y echarle en cara la crueldad de su conducta y decirle: «Ven acá, loca, ¿quién es el infame que te llama desde Inglaterra?... ¿Qué vas tú a hacer a Inglaterra?... ¡Ah! Es un noviazgo lo que te llama. Y si es noviazgo, ¡vive Dios! ¿quién es ese monstruo? Dímelo, dime su nombre, y correré allá y le arrancaré las entrañas.»

En la sala distinguió débil claridad, por lo que supuso que había luz en el cuarto de su amiga. Paso a paso, avanzando como los ladrones, dirigiose allá; empujó suavemente la puerta, pasó a un gabinete, deslizose como una sombra extendiendo las manos para tocar los objetos que pudieran estorbarle el paso. La puerta de la alcoba estaba entreabierta; había luz dentro, pero no se oía el más leve rumor. Alargando el cuello Sarmiento vio a Sola dormida junto a una mesa en la cual había papeles y tintero.

—Estaba escribiendo —pensó—, y se ha dormido. Veremos a quién.

Entró en la alcoba, andando despacio, quedamente y con mucho cuidado para no hacer ruido. Su rostro anhelante, su cuerpo tembloroso, sus ojos ávidos y saltones dábanle aspecto de fantasma, y si la joven despertase en aquel momento se llenaría de terror al verle. Estaba profundamente dormida, con la cabeza apoyada en el respaldo del sillón y ligeramente inclinada. Delante tenía una carta a medio escribir, y otra muy larga y de letra extraña que parecía ser la que estaba contestando.

—Yo conozco esa letra —pensó Sarmiento, devorando con los ojos el escrito, que estaba apoyado en un libro puesto de canto a manera de atril.

Conteniendo su respiración, el vagabundo examinó el pliego, que, abierto por el centro, no presentaba ni el principio ni el fin. Después fijó los ojos en la carta a medias escrita por Sola. Don Patricio miraba y fruncía el ceño apretando las mandíbulas. Tenía un aspecto tal de ferocidad aviesa, que si él mismo pudiera verse tuviera miedo de sí mismo. No tardó mucho en satisfacer su curiosidad; pero esta era tan intensa, que después de leer una vez leyó la segunda. Después de la tercera no estaba tampoco satisfecho; mas temiendo que la joven despertara, se retiró como había venido. Al llegar a su cuarto se dejó caer en la cama, y dando un gran suspiro exclamó para sí:

—¡Bien lo decía yo: los emigrados!...

XII

Muy gozoso y satisfecho estaba don Benigno Cordero con el suceso de su vuelta a la patria y al hogar querido, y resuelto a que el durase mucho el contento, hacía propósito firmísimo de no tornar a mezclarse en política, ni vestir uniforme, ni menos hacer heroicidades en Boteros ni en otro arco alguno. Verdad es que guardaba en su pecho cual tesoro riquísimo o como los restos queridos de una persona amada que se depositan en secreta urna, las mismas aficiones políticas a que debió su destierro. Eso sí: antes creyera que el Sol salía de noche que dejar de ver en la libertad, en el progreso y en la soberanía del pueblo, la felicidad de las Naciones. Mas era preciso poner una losa sobre estas cosas y don Benigno la puso.

—Desde hoy —dijo—, Benigno Cordero no es más que un comerciante de encajes. No adulará al absolutismo, no dirá una sola palabra en favor de suyo; pero no, ya no tocará más el pito constitucional ni la flauta de la milicia. A Segura llevan preso. Yo tengo ideas, sí, ideas firmes, pero tengo hijos. Es posible, es casi seguro que otros, que también tienen mis ideas, las hagan triunfar; pero mis hijos por nadie serán cuidados si se quedan sin padre. Atrás las doctrinas por ahora, y adelante los muchachos. Ahora silencio, paz, retraimiento absoluto... Cabeza baja y pico cerrado... pero ¡ay! alma mía, allá recogida en ti misma y sin que te oigan los oídos de la propia carne en que estás encerrada, no ceses de gritar: «¡Viva, viva y mil veces viva la señora libertad!»

Los muchos amigos del ex-jefe de milicianos le felicitaban cordialmente, y sus parroquianos así como sus compañeros de comercio recibieron gran contento al verle. Como era tan generoso, y tenía un natural por demás expansivo, antejósele, ocho días después del de su vuelta, obsequiar a los amigos con un modesto banquete dedicado a grabar en la memoria de todos el fausto evento de su liberación; pero doña Robustiana, cuyo sentido práctico igualaba al peso de su cuerpo, le quitó de la cabeza la idea de aquella manifestación dispendiosa, arguyéndole así:

—Desgraciadamente no estamos para fiestas. Acuérdate del dinero que has gastado en congraciarte con esos pillos; que tiempo hay de dar banquetes. Mañana domingo, 28 de agosto, haremos para la cena un extraordinario de poca monta, y convidaremos a Romo, al señor de Pipaón que también nos ha servido, y a Sola. Total: tres convidados. Basta, hombre, basta. Tiempo hay de echar la casa por la ventana, y no faltará un motivo para ello ni tampoco elementos, ¿me entiendes?... porque si siguen los frailes reponiendo la ropa del altar, no faltará venta de encaje blanco para todo el año que corre.

Don Benigno, como siempre, armonizó su opinión con la de su cara esposa, y a consecuencia de tan dulce avenencia, al día siguiente la cocina de los Corderos despedía inusitado aroma de ricas especias, el cual anunciaba a toda la vecindad la presencia de un extraordinario. A la hora de la cena resplandecía el comedor con la luz de dos quinqués, colocados en contrapuestos sitios, y alrededor de la mesa se sentaron el señor de Pipaón,

Sola y los de Cordero, sin excluir los niños, que ocupaban un extremo junto a su hermana. El puesto más preeminente entre los de convite estaba vacío, lo cual causaba gran disgusto a don Benigno.

—¿Por qué no habrá venido Romo? —decía—. Es particular: no le hemos visto desde el día de mi llegada. ¿Estará enojado con nosotros?

Se esperó un rato; pero viendo que no parecía, dio principio el banquete. El digno anfitrión estaba intranquilo por aquella ausencia de su amigo, y a cada instante miraba a su esposa como para preguntarle qué opinaba ella de tan extraño caso. Ya doña Robustiana había dicho:

—Estará muy ocupado en la Comandancia de Voluntarios. Se le han mandado tres avisos al anochecer. Ustedes no saben bien la calma que gasta el señor de Romo. Otra noche le convidamos a cenar y se descolgó aquí a las diez de la noche.

La señora presidía majestuosamente la mesa y gobernaba con mucha destreza aquella maniobra de los banquetes antiguos, consistente en estar pasando platos de aquí para allí y de derecha a izquierda, como si los convidados en vez de reunirse para comer lo hicieran para jugar al juego de *sopla* y *vivo de lo doy*. Descollaba su hermoso busto por encima de la blanca mesa, a manera de un trono forrado en tela oscura sobre el cual colocaran su cabeza como provisionalmente y mientras parecía el cuello perdido. Con la estrechez del ajuste, los abundantes dones que en ella acumuló sin tasa Natura formaban un circuito de tanta extensión que una mosca (esto puede asegurarse y lo certificaron testigos oculares), una mosca, decimos, que salió de uno de los brazos para ir al otro pasando por delante, tardó no se sabe cuánto tiempo en dar la vuelta y llegar a su destino.

En el otro extremo de la mesa Primitivo y Segundo, que por ser día de fiesta vestían de padres provinciales de la orden dominica, estaban bajo la vigilancia de Soledad y Elena respectivamente, las cuales no podían probar bocado, entretenidas en enseñar a los frailescos ángeles el modo de comer; y mientras el uno se rociaba con sopa los hábitos, llevábase el otro la cuchara a los ojos, sin cesar de pedir, chillar y hacer comentos varios sobre cuanto desde la fuente a sus platos pasaba.

Pipaón, cuyo apetito parecía crecer a medida que había menos motivos aparentes para ello, amenizaba con sus chistes la comida. Estaba elegantísimo, como de costumbre, el ingenioso cortesano, ataviado con su calzón de punto blanco, su levita polonesa de mangas jamonadas, su corbata metálica destinada a anticipar la idea de la muerte en garrote, por si acaso algún día era el individuo condenado a ella. Revueltos los cabellos con artístico desorden, parecía su cabeza una escoba, en lo cual cumplía a maravilla con los preceptos de la moda corriente. ¡Oh! era aquel un señor muy bondadoso y sencillo, que lo mismo se sentaba a la mesa del rico que a la del pobre, con tal que en ellas hubiera buenos manjares que comer; y sin dar privadamente excesiva importancia a las ideas políticas, lo mismo fraternizaba con el negro que con el blanco, siempre que ni el uno ni el otro le estorbasen en su prodigioso medro. Menos alegre que su comensal a causa de la ausencia de Romo, don Benigno conversaba con chispa y donaire, volviendo con graciosa movilidad el rostro hacia Pipaón, hacia su esposa y hacia la silla vacía donde se echaba de menos la torva figura del voluntario realista; y ¡cosa singular! aquella silla donde no se sentaba el hombre oscuro, tenía cierto aspecto lúgubre. Romo no estaba allí, y sin embargo parecía que estaba.

Esquivando entrar en el tema político a que la verbosidad importuna y mareante de Pipaón quería llevarle, don Benigno dijo:

—Ya he manifestado cuál es mi propósito. Y qué, señor don Juan, ¿cree usted que me será difícil cumplirlo? De ningún modo. Los que necesitan de la política para vivir, porque si no hay bullanga no comen, difícilmente aceptarán esta oscura vida privada que es mi delicia. Quite usted a los intrigantes la política y será como si les cortaran las manos a los rateros o los pies a las bailarinas. ¿Digo mal? Hoy con este partido, mañana con el otro, ello es que siempre se les ve a flote...

A don Benigno se le cayó del tenedor un pedazo de calabacín que en él tenía, aguardando a que la boca callase para entrar. La causa de tan inesperado siniestro fue que doña Robustiana le estaba tocando el codo, primero suavemente y después con fuerza, para que su marido cayese en la cuenta de que estaba haciendo la sátira de Pipaón.

—Verdad es que no todos los que se ocupan de política son así —dijo el honrado comerciante pinchando de nuevo la hortaliza—, ya se comprende; pero ni a unos ni a otros quiero parecerme. La vida privada es hoy mi sueño de oro... No quiere decir que en lo íntimo de mi alma no exista siempre...

pero dejemos esto. Puede uno llevar en su fuero interno el fardo que más le acomode, sin necesidad de ponerse una etiqueta en la frente... Esto es claro como el agua. No hay necesidad de meter ruido. En la vida privada puede tener el buen ciudadano mil ocasiones de realizar fines patrióticos y de servir a la patria. ¿Cómo? Cumpliendo lealmente esa multitud de pequeños esfuerzos que en conjunto reclaman tanta energía como cualquier acto de heroísmo; así lo ha dicho Juan Jacobo Rous... tente lengüita. Dejemos a ese caballero en su casa, pues hay palabras que ahorcan... Yo me concreto a lo siguiente: vea usted mi plan, señor de Pipaón.

Antes que el plan de don Benigno, merecía la atención de Bragas una lonja de ternera, cuyo especioso condimento bastaba a acreditar la ciencia culinaria de la señora de Cordero.

—Muy bien, señor don Benigno —gruñó Pipaón engullendo—. Su plan de usted me parece muy bien asado... No, no, quiero decir que la ternera está muy bien asada y que su plan de usted es excelente, sabrosísimo, es decir, atinadísimo.

—Mi plan es el siguiente: Yo trabajo todo el día con excepción de los domingos; yo cumplo con los preceptos de Nuestra Santa Madre la Iglesia oyendo misa, confesando y comulgando como se me manda; yo cumplo asimismo mis obligaciones comerciales; yo no debo un cuarto a nadie; yo educo a mis hijos; yo pago mis contribuciones puntualmente; yo obedezco todas las leyes, decretos, bandos y órdenes de la autoridad; yo hago a los pobres la limosna que mi fortuna me permite; yo no hablo mal de nadie, ni siquiera del Gobierno; yo sirvo a los amigos en lo que puedo; yo no conspiro; yo celebro mucho que todos vivan bien y estén contentos; en suma, yo quiero ser la más ordenada, puntual y exacta clavija de esta gran máquina que se llama la patria, para que no dé por mi causa el más ligero tropezón... ¿Qué tal? ¿Me he explicado bien?

Conversación tan interesante hubo de interrumpirse porque uno de los chicos tuvo la ocurrencia de derramar sobre su hábito toda la salsa que había en el plato, mientras el otro barraqueaba como un ternero porque no le permitían comer con las manos. Calmada la agitación al otro extremo de la mesa, don Benigno continuó:

—Siempre ha sido mi norma de conducta... Segundito, cuidado... Ocupar el puesto que me señalaban las circunstancias. He sido y soy esclavo de mi deber... Primitivo, que te estoy mirando; ¿cómo se coge el tenedor?... Un día las circunstancias me dijeron: «es preciso que seas valiente» y fui valiente. Heridas tengo que darán razón de ello. Hoy me dicen las circunstancias: «es preciso que seas pacífico» y pacífico soy... Niños ¿me enfado?... Mi conciencia está tranquila con tan juicioso plan de conducta; a mi conciencia obedezco y nada más.

En esto sonaron fuertes campanillazos en la puerta de la casa. Doña Robustiana se sobresaltó.

—A buena hora viene ese señor... Cuando ya estamos en los postres —dijo don Benigno—. De seguro es Romo.

—No, no llama él de ese modo —observó la señora, poniendo atención para oír en el momento que la criada abría.

—Puede que sea Romo —indicó Pipaón dirigiendo sus dedos en persecución de una pera que rodaba por el mantel.

—Son dos señores, dos hombres —dijo la criada entrando en el comedor—. Preguntan por el amo.

—Allá voy —dijo Cordero levantándose.

—Que esperen —manifestó doña Robustiana con mal humor—. ¡Que siempre te has de levantar de la mesa...!

Don Benigno salió con la servilleta sujeta al cuello. En la sala encontró dos hombres desconocidos.

—Una luz, Reyes —gritó a la criada.

La claridad de la vela que trajo la moza permitió al honrado patriota distinguir bien las fisonomías. Creía reconocer aquellas caras. Ninguna de las dos despertaba grandes simpatías, y en cuanto a los cuerpos eran de lo más sospechoso que puede imaginarse.

—¿Es usted don Benigno Cordero? —le preguntó uno de ellos secamente.

—Para lo que ustedes gusten mandar. ¿Qué quieren ustedes?

—Que venga usted con nosotros.

—¿A dónde?

—¡Toma... A la cárcel! —exclamó el individuo esgrimiendo su bastoncillo y admirado de que no se hubiera comprendido el objeto de tan grata visita.

Don Benigno se quedó aturdido... Creía soñar... Estaba lelo.

—¡A la cárcel! —murmuró.

—Y pronto. Tenemos que hacer...

—A la cárcel... —dijo otra vez Cordero, como el delirante que repite un tema—. Yo... ¿por qué?... ¿yo...? ¿han dicho que a la cárcel...?

—Sí señor, a la cárcel... Nosotros no tenemos que explicar... No somos jueces —graznó el polizonte con desenfado y altanería, consecuente con el tono general de los pillastres que se dedican a perseguir a la gente honrada.

—Aguarden ustedes un momento —dijo Cordero sin saber lo que decía—. Voy... Les diré a ustedes...

Dio varias vueltas, tropezó con una puerta. Parecía un hombre que ha perdido la cabeza y la está buscando. Sin propósito deliberado, fue al comedor, entró. Su esposa y su hija perdieron el color al ver su cara, que era la cara de un muerto.

—Son dos caballeros —murmuró Cordero con voz trémula—. Dos amigos... No hay que asustarse... Tengo que salir con ellos... Pipaón amigo, salga usted a ver qué es eso... Mi sombrero, ¿en dónde está mi sombrero?

Dio una vuelta alrededor de la mesa y salió otra vez. Sin duda había perdido el juicio.

—Conque dicen ustedes que... ¡a la cárcel!... ¿y se podrá saber...?

—Si usted no viene pronto —dijo el polizonte con ira—, llamaremos a los voluntarios que están abajo.

El otro bribón había encendido un cigarro y fumaba mirando los cuadros de la sala.

—Pues vamos. Esto es una equivocación —dijo el comerciante recobrando un poco su entereza.

—¿Pero su hija de usted no se presenta?— preguntó el primer esbirro.

—¡Mi hija!

—¡Sí señor, su hija! —exclamó el mismo abriendo las manos y mostrando en dos abanicos de carne sus diez dedos sucios, negros, nudosos y con las yemas amarillas por el uso del cigarro de papel.

—¿Y para qué tiene que presentarse mi hija?

—¿Pues qué?... ¿No le dije que su hija tiene que venir también a la cárcel?

—Usted no me ha dicho nada, y si me lo hubiera dicho, no lo habría creído —afirmó Cordero sintiendo que su corazón se oprimía.

—Vea usted este papel —dijo el funcionario mostrando un volante—. Benigno Cordero y su hija Elena Cordero.

—¡Mi hija! —exclamó don Benigno, lanzando un gemido de dolor—. ¿Pues qué ha hecho mi hija?

—¡Eh! que suban los voluntarios. Así despacharemos pronto.

Don Benigno se había vuelto idiota. No se movía. Pipaón que había oído algo desde la puerta, se acercó diciendo:

—Esto ha de ser alguna equivocación de la Superintendencia.

Al verle los de la policía le hicieron una reverencia, como suele usarlas la infame adulación cuando quiere parecerse a la cortesía.

—¿No es usted el que llaman Mala Mosca? ¿No me debe usted su destino? —preguntó Pipaón.

—Sí señor —repuso el infame mostrando tras los replegados labios una dentadura que parecía un muladar—. Soy el mismo, para servir al señor de Pipaón.

—A ver la orden.

Pipaón leyó a punto que entraban en la sala, sobrecogidas de terror, las tres mujeres y los dos frailecitos y la criada.

—Nada, nada, esto debe de ser un quid pro quo —dijo Bragas con disgusto evidente—; pero es preciso obedecer la orden. Desde este momento empezaré a dar los pasos convenientes...

Los de Cordero se miraron unos a otros. Se oía la respiración. En aquel instante de congoja y pavura, Elena fue la que tuvo más valor, y haciendo frente a la situación exclamó:

—¿Yo también he de ir presa? Pues vamos. No tengo miedo.

—¡Hija de mi alma! —gritó doña Robustiana abrazándola con furor—. No te separarás de mí. Si a los dos os llevan presos, yo voy también a la cárcel y me llevo a los niños.

—Con usted no va nada, señora —dijo el polizonte—. El señor mayor y la niña son los que han de ir... Conque andando.

Arrojose como una hiena la señora sobre aquel hombre, y de seguro lo habría pasado mal el funcionario de la Superintendencia si doña Robustiana, en el momento de clavar las manos en la verrugosa cara de su presa no hubiera quedado sin sentido, presa de un breve síncope. Acudieron todos a ella, y el policía gritó, poniéndose rojo y horrible:

—¡Al demonio con la vieja!... Vamos al momento, o que suban los voluntarios. No podemos perder el tiempo con estos remilgos.

Don Benigno, cuyo espíritu estaba templado para hacer frente a las situaciones más terribles, elevose sobre aquella tribulación, como el Sol sobre la bruma, e iluminando la lúgubre escena con un rayo de heroísmo que a todos les dejó absortos, gritó:

—Vamos, vamos a la cárcel. Ni mi hija ni yo temblamos. La inocencia no tiene miedo, cobardes sayones... Vamos a la cárcel, al patíbulo, a donde queráis, canallas, mil veces canallas... Yo había vuelto la espalda a la libertad, y la libertad me llama... ¡Allá voy, ideal divino; aquí estoy; adelante!... Vamos, miserables, abandono a mi esposa, a mis hijos. Todo se queda aquí... Tan miserables sois vosotros como Calomarde que os manda. Vamos a la cárcel, y ¡Viva la Constitución!

Salió bizarra y noblemente, lleno de entusiasmo y valor, rodeando con su brazo el cuello de Elena, que al heroico arrojo de su padre respondió diciendo también: —«¡Viva la Constitución!»

Al salir encargó a Soledad que cuidase de su madre y de sus hermanos. Algo más pensaba decir; pero los sayones no la dejaron. El compañero de Mala Mosca se quedó para registrar la vivienda.

XIII

Al día siguiente, después de las doce, entró Pipaón en la casa, muy agitado y sudoroso, como hombre que ha subido en pocas horas todas las escaleras de las oficinas de Madrid. Halló a doña Robustiana en lamentable estado. Yacía la atribulada señora en cama, y desde la noche anterior, lejos de calmarse sus ataques nerviosos, se habían exacerbado a causa de la inquebrantable resistencia a tomar alimento. Cuando Pipaón entró, no podía dar un paso en la estancia, porque estaba casi a oscuras con objeto de que la luz no molestase a la señora; mas por los suspiros que oía se fue guiando hasta que dio con el lecho y pudo distinguir a Solita, sentada junto a este sin apartar la atención ni un punto de su infeliz amiga.

El ilustre cortesano de 1815 se sentó, cuidando de exhalar también un gran suspiro para que no se dudase de la autenticidad de su pena, y después de enterarse con mucha solicitud del estado de la paciente, dijo así:

—Señora, he visto a Chaperón.

Doña Robustiana contestó con un quejido lastimero.

—Señora —añadió Bragas—, he visto a Aymerich, jefe de los voluntarios realistas.

Respondiole otro quejido seguido de sollozos.

—Señora, he visto a Ugarte, a Cea Bermúdez, a varios individuos de la Junta Secreta de Estado, a dos individuos de la Comisión Militar.

No obtuvo respuesta.

—Señora, he visto a Calomarde, he hablado con él: estaba almorzando, me hizo pasar, le dije lo que ocurría, contestome que viese a don José Manuel de Arjona. También es amigo mío: hemos hablado largamente. Voy a enterar a usted con toda claridad de la verdadera situación en que estamos, situación grave, señora, ¿a qué ocultarlo? pero no desesperada. Yo creo que se deben pintar los sucesos tales cuales son, porque de nada valdría desfigurarlos, ¿estamos en eso? Pues bien: juzgue usted por sí misma.

Doña Robustiana parecía hallarse en estado de no poder juzgar nada por sí misma; pero el impávido Pipaón habló así:

—Ya sabrá usted que ha habido audaces tentativas revolucionarias en Tarifa, Almería y otros pueblos de la costa del Mediodía. Esos tunantes salieron de Gibraltar. El desembarco les salió mal. Gracias a la vigilancia de las autoridades, tan grande iniquidad quedó frustrada. De hoy a mañana, señora, serán fusilados en Tarifa trescientos de esos pillos.

Pipaón notó que el lecho se estremecía.

—Ya sabrá usted —añadió—, que por el Decreto del 20 se condena a muerte a todos los que por cualquier medio pretendan restablecer el sistema representativo. Aquí será fusilado Gregorio Iglesias, un chicuelo de 18 años que intentó unirse a los revolucionarios del Mediodía. También parece que hoy ha sido condenado a muerte otro jovenzuelo, Tomás Franco, por haber proferido expresiones contra la vida de Su Majestad... En La Coruña ha sido preciso sentar la mano. Muchos de los sentenciados a la última pena han sido ejecutados ya; otros se han suicidado con opio o abriéndose las venas...

En fin, señora, esto es muy triste, pero usted comprenderá que el Gobierno, viéndose acosado por esos infames demagogos negros sedientos de desorden, necesita mostrarse riguroso, pero muy riguroso... Yo pregunto a todas las personas imparciales y juiciosas: «¿En vista de lo que pasa, puede el Gobierno ser benigno?»

El discreto amigo no recibió contestación ni de la enferma, ni de Soledad, pero lo mismo que si la recibiera, prosiguió diciendo:

—Exactamente: no puede ser benigno. Los frailes, los obispos, todos los absolutistas de temple incitan al Gobierno a extirpar la negrería; los voluntarios realistas que son más levantiscos e indomables que la malhadada Milicia Nacional de marras, amenazan con sublevarse si no se les da todos los días sangre de liberales, horcas y más horcas. ¿Y qué se ha de hacer? Sobre ellos, sobre esa base poderosa se asienta el edificio del absolutismo y ¡ay de todo esto el día en que los voluntarios de la fe pasen del descontento a la sedición y de las palabras a los hechos! Por lo dicho, comprenderá usted que en la situación actual, cuando alguno, aunque sea inocente, tiene la desgracia de caer en la cárcel, no es fácil sacarle de ella a dos tirones...

Doña Robustiana exhaló la mitad de su alma en un gemido.

—No quiere esto decir que don Benigno y su niña no puedan salir —añadió Bragas—; saldrán, sí señora, saldrán con la ayuda de Dios. Pero es difícil, sumamente difícil, ¿por qué he de decir otra cosa? ¿Por qué he de engañar a usted con ilusiones que luego serían amargos desengaños? Ahora examinemos el delito de nuestros queridos presos.

Al oír esto, estremeciose otra vez el lecho, y oyéronse sílabas torpemente articuladas.

—El señor don Benigno y su hija han sido delatados, no se sabe por quién ni es fácil saberlo. Por más que yo he tratado de averiguarlo, no me ha sido posible. Acúsanles de... pero vamos por partes, para mayor claridad. Parece que Elenita tiene un novio llamado Ángel Seudoquis...

—¡Es mentira, es una infame impostura! —exclamó doña Robustiana, sobreponiéndose a su estado nervioso—. Mi hija no tiene novio.

—Ángel Seudoquis —prosiguió Pipaón, dando poca importancia a la negativa de la enferma—, hermano de don Rafael Seudoquis, militar sin purificar, degradado y aun creo que condenado a muerte por varios horrorosos crímenes de Estado. Según consta en la delación, Rafael Seudoquis, que ha venido de Inglaterra con órdenes de los revolucionarios para hacer una tentativa, se valió de su hermano Ángel, novio de la niña, para ponerse en comunicación con don Benigno, el cual parecía tener encargo de ayudarle...

—¡Qué horrible maquinación! ¡Qué tejido de infames mentiras! —murmuró doña Robustiana ahogando los sollozos—. Sola, tú que nos conoces y sabes quién entra y sale en nuestra casa, ¿no te horrorizas de oír tales calumnias?

Soledad no contestó nada. Tenía un nudo en la garganta.

En la delación consta también —prosiguió el amigo de la casa—, que Rafael Seudoquis entró dos veces seguidas disfrazado... grandes barbas, aspecto fiero... yo no le conozco. Ello es que le vieron entrar. Guardábale el bulto su hermano, paseando en la calle. Consta que Elena recibía de él papeles que luego entregaba a don Benigno, y constan otras estupendas cosas que no recuerdo en este momento.

—Consta que los jueces y delatores son un enjambre de miserables bandidos —afirmó doña Robustiana con ira, incorporándose—. Sola, ¡por Dios santo! tú que nos conoces, di a ese hombre que se engaña, porque también él, con ser nuestro amigo, parece dar crédito a tales patrañas.

—Yo ni afirmo ni niego... poco a poco —manifestó Pipaón, conserván-dose en aquel saludable justo medio que le había llevado a considerables alturas burocráticas—. El señor don Benigno y su hija pueden ser inocentes y pueden no serlo: de un modo o de otro es el señor Cordero un excelente amigo, a quien debo servir y serviré con todas mis fuerzas.

Levantose. La enferma, acometida por una convulsión, desplomose sobre las almohadas.

—Ánimo, señora —dijo con la frialdad del médico que pone recetas en el momento de la muerte—. Usted me conoce y sabe que haré cuanto de mí dependa. El caso es grave, gravísimo: ignoro hasta dónde puede llegar mi influencia; pero hay que confiar en Dios, que hace milagros, que los ha hecho algún día, que los volverá a hacer, señora, si es preciso. Dios ampara a los buenos.

Emitida esta máxima, se llevó el pañuelo a los ojos, como si quisiera limpiar la humedad de una lágrima auténtica, y después de echar un suspirillo mal sacado, salió de la alcoba, dejando a las dos mujeres más atribuladas de lo que estaban antes de su aparición.

Muy avanzada la noche, cuando la enferma, vencida por la fatiga, pudo hallar en un ligero sueño alivio a las penas de su alma, Sola subió a su casa. Ordinariamente subía la escalera en veloces saltos, cual pájaro que vuela a su nido; aquella noche la subió lentamente, con tanto trabajo como si cada escalón fuese una montaña. No apartaba los ojos del suelo, y su rostro estaba lívido. Sin duda veía dentro de sí misma espectros que la horrorizaban.

¿Qué tienes, niña mía? —le preguntó Sarmiento, que había salido a abrirle—. ¡Cuánto tiempo sin verte!... Esa pobre gente estará muy afligida. Y gracias que tienen un ángel como tú para que les acompañe.

La huérfana no contestó nada. La voz de don Patricio parecía no ser para ella más interesante ni más expresiva que el áspero chirrido de los goznes de la puerta.

—¿Qué tienes? ¿en qué piensas? —dijo el anciano sentándose junto a ella—. Tú tienes algo.

Después de una pausa en que silenciosamente la contempló, dijo con la más viva amargura:

—¡Ya comprendo, pobre de mí! Ha llegado el momento de separarte de tu viejo, de meterme en un hospicio y de marcharte para Inglaterra. Como me has tomado algún cariño, esta separación no puede menos de afligirte.

—Ya no me voy para Inglaterra —murmuró Sola con una seriedad sepulcral que desconcertó más a Sarmiento.

—Pues entonces... Eso que me has dicho me causa muchísima alegría, hija de mi corazón. ¿Conque no te vas? ¡Qué sabrosas nuevas has traído esta noche a tu viejecito! Dame un abrazo.

Al caer en los brazos del vagabundo, y cuando este la estrechaba con amante ardor en ellos, Sola gimió dolorosamente y se echó a llorar, diciendo:

—¡Ay, abuelo!... ¡qué desgraciada es tu niña!... Más le valdría no haber nacido.

XIV

En la planta baja del edificio que se llamó primero Cárcel de Corte, después Sala de alcaldes, más tarde Audiencia y que ahora va camino de llamarse, según parece, Ministerio de Ultramar, estaba situada la Superintendencia general de Policía. La cárcel ocupaba el inmundo edificio, que ya no existe, en la manzana inmediata, hacia la Concepción Jerónima, y que fue casa y hospedería de los padres del Salvador. Desde uno a otro caserón la distancia era insignificante, como la que existe entre la agonía y la muerte, y a falta de un Puente de los Suspiros, existía el callejón del Verdugo, de fácil tránsito para los que del tribunal pasaban a los calabozos o de los calabozos a la horca.

Las respetables oficinas de aquella institución (firme columna del orden político dominante entonces), tenían alojamiento tan digno de los jueces como de las leyes, en las indecorosas crujías que ha visto no hace mucho todo el que tuvo la desgracia de frecuentarlos Juzgados de primera instancia. La Comisión Militar, que era la que juzgaba a toda clase de delincuentes, tenía su albergue en un antiguo edificio de la plazuela de San Nicolás; pero el presidente de ella frecuentaba tanto la Superintendencia que se había mandado arreglar un despacho en el ángulo que da al callejón del Verdugo. El Superintendente recibía en la sala contigua a la callejuela del Salvador. El contraste horriblemente burlesco entre los nombres de las fétidas callejuelas por donde respiraban los dos instrumentos más activos del poder judicial y político, no establecían diferencia esencial entre ellos, porque ambos eran igualmente patibularios. Las odiosas antesalas de la horca eran negras, tristes, frías, con repulsivo aspecto de vejez y humedad, repugnante olor a polilla, tabaco, suciedad, y una atmósfera que parecía formada de lágrimas y suspiros.

En todas las grandes poblaciones y en todas las épocas ha existido siempre un infierno de papel sellado compuesto de legajos en vez de llamas y de oficinas en vez de cavernas, donde tiene su residencia una falange no pequeña de demonios bajo la forma de alguaciles, escribanos, procuradores, abogados, los cuales usan plumas por tizones, y cuyo oficio es freír a la humanidad en grandes calderas de hirviente palabrería que llaman autos. El infierno de aquella época era el más infernal que puede imaginar la humana fantasía espoleada por el terror.

En una serie de habitaciones sucias y tenebrosas tenían sus mesas los demonios inferiores, muy semejantes a hombres a causa de su hambrienta fisonomía y de su amarillo color, resultado al parecer de una inyección de esencia de pleito, que se forma de la bilis, la sangre y las lágrimas del género humano. Con los brazos enfundados en el manguito negro, desempeñaban entre desperezos, cuchicheos y bocanadas de tabaco, sus nefandas funciones que consistían en escribir mil cosas ineptas. Con su pluma estos diablillos pinchaban, martirizando lentamente; pero más allá, en otras salas más negras, más indecorosas y más ahumadas con el hálito brumoso de la curia, los demonios mayores descuartizaban como carniceros. Sus nefandas rúbricas, compuestas por trozos nigrománticos, abrían en canal a las pobres víctimas, y cada vez que llenaban un pliego de aquella simpática letra cuadrada y angulosa que ha sido el orgullo de nuestros calígrafos, daban un resoplido de satisfacción, señal de que el precito estaba bien cocho por un lado y era preciso ponerlo a cocer por el otro.

Las mesas negras, desvencijadas, cubiertas de un hule roto por donde corría libremente la arenilla secante esperando a que se acercara una mano sudorosa para pegarse a ella, sostenían los haces de llamaradas, los paquetes de ascua, en forma de barbudos legajos amarillentos, todos garabateados con la pez hirviente de los tinteros de plomo o de cuerno, en cuyo horrendo abismo se cebaban las ávidas plumas.

Mientras algunos de estos demonios escribían, otros no se daban reposo, entrando y saliendo de caverna en caverna y llevando recados a la Superintendencia y a la cárcel. Los alguaciles y ordenanzas, que eran unos pajecillos infernales muy saltones, transportaban grandes cargamentos de materia ígnea de un rincón a otro: sonaban las campanillas, como una señal demoníaca para activar los tizonazos y la quemazón; se oían llamamientos, peticiones, apuradas preguntas; buscábase entre mil legajos el legajo A o B, se recriminaban unos a otros los de manguito en brazo y pluma en oreja, se arrojaban fétidas colillas, volaba el papel con el pesado aire que entraba al abrir y cerrar las puertas, oíase chirrido de plumas trazando homicidas rúbricas, y movíanse, gimiendo sobre sus goznes mohosos, las mamparas en cuyo lienzo roto se leía: *Departamento de purificaciones... Padrón general... Sentencias... Pruebas... Negociado de sospechosos.*

La Superintendencia de policía y la Comisaría Militar se diferenciaban poco en el fondo y en la forma, y no se juzgue a la segunda por su calificativo, creyendo que imperaba en ella el criterio comúnmente pundonoroso y honrado, aunque severo, de nuestro ejército. Estaba presidida por un terrible individuo que vestía de brigadier, para baldón del uniforme español; militares eran también sus vocales y el fiscal; pero todo su mecanismo interno, su personal secundario así como sus procedimientos habían sido tomados de la curia más abyecta. Entonces no había propiamente ejército, porque casi todo él estaba sujeto al juicio de purificación. Los voluntarios realistas, cuyo jefe era el ministro de la Guerra, sostenían el orden social, auxiliando a los sanguinarios tribunales y también imponiéndose a ellos. La Comisión Militar, que contaba en el número de sus diversas misiones, la de purificar a aquel nefando ejército, casi totalmente afecto a la Constitución, estaba en absoluto sometida a la voluntad de aquella odiosa palanca del Gobierno llamada don Francisco Chaperón. Los demás altos individuos del aborrecido tribunal eran figuras decorativas que solo servían para hacer resaltar con su penumbra la roja aureola infernal del presidente.

El público aguardaba en la portería de la Comisión (plazuela de San Nicolás), impaciente, mugidor, grosero, blasfemante. Componíase en gran parte de los oscuros ministros de la delación y de los testigos de cargo, porque los de descargo no eran en ningún caso admitidos. Había personas de todas clases, abundando las de la clase popular. De la clase media eran pocos, de la más elevada poquísimos. Reuniéndolo todo, lo de dentro y lo de fuera, el gentío que escribía y el que esperaba, los diablos todos, grandes y pequeños y sus cómplices delatores podría haberse formado un magnífico presidio. La inocencia no habría reclamado para sí sino a poquísimas personas.

Grande era el alboroto entre los que esperaban por querer cada uno entrar antes que los demás, y los voluntarios tenían que forcejear a brazo partido para mantener el orden y establecer un turno riguroso.

—Yo estaba primero, señora... Échese usted atrás.

—¿Usted primero? Si estoy aquí desde la madrugada...

—Guardia, aquí se ha colado esta mujer. Ha venido después que yo y está delante.

—Le digo a usted que estoy aquí desde la madrugada.

—¿A qué viene usted, hermosa? Si viene usted como testigo ha de esperar a que la llamen... Aunque no se admiten aquí testigos con faldas.

—No vengo como testigo.

—¿Viene a reclamar?... Tiempo perdido.

—No vengo a reclamar.

—¿A delatar?

La mujer calló. Era joven, vestía modestamente de negro, con mantilla. Su cara estaba pálida; sus ojos grandes y oscuros se abatían con tristeza.

—¿Pero usted a qué viene? —le preguntó el voluntario encargado de mantener el orden.

—A ver al señor Chaperón. Ya se lo he dicho a usted seis veces.

—Acabáramos... ¿Y no podría usted ver en su lugar al segundo jefe?

—No señor. Tengo que hablar con el señor Chaperón, con el mismo señor Chaperón.

—Pues aún aguardará usted un ratito.

Una hora después, el mismo se acercó a ella y en tono de benevolencia le dijo:

—Ahora en cuanto salga ese señor sacerdote que acaba de entrar, pasará usted.

—Ya es tiempo.

—¿Ha esperado usted mucho, niña?

—Seis horas: son las diez. Apenas puedo ya tenerme en pie. Ayer también estuve a las ocho de la mañana. Me dijeron que esto era cosa de la Superintendencia. Fui a la Superintendencia. Allí esperé seis horas; fui de oficina en oficina y al fin un señor muy gordo me dijo que yo era tonta y que la Superintendencia no tenía nada que ver con lo que yo iba a decir; que marchase a ver al señor Chaperón. Por la noche le busqué en su casa; dijéronme que viniese aquí...

—Usted viene a dar informes a la Comisión Militar —dijo el voluntario realista encubriendo con estas palabras la infante idea de la delación.

La joven no contestó nada.

—Ya puede usted pasar —oyó decir al fin; y otro voluntario, especie de Caronte de aquellos infernales pasadizos, la guió adentro.

Al atravesar el lóbrego pasillo, oprimiósele el corazón y tembló toda, creyendo que una infernal boca se la tragaba y que jamás vería la clara luz del día. Rechinó una mampara. La mujer vio una estancia regularmente iluminada por los huecos de dos ventanas, y entró. Allí había dos hombres.

XV

Uno estaba en pie, colocado frente al marco de la puerta, de modo que recibiendo la luz por detrás, todo él parecía negro, negro el uniforme, negras las manos, negra la cara. Pero en la sombra podía reconocerse fácilmente al celoso funcionario que dispuso la elevación de la horca en la plaza de la Cebada el 6 de noviembre de 1823.

El otro estaba sentado y escribía con la soltura y garbo de quien ha consagrado una existencia entera al oficio curialesco. Era un viejecillo encorvado y pergaminoso, con espejuelos verdes, las facciones amomiadas, el cuerpo enjuto. Mientras escribía, su espinazo afectaba una perfecta curva, cuyo extremo, o sea la región capital, casi tocaba el papel. Al dejar la pluma, recobraba lentamente su posición vertical, que siempre era bastante incorrecta, por tener su cabeza cierta tendencia a colgar balanceándose, como fruta madura que va a caer de la rama. Tenía la costumbre de subirse a la frente las antiparras verdes mientras escribía, y entonces parecía estar dotado de cuatro ojos, dos de los cuales se encargaban de vigilar la estancia mientras sus compañeros cubrían el papel de una hermosa letra de Torío que en claridad podía competir con la de imprenta. Su nariz y la desaforada boca combinaban armoniosamente sus formas para producir una muequecilla entre satírica y benévola que producía distintos efectos en los que tenían la dicha de ser mirados por el licenciado Lobo, pues tal era el nombre de este personaje, no desconocido para nuestros lectores[2].

La joven balbució un saludo dirigiéndose al de la mesa, que le parecía más principal. Después extendió sus miradas por toda la pieza, que se le figuró no menos triste y lóbrega que un panteón. Cubría los polvorientos ladrillos

---

2 Véase La Corte de *Carlos IV, Napoleón en Chamartín* y otros volúmenes de la Primera Serie. (N. del A.)

del suelo una estera de empleita que a carcajadas se reía por varios puntos. Los muebles no superaban en aseo ni elegancia al resto de las oficinas, y las mesas, las sillas, los estantes se decoraban con el mismo tradicional mugre que era peculiar a todo cuanto en la casa existía, no librándose de él ni aun el retrato de nuestro Rey y señor don Fernando VII, que en el testero principal, y dentro de un marco prolijamente decorado por las moscas, mostraba la augusta majestad neta. Los grandes ojos negros del Rey, fulgurando bajo la espesa ceja corrida, parecían llenar toda la sala con su mirada aterradora.

—¿Qué quiere usted? —gritó bruscamente Chaperón, mirando a la joven.

La turbación suele causar algo de sordera; así es que la interpelada dejose caer en una silla con muestras de gran cansancio.

—Gracias, señor, me sentaré. Estoy muy fatigada; no me puedo tener.

Su entrecortado aliento, su palidez, la sequedad de sus labios indicaban una fatiga capaz de producir la muerte si se prolongara mucho.

—No he dicho a usted que se siente, sino que qué quiere —manifestó con desabrimiento el brigadier.

La joven se levantó vacilante como un ebrio.

—Puede usted sentarse, sí, siéntese usted —dijo Chaperón con menos dureza.

Lobo le hizo una seña amistosa, obsequiándola al mismo tiempo con un ejemplar de su sonrisa.

—Yo —dijo la joven dirigiéndose a Lobo que le parecía más amable—, quería hablar con el señor de Chaperón.

—Pues pronto, amiguita —gruñó este—, despachemos, que no estamos aquí para perder el tiempo.

—¿Es Vuecencia el señor don Francisco Chaperón?

—Sí, yo soy... ¿qué se te ofrece? —repuso el funcionario practicando su sistema de tutear a los que no le parecían personas de alta calidad.

—Quería hablar a Vuecencia —dijo la muchacha temblando—, acerca de don Benigno Cordero y su hija.

—Cordero... —dijo Chaperón recordando—. ¡Ah! ya... El encajero. Está bien. ¿Tú has servido en su casa?

—No señor.

—Su causa está muy adelantada. No creo que haya nada por esclarecer. Sin embargo... Señor licenciado Lobo, recoja usted las declaraciones de esta joven.

—¿Cómo se llama usted? —preguntó Lobo tomando la pluma.

—Soledad Gil de la Cuadra.

—¡Gil de la Cuadra! —exclamó Chaperón con sorpresa dando algunos pasos hacia la joven—. Yo conozco ese nombre.

—Mi padre —dijo Sola reanimándose— era muy afecto a la causa del Rey. Quizás Vuecencia le conocería.

—Don Urbano Gil de la Cuadra... Ya lo creo. ¿Se acuerda usted, Lobo?... Últimamente se oscureció y no supimos más de él... Era una benemérito español que jamás se dejó embaucar por la canalla.

—Murió pobre y olvidado de todo el mundo —manifestó Sola, triste por la memoria y gozosa al mismo tiempo por una circunstancia que despertaría tal vez interés hacia ella en el ánimo de aquellos señores tan serios—. Sabiendo quién soy y recordando la veracidad y honradez de mi padre, tengo mucho adelantado en la opinión de Vuecencias.

—Seguramente.

—Y darán crédito a lo que diga.

—El pertenecer a una familia que se distinguió siempre por su aborrecimiento a las novedades constitucionales, es aquí la mejor de las recomendaciones.

—Pues bien, señores —dijo Soledad animándose más—, yo diré a Vuecencias muchas cosas que ignoran en el asunto de don Benigno Cordero.

—Anote usted, licenciado... En efecto, siempre me han parecido algo oscuros los hechos de ese endiablado asunto de Carnero...¿no es Carnero?... No, Cordero. Tengo la convicción de su culpabilidad; pero...

—¡Oh! señor —dijo Soledad con viveza—, precisamente yo vengo a decir que el señor don Benigno y su hija son inocentes.

Chaperón, que iba en camino de la ventana, dio una rápida vuelta sobre su tacón, como los muñecos que giran en las veletas al impulso del viento.

—¡Inocente! —exclamó arrugando todas las partes arrugables de su semblante, que era su modo especial de manifestar sorpresa.

Lobo dejó la pluma y bajó sus anteojos.

—Sí señor, inocente —repitió Sola.

—Oye, tú —añadió Chaperón—. ¿Habrás venido aquí a burlarte de nosotros?...

—No señor, de ningún modo —repuso la huérfana temblando—. He venido a decir que el señor Cordero es inocente.

—Cordero... inocente... Inocente... Cordero... ¡Qué bien pegan las dos palabrillas, eh! —dijo el comisario militar con la bufonería horripilante que le aseguraba el primer puesto en la jerarquía de los demonios judiciales.

Se había acercado a la joven, casi hasta tocar con sus botas marciales las rodillas de ella, y cruzando los brazos y arrugando el ceño, la miraba de arriba abajo desdeñosamente, como pudiera mirar el can a la hormiga. Soledad elevaba los ojos para poder ver la tenebrosa cara suspendida sobre ella como una amenaza del cielo. Su convicción y su abnegación dábanle algún valor, por lo cual, desafiando la siniestra figura, se expresó de este modo:

—Yo afirmo que los Corderos son inocentes, que están presos por equivocación. Ya se supone que no habré venido sin pruebas.

Ella ignoraba que en aquel odioso tribunal las pruebas no hacían falta para condenar ni para absolver. No hacían falta para lo primero porque se condenaba sin ellas, ni para lo segundo, porque se condenaba también, a pesar de ellas.

—Conque pruebas... —dijo el vestiglo marcando más el tono de su bufonería—. ¿Y cuáles son esas pruebecitas?

—Yo no vengo a negar el delito —afirmó Soledad con voz entrecortada, porque apenas podía hablar mientras sintiera encima el formidable peso de la mirada chaperoniana—. Yo no vengo a negar el delito, no señor; vengo a afirmarlo. Pero he dicho... que el señor Cordero es inocente de ese delito, que el delito ¿me entienden ustedes? se ha achacado al señor Cordero por equivocación... y esto lo probaré revelando quién es el verdadero... Culpable, sí señor; el culpable del delito... Del delito.

—Eso varía —dijo Chaperón apartándose—. Para probarme que no vienes a burlarte de nosotros, dime cuál es el delito.

—Un oficial del ejército llamado don Rafael Seudoquis, vino de Londres con unas cartas.

—¡Ah!... Estás en lo cierto —dijo Chaperón con gozo, interrumpiéndola—. Por ahí, por ahí...

—Como Seudoquis no podía estar en Madrid sino día y medio, las cartas venían en un paquete a cierta persona que las debía distribuir y recoger las contestaciones.

—Admirable —dijo Chaperón como un maestro que recibe del examinando la contestación que esperaba—. Y Seudoquis no celebró entrevistas con Cordero, sino con otra persona. ¿No es eso lo que quieres decir?

—Sí señor; Cordero ni siquiera le conoce. Lo del noviazgo de Elena con Angelito es verdad; pero don Rafael no ha visto a su hermano ni a ninguna otra persona de su familia en las treinta horas que estuvo en Madrid.

—Vamos, veo que conoces el paño... Bien, paloma. Ahora, revélanos todo lo que sabes. Lobo, anote usted.

Lobo tomó la pluma y subió otra vez a la frente sus verdes ojos sin pestañas.

—Yo no diré nada —afirmó Soledad con la firmeza de un mártir—, no diré una palabra, aunque me den tormento, si antes Vuecencia no me da palabra de poner en libertad al señor Cordero y a su hija.

—Según y conforme... Aquí no somos bobos. Si yo veo clara la equivocación...

—¡Pues no ha de verla!... Deme Vuecencia su palabra de ponerles en libertad desde que conozca al verdadero culpable.

—Bueno; te la doy, te doy mi palabra; mas con una condición. No soltaré a los Corderos si no resulta que el verdadero delincuente es un ser vivo y efectivo, ¿me entiendes? Aquí no queremos fantasmas. Si es persona a quien podemos traer aquí para que confiese y dé noticias y vomite todo lo que sabe y expíe sus crímenes... Corriente. Tendremos mucho gusto en reparar la equivocación. ¿Para qué estamos aquí si no es para hacer justicia?

—El delincuente —dijo Sola con firmeza—, es un ser vivo y efectivo, podrá confesar, podrá expiar su culpa... Acabemos, señores, soy yo.

Chaperón y el experto licenciado habían visto muchas veces en aquella misma siniestra sala y en otras dependencias del tribunal, personas que negaban su culpabilidad, otras que delataban al prójimo, algunas que intentaban con lágrimas y quejidos ablandar el corazón de los jueces; habían visto muchas lástimas, infamias sin cuento, algo de abnegación en pocos casos, afectos diversos y diversísimas especies de delincuentes; pero hasta entonces no habían visto a ninguno que a sí mismo se acusara. Hecho tan inaudito les desconcertó a entrambos y se miraron consultándose aquella jurisprudencia superior a sus alcances morales.

—¿De modo que tú dices que tú misma eres quien cometió esos delitos que Su Majestad nos ha mandado castigar? ¿Tú?...

—Sí señor, yo misma.

—¿Y tú misma lo aseguras?... De modo que te delatas a ti misma... —insistió Chaperón no dando entero crédito a lo que oía—. Anote usted, Lobo. Esto es singularísimo, lo más singular que hemos visto aquí. Lobo, anote usted.

Si en vez de decir «anote usted», hubiera dicho: «Lobo, muerda usted», el leguleyo no se habría arrojado con más ferocidad sobre la pluma y el papel. La extrañeza del caso hacía estremecer todas las fibras de su corazón, digámoslo así, de curial.

—Soledad Gil de la Cuadra —dijo el magistrado militar dictando—, compareció... Etc...

Después, volviéndose a la víctima que observaba el mover de la pluma de Lobo, como si desde su sitio pudiera leer lo que este escribía, le dijo:

—¿Conque tú has sostenido relaciones con los emigrados? ¿Cuántas veces? ¿Con varios o con uno solo?

—Con uno solo.

—Relaciones políticas, se entiende —indicó Chaperón más bien afirmando, que preguntando.

—No señor, relaciones de amistad —dijo Soledad vacilando a cada palabra.

—¿De amistad?... ¿Quién es él?

Solita, después de dudar breve instante, pronunció un nombre. Pudo observar que Lobo, al anotar aquel nombre, frunció primero el ceño, exagerando después hasta llegar a la caricatura la contracción burlesca de su boca.

—¿Tienes tú parentesco con ese bergante? —pregunto Chaperón.

—No señor.

—Entonces, ¿qué relaciones son esas?

—Es mi hermano... quiero decir, mi amigo, mi protector.

—Ya, ya sabemos lo que quieren decir esas palabrillas —gruñó el hombre-horca dando a luz una especie de sonrisa—. Háblanos con franqueza; que juez y confesor vienen a ser lo mismo. ¿Eres tú su querida?

Soledad se puso como la grana. Dominándose, hablo así:

—Condéneme usted; pero no me avergüence. Yo no soy querida de nadie.

—¿Venimos aquí con vergüencilla? —vociferó el ogro riendo con brutal jovialidad—. ¡Ay! ¡qué mimos tan monos!... Paloma, recoge ese colorete. ¿Ruborcillo tenemos? Aquí se conoce el mundo. Señor Lobo, anote usted que ha revelado tener relaciones ilícitas con el susodicho...

—No es cierto, no es cierto —exclamó Soledad levantándose y corriendo hacia la mesa.

—¡Orden! —gritó Chaperón señalando a la víctima su asiento.

La huérfana, que había acopiado gran caudal de resignación, volvió a su sitio y tan solo dijo:

—Si tengo valor para sacrificarme por un inocente, también lo tendré para calumniarme.

—¡Calumniarse!... ¿Seguimos con las palabrejas retumbantes? Pasemos a otra cosa. ¿Ese descuellacabras te ha escrito muchas veces?

—Seis veces desde que está en Inglaterra.

—¿Te ha hablado de sucesos políticos?

—Muy poco y por referencia.

—¿Conservas las cartas?

—No señor, las he roto.

—Ya lo averiguaremos. ¿Se ha anotado el domicilio de la reo?

—Sí señor.

—Adelante. Llegamos a don Rafael Seudoquis. Ese señor trajo de Londres un paquete de cartas para que tú las repartieras...

—Sí señor... —repuso la joven con firmeza—. Puedo asegurar que Seudo-quis no conoce a don Benigno Cordero; que este no podía encargarse de repartir las cartas, ni menos su hija, porque ni uno ni otra tenían noticia de semejante cosa. Vivimos en la misma casa, yo en el segundo, ellos en el prin-cipal, y como alguien de la policía vio al señor Seudoquis entrar en la casa, supuso que iba a la habitación de Cordero, cuando en realidad iba a la mía.

—Muy bien, anote usted eso. Puede muy bien resultar que el tal Cordero sea inocente, ¿por qué no?... la justicia y la verdad por delante. Sepamos ahora a quién iban dirigidas esas cartas. Este es el punto principal... Cordero no supo darnos noticia alguna. Si tú lo haces, tendremos la mejor prueba de que no has venido a burlarte de nosotros.

Soledad vaciló un instante. Helado sudor corría por su frente, y sintió como un torbellino en su cerebro. Era aquel un caso que la infeliz no había previsto, porque su alma llena toda de generosidad y ofuscada por la idea del bien que a realizar iba, no supo calcular la ignominia que podía salirle al paso y detenerla en su gallardo vuelo. Aquel acto de abnegación era de esos que no pueden realizarse con éxito feliz sin tropezar con la infamia, poniendo a la voluntad en la alternativa de retroceder o incurrir en actos vergonzosos. Espantada Sola de los peligros que aparecían en su camino, no se atrevió a acometerlos, ni supo tampoco esquivarlos, porque carecía de la destreza y travesuras propias de tan gran empeño. Su única fuerza consistía en un valor heroico, pasivo, formidable, y robusteciendo su alma con él, dijo al severo magistrado:

—Yo me acuso a mí misma; pero no delataré a los demás.

—Me gusta... Sí, me gusta la salida —afirmó Chaperón cruzándose de brazos delante de ella y moviendo el cuerpo como si fuera a dar un salto—. ¿Sabes que tienes frescura?... Esto es dejarnos con un palmo de narices... Dime, mocosa, si no aclaras eso de las cartas, ¿qué ventaja sacamos de que seas tú el delincuente en vez de serlo Cordero y su hija? ¿Qué diferencia hay?

—La diferencia que hay de la verdad a la mentira —replicó Soledad imperturbable—. Si ellos son inocentes, ¿por qué han de estar en la cárcel ocupando un puesto que me corresponde a mí?

—Música, música —dijo el funcionario haciendo sonar como castañuelas los dedos de su mano derecha—. Aquí no estamos para perder el tiempo en distingos. Hay mucho que hacer para resguardar Trono y Sociedad de los ataques de esa gentualla negra. A ver: ¿qué hemos sacado en limpio de tu acusación contra ti misma? Nada entre dos platos. ¡Por vida del Santísimo Sacramento! Yo creí que en punto a noticias frescas y bonitas nos ibas a traer aquí oro molido... ¡Que es inocente don Benigno! ¿Y qué? ¡Que las cartas las recibiste tú y no él ni tampoco su hija! ¿Y qué? ¡Por vida del Sant...! esto es burlarse de la Comisión Militar. Aquí se viene a servir al Estado, no a hacer comedias. ¿Eres tú partidaria del Altar y del Trono, o por el contrario, eres amiga de la canalla? ¿Te has prestado inocentemente a esa maquinación sin saber lo que hacías?... Hablemos claro.

Diciendo esto, Chaperón demostraba en la voz y en el gesto hallarse muy satisfecho de su elocuencia y del incontrastable poder de sus razones. Después de una pausa se acercó a Sola, y mirándola desde la altura de su corpachón negro, capaz de intimidar al más bravo; accionando enérgicamente con la mano derecha, cuyo dedo índice se erguía, tieso e inflexible como un emblema de la autoridad, habló de este modo:

—El Gobierno de Su Majestad, que nos ha puesto aquí para que vigilemos, tiene recompensas para los que le sirven, ayudándole a esclarecer las maquinaciones de los pillos, ¿te vas enterando? y tiene también castigos muy severos, muy severos, pero merecidos, para los que encubren a los malvados con su punible silencio, ¿te vas enterando?

—¿Eso lo dice Vuecencia para que delate a los que recibieron las cartas? —preguntó Soledad cerrando los ojos cual si estuviera suspendida sobre su cuello el hacha del verdugo—. Siento mucho desairar a Vuecencia; pero no puedo decir nada.

Chaperón se detuvo en su paseo por el cuarto. Viósele apretar las mandíbulas, contraer los músculos de la nariz, como si fuera a lanzar un estornudo, revolver los ojos... Sin duda su cólera augusta iba a estallar. Pero afortunadamente detuvo la formidable explosión un hombre entre soldado y alguacil, de indefinible jerarquía, mas de indudable fealdad, el cual abriendo la mampara, dijo:

—Vuecencia me dispense; pero la señora que vino esta mañana está ahí, y quiere pasar.

—Que espere... ¡Por vida del...!

—Está furiosa —observó con timidez el que parecía soldado, alguacil, polizonte, sin ser claramente ninguna de estas tres cosas.

Chaperón dudaba. Iba a decir algo, cuando una señora empujó resueltamente la mampara y entró.

XVI

Era una mujer hermosísima, arrogante y tan airosa y guapetona en su rostro y figura, como elegante en su vestir y tocado, de modo que Naturaleza y Arte se juntaban para formar un acabado tipo de mujer a la moda. La mirada que echó a Chaperón y a su legista, semejante a una limosna dada más bien por compromiso que por voluntad, indicaba que la modestia no era virtud principal en la señora. Pero su gallarda altanería ¡cuán grato es decirlo! venía como de molde enfrente de aquellos despreciables hombres tan duros con los desgraciados.

—Ni para ver al Rey se necesitan más requisitos —dijo la dama sentándose en la silla que Chaperón le ofreció sonriendo—. Vi a Calomarde esta mañana y me mandó venir aquí... Yo creí que era cosa de un momento... pero si hay más de doscientas personas en la puerta... ¡Y qué gente! Diga usted ¿a qué viene toda esa gente, a delatar? Si yo fuera la Comisión, empezaría por ahorcar a todo el que delatara sin pruebas... ¿No tienen ustedes otro sitio para que hagan antesala las personas decentes?

—Señora —repuso Chaperón en tono adulador, que no galante—, siempre que usted venga, pasará desde luego a mi despacho. Tengo mucho gusto en complacerla, no solo por estimación particular, sino por lo mucho que respeto y admiro al señor Calomarde, mi amigo.

—Gracias —dijo la señora con indiferencia—. Vamos a mi asunto. Don Tadeo me prometió que esto quedaría resuelto en tres días.

—Don Tadeo desde su poltrona halla muy fáciles los negocios de policía. Yo quisiera verle aquí enredado con tanta gente y tanto papel... ¡En tres días amigo Lobo, en tres días!

El licenciado apoyó la idea de su jefe, moviendo la cabeza con expresión de lástima de sí mismo, por el mucho trabajo que entre manos traía.

—Esto es vergonzoso —exclamó la señora sin disimular su enfado—. ¿Conque para despachar un pasaporte se ha de gastar más tiempo que para juzgar y condenar a muerte a un hombre?... ¡Qué tribunales, Santo Dios! ¡Qué Superintendencia y qué Comisión Militar! Pongan todo eso en manos de una mujer y despachará en dos horas lo que ustedes no saben hacer en una semana.

—Pero usted, señora —dijo Chaperón con el tono que en él pasaba por benévolo—, no tiene en cuenta las circunstancias...

—Veo que aquí las circunstancias lo hacen todo. Invocándolas a cada paso se cometen mil torpezas, infamias y atropellos. Si volviera a nacer, Dios mío, querría que fuese en un país donde no hubiera circunstancias.

—Si se tratara aquí del pasaporte de una señora —indicó el presidente de la Comisión con énfasis como el que va a desarrollar una tesis jurídica—, ande con Barrabás... Pero usted lleva dos criados, los cuales es preciso que antes se definan y se purifiquen, porque uno de ellos perteneció en tiempo de la Constitución a la clase de tropa, y el otro sirvió largos años al ministro Calatrava... Pero nos ocuparemos del asunto sin levantar mano...

—Yo deseo partir mañana —dijo la señora con displicencia—. Voy muy lejos, señor Chaperón, voy a Inglaterra.

—Empezaremos, empezaremos ahora mismo. A ver, Lobo...

Al dirigirse a la mesa, Chaperón fijó la vista en la víctima cuyo proceso verbal había sido suspendido por la entrada de la soberbia dama.

—¡Ah!... ya no me acordaba de ti —dijo entre dientes—. Voy a despacharte.

Soledad miraba a la señora con espanto. Después de observarla bien, cerciorándose de quién era, bajó los ojos y se quedó como una muerta. Creeríase que batallaba angustiosamente con su desmayado espíritu, tratando de infundirle fuerza, y que entre sollozos imperceptibles le decía: «Levántate, alma mía, que aún falta lo más espantoso.»

—Con el permiso de usted, señora —dijo Chaperón mirando a la dama—, voy a despachar antes a esta joven. Lobo, extienda usted la orden de prisión... Llame usted para que la lleven... Orden al alcaide para que la incomunique...

La víctima dejó caer su cabeza sobre el pecho.

Después miró de nuevo a la dama; pero esta vez encendiose su rostro y parecía que sus ojos relampagueaban con viva expresión de amenaza. Esto duró poco. Fue la sombra del espíritu maligno al pasar en veloz corrida por delante del ángel oscureciendo su luz.

La señora estaba también pálida y desasosegada. Indudablemente no gustaba de ver a quien veía, y en presencia de aquella humilde personilla condenada parecía tener miedo.

—Aquí tienes, mala cabeza —dijo Chaperón dirigiéndose a la huérfana—, el resultado de tu terquedad. Demasiado bueno he sido para ti... ¿Qué hemos sacado de tu declaración? Que Cordero es inocente. ¿Y qué ganamos con eso, qué gana con eso la justicia? Tú y nosotros adelantamos muy poco... Si hablaras sería distinto... Tú habrás oído decir aquello de... quien te dio el pico, te hizo rico. ¿Te vas enterando? pero ahora, picarona, lo meditarás mejor en la cárcel... Allí se aclaran mucho los sentidos... verás. Esta linda pieza —añadió señalando a la víctima y mirando a la señora— es la estafeta de los emigrados, ¿qué tal? Ella misma lo confiesa, lo cual no deja de tener mérito; pero nos ha dejado a media miel, porque no quiere decir a quién entregó las cartas que ha recibido hace unos días.

Soledad se levantó bruscamente.

—Una de las cartas de los emigrados —dijo con tono grave extendiendo el brazo—, la entregué a esa señora.

Después de señalarla con fuerza, cayó en su asiento con la cabeza hacia atrás. Breve rato estuvieron mudos y estupefactos los tres testigos de aquella escena.

—Es verdad —balbució la dama—. He recibido una carta de un emigrado que está en Inglaterra; no sé quién la llevó a mi casa... ¿qué mal hay en esto?

Chaperón, que estaba como aturdido, iba a contestar algo muy importante, cuando la señora corrió hacia la huérfana, gritando:

—Se ha desmayado esa infeliz.

En efecto, rendida Sola a la fuerza superior de las emociones y del cansancio, había perdido el conocimiento.

La señora sostuvo la cabeza de la víctima, mientras Lobo, cuya oficiosidad filantrópica no se desmentía un solo momento, acudió trasportando un vaso de agua para rociarle el rostro.

—Eso no es nada —afirmó Chaperón—. Vamos, mujer, ¡qué mimos gastamos! Todo porque la mandan a la cárcel...

La puerta se abrió dando paso a cuatro hombres de fúnebre aspecto, que parecían pertenecer al respetable gremio de enterradores.

—Ea, llevadla de una vez... —dijo don Francisco resueltamente—. El alcaide le dará algún cordial... No quiero desmayos en mi despacho.

Los cuatro hombres se acercaron a la condenada.

—Un poco de vinagre en las sienes... —añadió el jefe de la Comisión Militar—. Ea, pronto... quitadme eso de mi despacho.

—¡A la cárcel! —exclamó con lástima la señora, acercándose más a la víctima como para defenderla.

—Señora, dispense usted —dijo Chaperón apartándola con enfática severidad—. Deje usted a la justicia cumplir con su deber... Vamos, cargar pronto. No le hagáis daño.

Los cuatro hombres levantaron en sus brazos a la joven y se la llevaron, siendo entonces perfecta la similitud de todos ellos con la venerable clase de sepultureros.

La mampara, cerrándose sola con estrépito, produjo un sordo estampido, como golpe de colosal bombo, que hizo retumbar la sala.

XVII

Aquel mismo día ¡por vida de la Chilindraina! ¡cuán amargas horas pasó el pobre don Patricio! Habrían bastado a encanecer su cabeza si ya no estuviera blanca, y a encorvar su cuerpo, si ya no lo estuviera también. Sus suspiros eran capaces de conmover las paredes de la casa: sus lágrimas corrían amargas y sin tregua por las apergaminadas mejillas. No podía permanecer en reposo un solo instante, ni distraerse con nada, ni comer, ni aposentar en su cerebro pensamiento alguno, como no fuera el fúnebre pensamiento de su desamparo y de la gran pena que le desgarraba el corazón. Este lastimoso estado provenía de que Solita había salido temprano, diciéndole:

—No sé cuándo volveré. Quizás vuelva pronto, quizás mañana, quizás nunca... Escribiré al abuelo diciéndole lo que debe hacer. Adiós...

Y dirigiéndole una mirada cariñosa, se limpió las lágrimas, y había bajado rápidamente la escalera y había desaparecido ¡Santo Dios! como un ángel que se dirige al cielo por el camino del mundo.

—¿Será posible que haya salido hoy para Inglaterra? —se preguntaba don Patricio apretándose el cráneo con las manos para que no se le escapara también—. ¡Pero cómo, si aquí está toda su ropa, si no ha hecho equipaje, si en la cómoda ha dejado todo su dinero!... ¿Pues adónde ha ido entonces?... «Quizás vuelva pronto, quizás mañana, quizás nunca...» Nunca, nunca.

Y repetía esta desconsoladora palabra, como un eco que de su cerebro salía a sus labios. Otro motivo de gran confusión para él era que Soledad había despedido a la criada el día anterior. Estaba, pues, el viejo solo, enteramente solo, encerrado en la espantosa jaula de sus tristes pensamientos, que era como una jaula de fieras. Pasaba del sentimentalismo más patético a la desesperación más rabiosa, y si a veces secaba sus lágrimas despaciosamente, otras se mordía los puños y se golpeaba el cráneo contra la pared. En los momentos de exaltación recorría la casa toda desde la sala a la cocina, entraba en todas las piezas, salía para volver a entrar, daba vueltas, y tropezaba y caía y se levantaba. Como entrara en la alcoba de Sola, vio su ropa y abalanzándose sobre ella hizo con febril precipitación un lío y oprimiéndolo contra su pecho, cual si fuera el cuerpo mismo de la persona amada y fugitiva, exclamó así con lastimero acento:

—Ven acá, paloma... ven acá, niña de mi corazón... ¿Por qué huyes de mí? ¿por qué huyes del pobre viejo que te adora? Ángel divino, ángel precioso de mi guarda cuya hermosura no puedo comparar sino a la de la diosa de la Libertad, circundada de luz y sonriendo a los pueblos; adorada hija mía, ¿en dónde estás? ¿no oyes mi voz? ¿no oyes que te llamo? ¿no ves que me muero sin ti? ¿no te sacrifiqué mi gloria?... ¡Ay!... Mi destino, mi glorioso destino me reclama ahora, y no puedo ir, porque sin ti soy un miserable y no tengo fuerzas para nada. Contigo al suplicio, a la gloria, a la inmortalidad, a los Elíseos Campos; sin ti a la muerte oscura, a la ignominia. Sola, Sola de mi vida, ¿en dónde estás? Dímelo, o revolveré toda la tierra por encontrarte.

Esto decía cuando llamaron fuertemente a la puerta. Corrió a abrir más ligero que una liebre... No era Sola quien llamaba, eran seis hombres, que sin fórmula alguna de cortesía se metieron dentro. Uno de ellos soltó de la boca estas palabras:

—¿No es éste el viejo Sarmiento que predicaba en las esquinas?... Echadle mano, mientras yo registro.

—¡Ah!... —exclamó don Patricio algo confuso—. ¿Son ustedes de la policía?... Sí, yo recuerdo... Conozco estas caras.

—Procedamos al registro —dijo solemnemente el que parecía jefe de los corchetes—. Toda persona que se encuentre en la casa, debe ser presa. Cuidado no se escape el abuelo.

—Quiere decir —balbució Sarmiento—, que estoy preso.

—Ya se lo dirán allá —replicó el polizonte desabridamente—. Andando... Llévenme para allá al vejete, que aquí nos quedamos dos para despachar esto.

Según la orden terminante del funcionario, (que era un funcionario vaciado en la común turquesa de los cazadores de blancos en aquella tenebrosa e infame época), Sarmiento fue inmediatamente conducido a la cárcel, y solo por un exceso de benevolencia incomprensible y hasta peligrosa para la reputación de aquella celosa policía, le dieron tiempo para ponerse el sombrero, recoger el pañuelo y media docena de cigarrillos.

No se daba cuenta de lo que le pasaba el infeliz maestro, y durante el trayecto de su casa a la cárcel de Corte, que no era largo, fue con los ojos bajos, el cuerpo encorvado, las manos a la espalda y en un estado tal de confusión y aturdimiento, que no veía por dónde pasaba, ni oía las observaciones picarescas de los transeúntes. Cuando entraron en la cárcel, el anciano se estremeció, revolviendo los ojos en derredor. Su entrada había sido como el choque del ciego contra un muro, símil tanto más exacto cuanto que don Patricio no veía nada dentro de las paredes del tenebroso zaguán por donde se comunicaba con el mundo aquella mansión de tristeza y dolor.

Lleváronle al registro y del registro a un patio, donde había algunas personas que imploraban la misericordia de los carceleros para poder ver a los detenidos. Hiciéronle subir luego más que deprisa por hedionda escalera que se abría en uno de los ángulos del patio, y hallose en un largo corredor o galería, que parecía haber sido claustro, pero que tenía entonces tapiadas todas sus ventanas, sin dejar más entrada a la luz que unos ventanillos bizcos en la parte más alta.

Al entrar en la galería, Sarmiento oyó gritos, lamentos, imprecaciones. Era al caer de la tarde, y como la luz entraba allí avergonzada al parecer y temerosa, deteniéndose en los ventanillos por miedo a que la encerraran también, no se podía distinguir de lejos las personas. Veíanse sombrajos movibles, los cuales, al acercarse a ellos, resultaban ser la simpática humanidad de algún calabocero que entraba en las celdas o salía de ellas.

Había centinelas de trecho en trecho, cuya vigilancia no podía ser muy grande, porque a cada instante les era forzoso apartar de las puertas de las celdas a personas importunas que iban a turbar la tranquilidad de los reos. Las llorosas mujeres, abusando de los miramientos a que tiene derecho su sexo, molestaban a los señores cabos pidiéndoles noticia de tal o cual preso, dándoles cualquier recadillo verbal o encargo enojoso, como llevar pan a alguno de los muchos hambrientos que se comían los dedos dentro de las celdas. En una de estas debía de estar encerrado un loco furioso, cuya manía era dar golpes en la puerta, con lo cual estaban muy disgustados los carceleros, hombres celosísimos de la paz de la casa. El dolor y la desesperación, callado el uno, ruidosa la otra, hacían estremecer las frágiles paredes, porque el mezquino edificio era indigno de la rabia que contenía, y a ser tal como a ella cuadraba, hubiera tenido más piedras que el Escorial y más hondos cimientos que el alcázar de Madrid.

Sarmiento fue introducido en una pieza relativamente grande, cuya suciedad parecía ser resumen y muestrario de todas las suertes de inmundicia que los años y la incuria de los hombres habían acumulado en la indecorosa cárcel de Corte. En la zona más baja, una especie de faja mugrienta marcaba el roce de muchas generaciones de presos, de muchas generaciones de alguaciles, de muchas generaciones de jueces y curiales. Alumbrábala el afligido resplandor de un quinqué colgado del techo, que parecía acababa de oír leer su sentencia de muerte, y se disponía con semblante contrito a hacer confesión de sus pecados. Como el techo era muy bajo, y los allí presentes se movían de un lado para otro en torno al ajusticiado quinqué, las sombras bailaban en las paredes haciendo caprichosos juegos y cabriolas. En el fondo había la indispensable estampa de Su Majestad, y sobre ella un Crucifijo cuya presencia no se comprendía bien, como no tuviera por objeto el recordar que los hombres casi son tan malos después como antes de la Redención.

Delante de Su Majestad en efigie y de la imagen de Cristo crucificado, estaba en pie, apoyándose en una mesa, no fingido, sino de carne y hueso, horriblemente tieso y horriblemente satisfecho de su papel, el representante de la justicia, el apóstol del absolutismo, don Francisco Chaperón, siempre negro, siempre de uniforme, siempre atento al crimen para confundirle donde quiera que estuviese en honra y gloria del Trono, del orden y de la Fe católica. Pocas veces se le había visto tan fieramente investigador como aquella noche. Indudablemente parecía que el tal personaje acababa de llegar del Gólgota y que aún le dolían las manos de clavar el último clavo en las manos del otro, del que estaba detrás y en la cruz, sirviendo de sarcástico coronamiento al retrato del señor don Fernando VII.

A la derecha había una mesa donde estaban media docena de diablejos vestidos con el uniforme de voluntario realista y acompañados por el licenciado Lobo, prestos todos a lanzar las plumas dentro de los tinteros. La izquierda era ocupada por un banquillo pintado de color de sangre de vaca: en él se sentaba alguien a quien don Patricio no vio en el primer momento. El anciano no había salido aún de aquel estupor que le acometiera al ser conducido fuera de su casa; miró con cierta estupidez al tremendo fantasma, miró después a toda la chusma curialesca que le rodeaba, al licenciado Lobo; miró al Santo Cristo, al Rey pintado, y por fin, clavando los ojos en el banco de color de sangre, vio a su adorada hija y compañera.

—¡Sola!... ¡hija de mi alma!... —gritó lanzando ronca exclamación de alegría—. Tú aquí... yo también... ¡parece que esto es la cárcel!... ¡el suplicio!...¡la gloria!... ¡mi destino!...

XVIII

Clarísima luz entró de improviso en la mente del afligido viejo; desaparecieron las percepciones vagas, las ideas confusas para dar paso a aquella siempre fija, inmutable y luminosa que había dirigido su voluntad durante tanto tiempo, llenando toda su vida moral.

—Ya estoy en mí —dijo en tono de seguridad y convicción—. Soledad... ¡tú y yo en este sitio! Al fin, al fin Dios ha señalado mi día. ¿No lo decía yo?... ¿no decía yo que al fin vendría la hora sublime? ¡Destino honroso el nuestro, hija mía! He aquí que no solo heredas mi gloria, sino que la compartes, y los dos juntamente, unidos aquí como lo estuvimos allá, somos llamados...

—Silencio —gritó Chaperón bruscamente—. Responda usted a lo que le pregunto. ¿Cómo se llama usted?

—Excusada pregunta es esa —repuso con aplomo y dignidad don Patricio—, pues todo el mundo sabe en Madrid y fuera de él que soy Patricio Sarmiento, adalid incansable de la idea liberal, compañero de Riego, amigo de todos los patriotas, defensor de todas las Constituciones, amparo de la democracia, terror del despotismo. Soy el que jamás tembló delante de los tiranos, el que no tiene en su corazón una sola fibra que no grite *libertad*, y el que aun después de muerto sacará la cabeza del sepulcro para gritar...

—Basta —dijo Chaperón, notando que las palabras del reo provocaban murmullos—. Charlatán es el viejo... Responda usted. ¿Conoce a esta joven?

—¿Que si la conozco? Que si conozco a Sola... Si no temiera faltar al respeto que debo a todo juez quienquiera que sea, diría que es necia pregunta la que Vuecencia acaba de hacerme. Esta es mi hija adoptiva, mi ángel de la guarda, mi amparo, mi compañera de vida, de muerte, de cielo y de inmortalidad. Dios, que dispone todas las grandezas, así como el hombre es autor de todas las pequeñeces, ha dispuesto que este ángel divino me acompañe también ahora. ¡Admirable solución de la Providencia! Yo creí haberla perdido y la encuentro junto a mí en la hora culminante de mi vida, cuando se cumple mi destino; aparece a mi lado, no para darme esos triviales consuelos que no necesita mi corazón magnánimo, sino para compartir mi sacrificio y con mi sacrificio mi gloria. Adelante, señores jueces, adelante. Acaben ustedes. Soledad y yo nos declaramos reos de amor a la libertad, nos declaramos dignos de caer bajo vuestras manos, y confesamos haber trabajado por el triunfo del santo principio, ahora y antes y siempre, porque para ello nacimos y por ello morimos.

Causaba diversión a los diablillos menores y aun al diablazo grande el desenfado del buen viejo, por lo cual no habían puesto tasa a la charla de este. Mas Chaperón, que deseaba concluir pronto, dijo al reo:

—¿Es cierto que esta joven recibió un paquete de cartas de los emigrados para repartirlas a varias personas de Madrid?

—¿Y eso se pregunta? —replicó Sarmiento como si admirara la candidez del vestiglo—. ¿Pues qué había de hacer sino trabajar noche y día por el triunfo de la sagrada causa?... ¿No he dicho que para eso nacimos y por eso morimos?

Soledad miraba con ojos muy compasivos a su amigo y al juez alternativamente. Mas pronto dejó de mirarlos y se reconcentró en sí misma, mostrando estoica indiferencia hacia aquel lúgubre diálogo entre un insensato y un verdugo. Había hecho ya con Dios pacto de resignación absoluta y se entregaba a la voluntad divina, prometiendo no oponer ninguna resistencia a los accidentes humanos, ni aceptar otro papel que el de víctima callada y tranquila. Entre el instante en que la sacaron desmayada de la caverna del gran esbirro hasta aquel en que le pusieron delante al compañero de su infortunio, habían pasado para ella horas muy angustiosas. Pero su espíritu se había rendido al fin, aceptando la fórmula esencial del cristiano, que es rendirse para vencer y perderse absolutamente para absolutamente salvarse. Si algún pequeño combate sostenía aún su alma, era porque el propósito de pensar solamente en Dios no podía cumplirse aún con rigurosa exactitud. Pensaba en algo que no era Dios, pero aun así, iba conquistando la tranquilidad y un pasmoso equilibrio moral, porque había arrojado fuera de sí valerosamente toda esperanza.

—Usted sabrá sin duda a quién venían dirigidas esas cartas —preguntó Chaperón a Sarmiento.

—¿Pues qué?... ¿ella no lo ha dicho? —repuso el anciano nuevamente admirado de la ignorancia del tribunal—. Esto no se puede considerar como delación, porque esas personas son leales patricios que también anhelan llegue la coyuntura de sacrificarse por la libertad. Nosotros no tenemos secretos, nosotros, como los héroes de la antigüedad, lo hacemos todo a la luz del día. Fue preciso prestar un servicio a la santa causa, facilitando las comunicaciones entre todos los que conspiran dentro y fuera para hacerla triunfar, y lo prestamos, sí señor, lo prestamos a la clarísima luz del Sol, *coram populo*. Las cartas eran cuatro.

—Atención —dijo don Francisco acercándose a la mesa de los escribanos.

—Una era para don Antonio Campos, ese gran patriota que acaba de llegar de Tarifa y Almería, otra para un oficial de la antigua guardia que se llama Ramalejo, la tercera venía dirigida a don Roque Sáez y Onís, y la cuarta a doña Genara de Baraona.

—Muy bien —gruñó Chaperón, asemejándose mucho en su gruñido al perro que acaba de encontrar un hueso perdido—. Veo que el viejo y la niña son la peor casta de conspiraciones que se conoce en Madrid.

—Sí —dijo Sarmiento con exaltación—, insúltenos usted... Eso nos agrada. Los insultos son coronas inmarcesibles en la frente del justo. Mire usted las espinas que lleva en su cabeza aquel que está en la cruz.

—Silencio —gritó Chaperón—. Veo que él es tan parlachín como ella hipocritona. Ya sabemos lo de las cartas, linda pieza... Ahora el buen viejo nos informará de todas las particularidades que hayan ocurrido en la casa. ¿Tiene noticia de que entrara en estos líos don Benigno Cordero?

—¡Cordero! —exclamó Sarmiento con asombro—. Cordero es un hombre vulgar, un tendero, un cualquiera... ¿Cómo puede ser capaz semejante hombre de intervenir en un complot de esos que solo acometen las almas grandes y valerosas?

—¿Seudoquis fue muchas veces a la casa?

—Dos veces, dos. Para nada hay que mentar a Cordero. Nuestra gloria es nuestra, señor mío, y de nadie más. ¡Ay de aquel que intente quitarnos una partícula de ella, siquiera sea del tamaño de un grano de alpiste! Nosotros, nosotros solos somos los héroes, nosotros las víctimas sublimes. Fuera intrusos y gentezuela que se presenta en el festín de la gloria con sus manos lavadas reclamando lo que no les pertenece ni han sabido ganar con su abnegación. Nosotros solos, ella y yo, nadie más que ella y yo.

—El que enviaba las cartas —añadió don Francisco dando un paso hacia Sarmiento—, ¿no hablaba de lo de Almería y Tarifa ni de la revolución que estaban preparando?

—Nosotros —repuso Sarmiento con desdén—, no nos ocupamos de frívolos detalles. ¡Almería, Tarifa! ¿qué vale eso ni qué significa? Hechos aislados que ni precipitan ni detienen el hecho principal, que es la victoria de la libertad. Si al fin tiene que ser, si ha de venir tan de seguro como saldrá el Sol mañana... Que se frustre una intentona, que salga mal un desembarco, que fusiléis a trescientos o a mil o a un millón de patriotas... Nada importa, señores. Lo que ha de venir, vendrá. Si pretendéis atajarlo con patíbulos, vendrá más pronto. Los patíbulos son árboles fecundos, que con el riego de la sangre dan frutos preciosísimos. Echad sangre, más sangre; eso es lo que hace falta. Las venas de los patriotas son el filón de donde mana la nueva vida.

«No me habléis de conspiraciones parciales; yo no entiendo de eso. El que escribió las cartas, lo mismo que mi hija, lo mismo que yo, cooperamos con nuestra voluntad y nuestros deseos más íntimos y más ardientes en ese gran complot moral cuyas ramificaciones se extienden por todo el mundo.

¡Ah! señores, no conocéis la gran conspiración del tiempo. A ella pertenezco, a ella pertenecen todas vuestras víctimas... Ea, despachemos pronto. Basta de fórmulas y de procedimientos necios. El patíbulo, el patíbulo, señores, esa es nuestra jurisprudencia. De él hemos de salir triunfantes, trocados de humanos miserables en inmaculados espíritus. Lo mismo nos da que nos ahorquéis de esta o de la otra manera, más o menos noblemente. ¿A los mártires del circo romano les importaba que el tigre que se los comía tuviera la oreja negra o amarilla? No, porque no atendían más que a la sublime idea; lo mismo nosotros no atendemos más que a esta idea que nos lleva en pos del suplicio, la cual es como un fuego sacrosanto que nos embelesa y nos purifica. No tenemos ya sentidos, no sabemos lo que es dolor... ¡La carne!... ¡ah! no nos merece más interés que el despreciable polvo de nuestros zapatos. Adelante, pues. Cumpla cada uno con su deber: el vuestro es matar, el nuestro sucumbir carnalmente, para vivir después la excelsa, la inacabable y deliciosa vida del espíritu... Vamos allá; ¿en dónde, en dónde está esa bendita horca?»

Había tanta naturalidad en las entusiastas expresiones del exaltado viejo patriota y al mismo tiempo un tono de dignidad tan majestuoso, que los empleados de la Comisión, así militares como civiles, no podían resistir al deseo de oírle. Aunque el sentimiento que a la mayoría dominaba era de burla con cierta tendencia a la compasión, no faltaba quien oyese al estrafalario viejo con un interés distinto del que comúnmente inspiran las palabras de los tontos. El mismo Chaperón se mostraba complacido, sin duda porque le divertía su víctima, haciéndolo mucho más barato que el célebre gracioso Guzmán que empezaba su carrera en el Teatro del príncipe. Pero como la dignidad del tribunal no permitía tales comedias, Don Francisco mandó al reo que diese por terminada la representación.

Los empleados de policía que se quedaron registrando la casa de Sola, aparecieron. Según parecía, habían encontrado alguna cosa de gran valor jurídico; habían hecho provisión de pedacitos de papel, fragmentos de cartas, sin olvidar un polvoriento retrato de Riego, hallado entre los bártulos de don Patricio, dos o tres documentos masónicos o comuneros y una carta dirigida al maestro de escuela. Examinolo todo ávidamente Chaperón y lo entregó después a Lobo para que constase en el proceso. En tanto don

Patricio se había acercado a su compañera de infortunio y en voz baja le decía:

—Animo, ángel de mi vida, cordera mía. Que en esta ocasión solemne no deje de estar tu espíritu a la altura del mío. Inspírate en mí. Reflexiona en la gloria que nos espera y en el eco que tendrán nuestros sonorosos nombres en los siglos futuros perpetuándose de generación en generación. ¿Por qué estás triste en vez de estar alegre como unas castañuelas? ¿Por qué bajas los ojos en vez de alzarlos como yo, para tratar de ver en el cielo el esplendoroso asiento que nos está destinado? Tu destino es mi destino. Ambos están escritos en el mismo renglón. Hay gemelos del morir como los hay del nacer: tú y yo somos mellizos y juntos saldremos del vientre de este miserable mundo a la inmensa vida del otro... Posible es que no lo comprendieras antes, niña de mis ojos; yo tampoco lo creía, y era engañado por hechos mentirosos. Tu proyecto de abandonarme era una ficción del destino para sorprenderme después con esta unión celestial. Mi entrada en tu casa, el amparo que me diste, ¿qué significan sino la preparación para estas nuestras bodas mortuorias, de las cuales saldremos unidos por siempre ante el altar de la glorificación eterna? Tú necesitas de mí para este santo objeto, así como yo necesito de ti... Bien sabía yo que conspirabas... ¡Y conspirabas por la santa libertad! Bendita seas... Serás condenada y yo también. ¡Seremos condenados!... ¿Ves cómo no es posible la separación? ¿Ves cómo lo ha dispuesto Dios así? Viviremos juntos eternamente. ¡Qué inefable dicha!... Solilla de mi vida, ten ánimo; que la flaca naturaleza corporal no soborne con sus halagos tu alma de patriota. Vive como yo la excelsa vida del espíritu. Desprécialo todo, mira al cielo, nada más que al cielo y a mí, que soy tu compañero de gloria, tu gemelo, tu segundo *tú*, a quien has de estar unida por los siglos de los siglos.

Soledad miró a su amigo. La serenidad que en él producía un loco entusiasmo produciala en ella la resignación, ese heroísmo más sublime que todas las exaltaciones de valor, y al cual damos un nombre oscuro: lo llamamos paciencia, y germina como flor invisible y modesta en el alma de los que parecen débiles.

—Veo que no lloras —dijo don Patricio observando aquel semblante plácidamente tranquilo, a quien la virtud mencionada daba angelical hermosura—. No lloras, no estás demudada...

—¿Yo llorar? ¿por qué?

—Así me gusta —exclamó Sarmiento con entusiasmo—. ¡Oh! almas sublimes, ¡oh! almas escogidas. ¡Y pensar que os han de intimidar horcas y suplicios!... Señores jueces, aquí aguardamos la hora del holocausto. Llevadnos ya: subidnos a esos gallardos maderos que llamáis infamantes. Mientras más altos mejor. Así alumbraremos más. Somos los fanales del género humano.

Chaperón mandó que los dos reos fuesen conducidos cada cual a su calabozo; mas como el alcaide manifestase la imposibilidad de ocupar dos departamentos, se dispuso que ambos gemelos de la muerte fuesen encerrados en un solo cuarto.

—Vamos —dijo don Patricio enlazando con su brazo la cintura de Sola.

Esta se dejó llevar. Cuando iban por la oscura galería, la joven huérfana oyó claramente en su oído estas palabras dichas en voz muy baja, como un silbido:

—Señora, no se sofoque usted mucho... Se hará un esfuercito por salvarla... Una persona que se interesa por usted... que se interesa, sí... Me encarga de advertírselo.

Soledad volviose prontamente y vio unos ojos verdes y grandes del tamaño de huevos. Estos ojos brillaban, reflejando la claridad del farol de los carceleros, en un semblante amojamado y partido en dos por la hendidura sonriente de la prolongada boca, casi vacía. En vez de tranquilizarse, Soledad tuvo miedo.

XIX

El licenciado Lobo, asesor privado del señor Chaperón, tenía su oficina en el ángulo más oscuro y apartado de la planta baja de la Comisión Militar. Cubría el piso la estera más vieja, servíale de escritorio la mesa más rota que contaba entre sus propiedades el Estado, y el pupitre, el tintero, la estantería denotaban con honrosa vejez haber acompañado en toda su larga vida a las antiguas covachuelas. Hasta el retrato de Fernando VII, que decoraba la pared, era el más feo de toda la casa, y comido de polilla, no presentaba a la admiración del espectador más que los ojos y parte del cuerpo. Lo demás era una mancha irregular con grandes brazos al modo de tentáculos. Parecía un gran cefalópodo que estaba contemplando a su víctima antes de chupársela.

En el centro de este mueblaje y encorvado sobre una mesa llena de descoloridos papeles, aparecía el leguleyo, cuya figura encajaba en tal marco como el cernícalo en su nido. La diestra pluma rasgueaba sin cesar cual si fuera absolutamente imprescindible su actividad para la existencia de todo aquello, o como si fuera la clave cabalística de que dependían las imágenes del despacho y del retrato y de los muebles y del licenciado mismo. Cuando la pluma paraba parecía que todo iba a desvanecerse. Si no fuera porque en los ratos de descanso el asesor se ponía a tararear alguna tonadilla trasnochada de las del tiempo de la Briones y de Manolo García, se le hubiera tenido por momia automática o por alma en pena a quien se había impuesto la tarea de escribir mil millones de causas para poderse redimir.

Al día siguiente de la prisión de Sarmiento y cuando aún no había despachado regular porción de su faena de la mañana, una señora se presentó sin anunciarse en el escondrijo del asesor.

—¡Oh! señora... —exclamó Lobo suspendiendo la escritura—. No esperaba a usted tan tempranito. Hágame usted el obsequio de tomar asiento.

Ya la señora lo había hecho en la única silla que servía para el caso. Era la misma dama a quien vimos en el despacho de Chaperón, guapa si las hay, seductora mujer de cara y cuerpo y apostura, *tota totalitate* hermosa. Envolvíase en un rico chal blanco que a Lobo le pareció, sobre los lindos hombros y entre los brazos de verde vestidos, como el más gracioso capricho de la nieve entre las plantas de un jardín. Como a los viejos feos se les permite ser galantes, Lobo dijo que la cara de la señora era una rosa con la cual no se había atrevido la nieve, temiendo que una mirada la derritiera.

—Déjese usted de sandeces —dijo ella—. Yo he venido a salir de dudas.

—¿Respecto a esa jovenzuela que se delató a sí misma?... Confieso que es el primer caso que he visto desde que tengo esta nobilísima pluma en la mano. Usted se interesa por ella...

—Mucho, muchísimo —repuso la dama con pena—. Anoche he tenido una pesadilla... No es la primera vez que sueño con ella... ¿Pues no he dado en soñar que soy verdugo y que la estoy ahorcando?

—es graciosísimo, señora mía, graciosísimo. ¿La conoce usted hace tiempo? ¿De qué procede ese interés tan vivo? Ella no demuestra tenerla a usted grabada en las telas de su corazón. Recordemos cómo declaró haberle entregado una de las cartas. Sin duda quería perderla a usted. ¡Infame víbora! ¡Y usted quiere favorecerla! ¡Oh generosidad inaudita!

—¡Ella me aborrece!

—Se conoce: sí, porque lo de la carta es una calumnia.

—No es calumnia, no. Recibí la carta —dijo la señora suspirando—. Pero Chaperón me ha dicho que no seré molestada por esa declaración. Mostraré la carta si es preciso. No contiene nada que trascienda a conspirar.

—Todo sea por Dios —dijo Lobo con ademán distraído—. Pues todo se arreglará. Basta que usted se interese por ella, para que Don Francisco sea benigno. Para él no hay más Dios que Calomarde, y como mi señora tiene felizmente todo el favor de nuestro querido ministro y también el de Quesada...

—No me fío yo mucho del ministro —dijo la dama nublando su hermoso semblante con las sombras de la duda—. Muy amigo mío era don Víctor Sáez y me prendió en Cádiz, como usted sabe. Aquello duró poco; pero fui maltratada del modo más grosero. No hay que fiar de las amistades en estos tiempos.

—No, no hay que fiar, señora mía —repuso Lobo riendo y bajando la voz como el que va a decir un secreto peligroso—. ¡Estamos en los tiempos más perros que se han visto desde que hay tiempos, y bregamos con la gente más mala que se ha visto desde que el hombre, esa infame bestia inteligente, apareció sobre la tierra! Empero, usted conseguirá lo que desea. ¿Es cuestión de gratitud? ¿Ha recibido usted favores de esa infeliz o de su familia?

—No, no es eso —repuso la dama, mostrando que la importunaba la curiosidad del hombre de leyes—. Es cuestión de conciencia.

—¿Debe usted favores a esa desgraciada?

—No, ella me debe a mí un disfavor muy grande. Yo he sido mala, señor Lobo... pero no, no soy tan mala como yo misma creo. No faltan voces en mi conciencia... Verdad es que tengo un genio arrebatado, que soy capaz en ciertos momentos... Vamos, lo diré, soy capaz hasta de coger un puñal...

La hermosa dama, moviendo su brazo como para matar, convirtiose por breve momento en una figura trágica de extraordinaria belleza.

—Pero estos furores me pasan —añadió pasándose la mano por los ojos—. Pasan, sí, y como Dios castiga y advierte... Yo he sido mala; pero no he cerrado mis ojos a las advertencias de Dios. No es posible siempre reparar el mal que se ha causado... pero se me presenta ahora la ocasión de hacer un bien y lo he de hacer: quiero sacar de la prisión a esa joven.

—El señor don Francisco...

—No me fío yo del señor don Francisco. Es demasiado amigo de mi esposo para que yo haga caso de sus palabrejas corteses. Usted, usted puede arreglarlo fácilmente.

—¿Cómo?

—Componiendo la causa de modo que aparezca la reo tan inocente de conspiración como los ángeles del cielo, aunque no sé yo si Chaperón y Calomarde podrán convencerse de que los ángeles no conspiran.

—¡La causa, señora! —exclamó Lobo sonriendo con malicia.

—Sí, componer la causa, hombre de Dios, poner lo blanco negro y lo negro blanco.

—Pero señora doña Genara de mis pecados, si aquí no hay causas, ni jurisprudencia, ni ley, ni sentencia, ni testimonio, ni pruebas, ni nada más que el capricho de la Comisión Militar y de la Superintendencia, sometidas, como usted sabe, al capricho más bárbaro aún de los voluntarios realistas. Si todo este fárrago de papeles que usted ve aquí es tan inútil para la suerte de los presos como las piedras de que está empedrada la calle... Si todo esto es vana fórmula; si yo escribo porque me pagan para que escriba; si esto es puramente lo que yo llamo *pan de archivo*, porque no sirve más que para llenar esa gran boca que está siempre abierta y nunca se sacia... ¡Oh inocencia, oh candor pastoril! No hable usted de causas ni de procedimientos, porque si todo esto (señaló los legajos que en grandes pilas le rodeaban) se escribiera en griego, serviría para lo mismo que en castellano sirve, para nada... ¡Pobres ratones! ¡y es tan inhumana la sala, que manda poner ratoneras para impedirles que se coman esto!

El licenciado después que concluyó de hablar siguió riendo un buen rato.

—Entonces es preciso emprender la conquista de Chaperón.

—Cosa muy fácil, pero facilísima... tenga usted de su parte a Calomarde y a Quesada y échese usted a dormir, señora.

—Es que ahora —repuso la dama muy preocupada—, dicen que apretarán mucho la cuerda y que no perdonarán a nadie.

—Sí, el Gobierno necesita ahora más que nunca demostrar gran celo para perseguir a los liberales. Los voluntarios realistas le acusan de que ahorca poco.

—¡Qué horror! —exclamó la señora con espanto.

—De que ahorca poco. Pues bien, el Gobierno se verá en el caso de ahorcar mucho.

—¡Y a esa pobre joven...!

—Esa pobre joven... La verdad es que la causa, como causa de conspiración, es de las que más alto piden un desenlace trágico. Ahora me acuerdo de una circunstancia que favorece mucho su deseo de usted.

—¿Qué?

—Anoche nos han traído al que figura como cómplice de la tunantuela.

—¿Sarmiento?... le conozco —dijo la señora desanimándose—. Es un pobre tonto, a quien la Comisión no puede considerar como reo.

—Poquito a poco. La ley está de tal modo redactada, que yo no me atrevería a absolverle. Puesto que la señora quiere que yo dé unos cuantos toques a la causa, se hará. Nada se pierde en ello. Verá usted cómo resulta que el culpable de todo es Sarmiento, y que la joven jamás ha roto un plato.

—Buena idea, si ese infeliz estuviese en su claro juicio; si tuviera responsabilidad...

—Ahí está el *quid*. Anoche dijo Chaperón que iba a mandarle al nuncio de Toledo. Puede que persista en esta humanitaria idea. Allá veremos... Ya sabe usted que la cabeza de mi jefe es una berroqueña.

—Lo que sé —dijo la dama en tono humorístico—, es que su jefe de usted es uno de los hombres más brutos que han comido pan en el mundo.

—Señora —repuso Lobo como quien da expansión a un sentimiento contenido por el deber—, yo le aseguro a usted que no come cebada por no dar qué decir. Así anda el Reino en manos de esta gente. Malaventurados los que se ven en la dura necesidad de servirle, como yo, por ejemplo, que pudiendo estar pavoneándome en una sala del Consejo, cual lo piden mis merecimientos y servicios, me hallo reducido a la triste condición en que usted me ve. ¡Ay! señora de mi vida —añadió haciendo pucheros—. Esto me pasa por haber sido una mala cabeza, por haber fluctuado entre los dos partidos sin decidirme por ninguno. Desde la guerra vengo haciendo quiebros como un bailarín sin saber a qué faldón agarrarme. Mis vacilaciones, mi timidez natural, y ¿por qué no decirlo? mi honradez me han traído al estado en que me veo, simple secretario de un Chaperón, yo que llegué a posarme en la sala de Mil y quinientas... ¡Y que no he pasado yo congojas en gracia de Dios!... —al decir esto movía la cabeza como los muñecos que la tienen pegada al cuerpo por una espiral de alambre—. ¡Sin destino y teniendo que mantener esposa, dos suegras y once becerros mamones! Es verdad que Dios se llevó de mi casa a la gente mayor; pero vinieron nietecillos... ¡y qué casorios los de mis hijas!... En fin, señora, me callo, porque si sigo hablando de mis lástimas ha de llorar hasta el tintero. ¡Qué hubiera sido de mí sin la pensión que me dio durante tres años el señor de Araceli, y sin el favor de personas generosas como usted y otras a quienes viviré eternamente agradecido!... Pero me callo, positivamente me callo, porque si siguiera hablando...

—Una persona de tantas tretas como usted —manifestó Genara poco atenta a las lamentaciones del curial—, puede ingeniarse para que yo vea satisfecho mi deseo. Estoy segura de que no he de quedar descontenta.

—En estos tiempos, señora, ¿quién es el guapo que puede dar una seguridad? ¿No ve usted que todo está sujeto al capricho?

Genara, vagamente distraída, contemplaba el cefalópodo formado por la humedad sobre el retrato del Monarca. De repente sonaron golpes en la puerta y una voz gritó:

—El señor presidente.

—Con perdón de usted, señora —dijo levantándose—. Ya está ahí ese Judas Iscariote. Tengo que ir al despacho.

El licenciado salió un momento como para curiosear, y al poco rato volvió corriendo con su pasito menudo y vacilante.

—Señora —dijo a su amiga en tono de alarma—. Con Chaperón ha entrado el señor Garrote, su digno esposo de usted.

—¡Jesús, María y José! —exclamó la dama llena de turbación—. Me voy, me voy... ¿Por dónde salgo, señor Lobo, de modo que no encuentre...?

—Por aquí, por aquí... —manifestó el curial guiándola fuera de la pieza por oscuros pasillos, donde había alcarrazas de agua, muebles viejos y esteras sin uso—. No es muy bueno el tránsito, pero saldrá usted a la calle de los Autores sin tropezar con bestias cornúpetas mayores ni menores.

—Ya, ya veo la salida... Adiós, gracias, señor Lobo. Vaya usted luego por mi casa —dijo la señora recogiéndose la falda para andar más ligera.

Al poner el pie en el callejón, pasaba por delante de ella, tocándola, una figura imponente y majestuosa. Cruzáronse dos exclamaciones de sorpresa.

—¡Señora!

—¡Padre Alelí!...

Era un fraile de la Merced, alto, huesudo, muy viejo, de vacilante paso, cuerpo no muy derecho, y una carilla regocijada y con visos de haber sido muy graciosa, la cual resaltaba más sobre el hábito blanco de elegantes pliegues. Apoyábase el caduco varón en un palo, y al andar movía la cabeza, mejor dicho, se le movía la cabeza, cual si su cuello fuera más que cuello una bisagra.

—¿A dónde va el viejecito? —le dijo la señora con bondad.

—¿Y usted de dónde viene? Sin duda de interceder por algún desgraciado. ¡Qué excelente corazón!

—Precisamente de eso vengo.

—Pues yo voy a la cárcel, a visitar a los pobres presos. Dicen que han entrado muchos ayer. Voy a verlos. Ya sabe usted que auxilio a los condenados a muerte.

—Pues a mí me ha entrado el antojo de visitar también a los presos.

—¡Oh! magnánimo espíritu... Vamos, señora... Pero, tate, tate, no mueva usted los piececillos con tanta presteza, que no puedo seguirla. Estoy tan gotoso, señora mía, que cada vez que auxilio a uno de estos infelices, me parece que veo en él a un compañero de viaje.

Después de recorrer medio Madrid con la pausa que la andadura de Su Paternidad exigía, entraron en la cárcel. Al subir por la inmunda escalera, la dama ofreció su brazo al anciano que lo aceptó bondadosamente, diciendo:

—Gracias... Si estos escalones fueran los del cielo, no me costaría más trabajo subirlos... Gracias: se reirán de esta pareja; ¿pero qué nos importa? Yo bendigo este hermoso brazo que se presta a servir de apoyo a la ancianidad.

XX

Chaperón entró en su despacho con las manos a la espalda, los ojos fijos en el suelo, el ceño fruncido, el labio inferior montado sobre su compañero, la tez pálida y muy apretadas las mandíbulas, cuyos tendones se movían bajo la piel como las teclas de un piano. Detrás de él entraron el coronel Garrote (de ejército) y el capitán de voluntarios realistas Francisco Romo, ambos de uniforme. En el despacho aguardaba holgazanamente recostado en un sofá de paja el diestro cortesano de 1815, Bragas de Pipaón.

A tiro de fusil se conocía que el insigne cuadrillero del absolutismo estaba sofocadísimo por causa de reciente disgusto o altercado. ¡Ay de los desgraciados presos! ¡Si los diablillos menores temblaban al ver a su Lucifer, cómo temblarían los reos si le vieran!

Garrote y Romo no se sentaron. También hallábanse agitados.

—No volverá a pasar, yo juro que no volverá a pasar —dijo Chaperón dando una gran patada—. Por vida del Santísimo Sacramento... vaya un pago, vaya un pago que se da a los que lealmente sirven al Trono.

Hubiérase creído que la estera era el Trono, a juzgar por la furia con que la pisoteaba el gran esbirro.

—Todavía —añadió mirando con atónitos ojos a sus amigos— le parece que no hago bastante; que dejo vivir y respirar demasiado a los liberales. ¿Hase visto injusticia semejante? «Señor Chaperón, usted no hace nada, señor Chaperón, las conspiraciones crecen y usted no acierta a sofocarlas. Los conspiradores le tiran de la nariz y usted no los ve...» «Pero señor Calomarde, ¿me quiere usted decir cómo se persigue a los liberales, a los comuneros, a los milicianos, a los compradores de bienes nacionales, a los clérigos secularizados, a toda la canalla, en fin? ¿Puede hacerse más de lo que yo hago? ¿Cree usted que esa polilla se extirpa en cuatro días?...» Pues que no, y que no, que para arriba y que para abajo, que yo soy tibio, que soy benigno, que dejo hacer, que no tengo ojos de lince, que se me escapan los más gordos, que me trago los camellos y pongo a colar a los mosquitos. Y vaya usted a sacarlos de ahí. Convénzales usted de que no es posible hacer otra cosa, a menos que no salgamos a la calle con una compañía y fusilemos a todo el que pase... Esta misma noche he de procurar ver a Su Majestad y decirle que si encuentra otro que le sirva mejor que yo en este puesto, le coloque en lugar mío. Francisco Chaperón no consentirá otra vez que don Tadeo Calomarde le llame zanguango.

—No hay que tomarlo tan por la tremenda —dijo Garrote con su natural franqueza, apoyándose en el sable—. Si el ministro y el Rey se quejan de usted, me parece injusto... Ahora si se quejan de la organización que se ha dado a la Comisión Militar, me parece que están acertados.

—Eso, eso es —afirmó Romo sin variar su impasible semblante.

—No lo entiendo —dijo don Francisco.

—Es muy sencillo. Las Comisiones están organizadas de tal modo que aquí se eternizan las causas. Papeles y más papeles... Los presos se pudren en los calabozos... ¡Demonio de rutina! Para que esto marchara bien, sería preciso que los procedimientos fueran más ejecutivos, enteramente militares, como en un campo de batalla... ¿Me entiende usted?... ¿Se quiere arrancar de cuajo la revolución? Pues no hay más que un medio. —(Al decir esto se puso en el centro de la sala accionando como un jefe que da órdenes perentorias)—. A ver, tú, ¿has conspirado contra el Gobierno de Su Majestad? Pues ven acá... Ea, fusilarme a esta buena pieza. A ver, tú: ¿has gritado «viva la Constitución»?... Ven acá, te vamos a apretar el gaznate para que no vuelvas a gritar... Y tú, ¿qué has hecho? ¿compraste bienes del clero? Diez años de presidio... Y nada más. Entonces sí que se acababan pronto las conspiraciones. Juro a usted que no se había de encontrar un revolucionario aunque lo buscaran a siete estados bajo tierra.

Chaperón hundía la barba en el pecho acariciándosela con su derecha mano.

—Lo que dice el amigo Navarro —afirmó Romo—, no tiene vuelta de hoja. Nosotros los voluntarios realistas hemos salvado al Rey. Los franceses no habrían hecho nada sin nosotros. Somos el sostén del Trono, las columnas de la Fe católica. Pues bien, dígase con franqueza, si tenemos las preeminencias que nos corresponden. Los liberales nos insultan y no se les castiga.

Chaperón hizo un brusco movimiento. Iba a responder.

—Quiero decir, que no se les castiga como merecen —añadió el voluntario realista—. En vez de tener absoluta confianza en nosotros, se nos quiere sujetar a reglamentos como los de la Milicia Nacional. Nos miran con desconfianza... ¿y por qué? porque no permitimos que se falte al respeto a Su Majestad y a la Fe católica, porque estamos siempre en primera línea cuando se trata de sofocar una rebelión o de precaverla. Nuestro criterio debiera ser el criterio del Gobierno. ¿Y cuál es nuestro criterio? Pues es ni más ni menos que *exterminio absoluto*, no perdonar a nadie, cortar toda cabeza que se levante un poco, aplacar todo chillido que sobresalga. ¡Ah! señores, si así se hiciera otro gallo nos cantara. Pero no se hace. Aunque el señor Chaperón se enfade, yo repito que hay lenidad, mucha lenidad, que no se castiga a nadie, que las causas se eternizan, que dentro de poco los negros han de reírse en nuestras barbas, que así no se puede estar, que peligra el Trono, la Fe católica... Y no lo digo yo solo, lo dice todo el instituto de voluntarios realistas, a que me glorio de pertenecer... Y estamos trinando, sí, señor Chaperón, trinando porque usted no castiga como debiera castigar.

El hombre oscuro emitió su opinión sin inmutarse, y las palabras salían de su boca como salen de una cárcel los alaridos de dolor sin que el edificio ría ni llore. Tan solo al fin, cuando más vehemente estaba, viose que amarilleaba más el globo de sus ojos y que sus violados labios se secaban un poco. Después pareció que seguía mascullando como en él era costumbre, el orujo amargo de que alimentaba su bilis.

—Todo sea por Dios —dijo Chaperón, alzando del suelo los ojos y dando un suspiro—. ¡Y de tantos males tengo yo la culpa!... Ya verán quién es Calleja.

Diciendo esto se encaminó a la mesa. Ya el licenciado Lobo ocupaba en ella su puesto.

—A ver, despachemos esas causas —dijo al leguleyo.

—Aquí tenemos algunas —repuso Lobo poniendo su mano sobre un montón de infamia—, a las que no falta sino que Vuecencia falle.

—A ver, a ver. Con bonito humor me cogen. Vamos a prepararle su trabajo al fiscal.

Lobo tomó el primer legajo y dijo:

—Número 241. Esta es la causa de aquel comunero que propuso establecer la república.

—Horca —dijo Chaperón prontamente y con voz de mando, como un oficial que a las tropas dice «fuego»—. Sea condenado a la pena ordinaria de horca.

—Número 242 —añadió Lobo tomando otro legajo—. Causa de Simón Lozano, por irreverencias a una imagen de la Virgen.

—Horca —gruñó Chaperón, cual si se le pudriera la palabra en el cuerpo—. Adelante.

—Número 243. Causa de la mujer y de la hija de Simón Lozano, acusadas de no haber delatado a su marido.

—Diez años de galera.

—Número 244. Causa de Pedro Errazu por expresiones subversivas en estado de embriaguez.

—El estado de embriaguez no vale. ¡Horca! Añada usted que sea descuartizado.

—Número 245. Causa de Gregorio Fernández Retamosa, por haber besado el sitio donde estuvo la lápida de la Constitución.

—Diez años de presidio... No, doce, doce.

—Número 246. Causa de Andrés Rosado por haber exclamado: «¡Muera el Rey!»

—Horca.

—Número 247. Causa del sargento José Rodríguez por haber elogiado la Constitución.

—Horca.

—248. Causa de su compañero Vicente Ponce de León, por haber permanecido en silencio cuando Rodríguez elogió la Constitución.

—Diez años de presidio y que asista a la ejecución de Rodríguez, llevando al cuello el libro de la Constitución que quemará el verdugo.

—249. Causa de don Benigno Cordero y de su hija Elena Cordero por conspiración...

—¡Alto! —gritó una voz desde el otro extremo de la sala.

Era la de Pipaón que se adelantó extendiendo su mano como una divinidad protectora.

—Si es criminal perdonar al culpable, criminal es, criminalísimo, condenar al inocente —dijo con énfasis—. Yo me opongo, y mientras tenga un hálito de vida alzaré mi voz en defensa de la inocencia.

—Vaya, recomendaciones habemos —observó Garrote riendo—. Eso no puede faltar en España. Favorcillo, amistades, empeños... Mientras tengamos eso, no habrá justicia en nuestro país... ¡Recomendación! Yo empezaría por ahorcar esa palabra. Me repugna.

—No se trata aquí de recomendar a un amigo a la generosidad de don Francisco —dijo el cortesano poniéndose rojo de tanto énfasis—. Es que la inocencia de don Benigno está ya tan clara como la diáfana luz del día. ¿Le consta a usted que no?

—A mí no me consta nada —repuso Navarro alzando los hombros—. Si no le conozco... Pero me ha llamado la atención una cosa, y es que se han sentenciado en este mismo momento varias causas por desacato, por exclamaciones, por besos, por sacrilegio, sin que hayamos oído una voz que se interese por los reos; pero aparece una causa de conspiración (al decir esto dio una gran palmada) y enseguida vemos venir la recomendación. Si no hay gente más feliz que los conspiradores... Yo no sé cómo se las componen, que siempre encuentran amigos.

—Hablemos claro —dijo el cortesano tragando saliva—. Yo no recomiendo a un conspirador: solamente afirmo que el señor Cordero no ha conspirado jamás. ¿No está el señor Chaperón convencido de ello? ¿No se ha demostrado que los verdaderos culpables son otros?

—Este es un caso extraño —afirmó don Francisco—. Cierto es que los Corderos son inocentes.

—Bueno, si hay realmente inocencia, no digo nada —objetó sonriendo Navarro—. Pero es particular que solo los que conspiran resulten inocentes.

—Solo los que conspiran —añadió Romo en tono del más perfecto asentimiento.

—¿Pues qué? —dijo Pipaón con mayor dosis de énfasis y encarándose con el voluntario realista—. ¿No será usted capaz de sostener que nuestro amigo don Benigno y su hija son inocentes del crimen que les imputó un delator desconocido?

Romo miró a todos uno tras otro impasiblemente. Jamás había su rostro aparecido más frío, más oscuro, de más difícil definición que en aquel instante. Era como un papel blanco, en cuya superficie busca en vano la observación una frase, una línea, un rasgo, un punto.

—Bien conocen todos —dijo con tranquilo tono— mi carácter leal, mi amor a la veracidad. Para mí la verdad está por encima de todos los afectos, hasta de los más sagrados. Soy así y no lo puedo remediar. ¿Por qué me llaman los compañeros, *Romo el voluntario de bronce*? Porque soy como de bronce, señores; a mí no hay quien me tuerza, ni me doble, ni me funda. ¿Se trata de una cosa que es verdad? Pues verdad y nada más que verdad. (Romo hizo tal gesto con el dedo índice que parecía querer agujerear el suelo). Si mi padre falta y me lo preguntan digo que sí. No significa esto que sea insensible, no. Yo también tengo mis blanduras. Soy de bronce y tengo mi cardenillo... (el hombre duro y lóbrego se conmovía). Yo también sé sentir. Bien saben todos que quiero mucho a don Benigno Cordero. Bien saben todos que trabajé porque volviera a Madrid. Pues bien, supongamos que me preguntan ahora si creo que don Benigno Cordero conspiraba: yo responderé... que no lo sé.

Díjolo de tal modo, que dudando afirmaba. Lo que el hombre de bronce llamaba su cardenillo, si para él era un afecto, para los demás podía ser un veneno.

—¡Que no lo sabe! —exclamó Pipaón con ira—. Por fuerza usted ha perdido el juicio.

—No lo sé —repitió el voluntario mirando al suelo—. Si no lo sé, ¿por qué he de decir que lo sé, faltando a mi conciencia? ¿Qué importan mis afectos ante la verdad? Yo cojo el corazón y lo cierro como se cierra un libro prohibido, y no lo vuelvo a abrir aunque me muera... porque no tengo que fijar los ojos más que en la verdad... y la verdad es antes que nada, y maldito sea el corazón si sirve para apartarnos de la verdad.

—El amigo Romo —dijo Navarro—, nos da un ejemplo de honradez que es muy raro y tendrá muy pocos imitadores.

—Pues yo —afirmó Pipaón subiendo todavía algunos puntos en la escala de su énfasis—, digo que si la verdad está sobre el corazón, la caridad está sobre la verdad... Pero no necesitan los Corderos implorar la caridad sino alegar su derecho, porque son inocentes. Señor don Francisco Chaperón, ¿no cree usted que son inocentes?

—Yo creo que sí —replicó el presidente con acento de convicción—. El delito que a ellos se imputaba ha sido cometido por otras personas. Así consta por declaración de los mismos reos. La delación ha sido equivocada.

—¿Lo ven ustedes? —dijo Bragas rompiéndose las manos una con otra.

—Por lo que veo, el delito no desaparece —indicó Garrote—. Lo que hay es un cambio de delincuente.

—Eso es, una sustitución de delincuente.

—¿Y se castigará? —preguntó con incredulidad el coronel del ejército de la Fe.

—¡Bueno fuera que no!... ¿Estamos en Babia?... A fe que tengo hoy humor de blanduras. Siga usted, Lobo.

—Causa de don Benigno Cordero.

Chaperón meditó un rato. Después, tomando un tonillo de jurisconsulto que emite parecer muy docto, habló así:

—Absolución. Solamente les condeno a dos meses de cárcel, por no haber denunciado las visitas de Seudoquis al piso segundo de su misma casa.

—¡Qué bobería! —murmuró por lo bajo Pipaón, arqueando las cejas.

—Número 251. Causa de don Ángel Seudoquis —cantó el licenciado.

—Diez años de prisión y pena de degradación militar, por no haber dado parte a la autoridad de la llegada de su hermano a Madrid... Las cartas que se le han encontrado son amorosas... No hay la menor alusión a las cosas políticas. Adelante.

—Número 252. Causa de Soledad Gil de la Cuadra y de Patricio Sarmiento.

—Es la más rara que se ha conocido en esta Comisión.

—Sí, la más rara —añadió Romo—, porque presenta un caso nunca visto, señores, el caso más admirable de abnegación de que es capaz el espíritu humano. Figúrense ustedes una joven inocente que por salvar a dos personas que le han hecho favores se declara culpable... Mentira pura... una mentira sublime, pero mentira al fin.

—Abnegación —indicó Chaperón con cierto aturdimiento—. ¿Qué entendemos nosotros de eso? Cosas del fuero interno, ¿no es verdad, Lobo? Al grano, digo yo, es decir, a los hechos y a la ley. El delito es indudable. La prueba es indudable. Tenemos un reo convicto y confeso. Caiga sobre él la espada inexorable de la justicia, ¿no es verdad, Lobo?

El licenciado no decía nada.

—Pero aparecen ahí dos personas —dijo Navarro.

—Una joven y un viejo tonto. Ella parece la más culpable. Del mentecato de Sarmiento no debemos ocuparnos. Sería gran mengua para este tribunal.

—Si tras de lo desacreditado que está —dijo Navarro con sorna—, da en la flor de soltar a los cuerdos y ajusticiar a los imbéciles...

—Nada, nada. Adelante —manifestó Chaperón con impaciencia—. Despachemos eso.

—Soledad Gil —cantó Lobo.

—Pena ordinaria de horca. Y sea conducido don Patricio a la casa de locos de Toledo. Esto propondré a la Sala pasado mañana.

Miró a sus amigos con expresión de orgullo semejante a la que debió de tener Salomón después de dictar su célebre fallo.

—Me parece bien —afirmó Garrote.

—Admirablemente —dijo Pipaón, tranquilizado ya respecto a la suerte de sus amigos y fiando en que le sería fácil después librarles de los dos meses de cárcel.

—Y yo digo que habrá no poca ligereza en el tribunal si aprueba eso —insinuó con hosca timidez Romo.

—¡Ligereza!

—Sí; averígüese bien si la de Gil de la Cuadra es culpable o no.

—Ella misma lo asegura.

—Pues yo la desmentiré, sí señor, la desmentiré.

—Este es un hombre que no duerme si no ve ahorcados a sus amigos.

—Aquí no se trata de amigos —exclamó Romo con cierto calor que se podía tomar por rabia—. Yo no tengo amigos en estas cuestiones; yo no soy amigo de nadie, más que del Rey y de la sacratísima Fe católica. Romo, *el voluntario de bronce*, no tiene amistades más que con la justicia y con la verdad. Y ya que hablamos del señor Cordero, diré que dejé de frecuentar su casa desde que vi en ella ciertas cosas.

—¿Qué ha visto usted? —preguntó vivamente el cortesano, tan sofocado por su enojo como por su collarín metálico que le condenaba elegantemente a garrote.

—No tengo para qué decirlo ahora —repuso el voluntario volviendo la espalda—. Está sentenciada la causa ¿para qué añadir una palabra más?

—Me parece —dijo Bragas en tono de sarcasmo—, que el amigo Romo está durmiendo y ve visiones, como las veía el que delató a nuestros amigos.

—¿Se sabe quién los ha delatado? —preguntó Navarro al presidente de la Comisión—. ¿Es persona que merece crédito?

—Dos individuos de nuestra policía. Generalmente obran por indicaciones de personas afectas a Su Majestad.

—Esas personas son entonces los verdaderos denunciadores.

—En efecto, esas son —dijo Romo—, a esas personas hay que agradecer el expurgo que se está haciendo y al cual deberá su tranquilidad el Reino. ¿Quién se atrevería a vituperar a los médicos porque dijeran: «Córtese usted ese dedo que está gangrenado»?

—Pues si aquí no ha habido una mala inteligencia, ha habido una infame intención —replicó Bragas firme en su puesto—. Mi amigo Cordero ha sido víctima de una venganza.

—Usted no sabe lo que dice —afirmó Romo con desprecio—. En las oficinas del Consejo y en los gabinetes de las damas se entenderá de intrigar, de entorpecer la marcha de la justicia; pero de purificar el Reino, de hacer polvo a la revolución...

—¿Y cómo se purifica el Reino? ¿Atropellando a la inocencia, condenando a un hombre de bien por la delación de cualquier desconocido?

—Repito que usted no sabe lo que habla —dijo Romo presentando en su rostro creciente alteración que le hacía desconocido—. Los que pasan la vida enredando para poner en salvo a los mayores delincuentes; los que se entretienen en escribir billetes de recomendación para favorecer a todos los pillos, no entienden ni entenderán nunca la rectitud del súbdito leal que en silencio trabaja por su Rey y por la Fe católica. Mírenme a la cara (el señor

Romo estaba horrible), para que se vea que sé afrontar con orgullo toda clase de responsabilidades. Y para que no duden de la verdad de una delación por suponerla oscura, se aclarará, sí señores, se aclarará... Mírenme a la cara (cada vez era más horrible); yo no oculto nada. Para que se vea si la delación de Cordero es una farsa, declaro que la he hecho yo.

Al decir *yo* diose un gran golpe en el pecho que retumbó como una caja vacía. Brillaban sus ojos con extraño fulgor desconocido; se había transfigurado, y la cólera iluminaba sus facciones antes oscuras. El lóbrego edificio donde jamás se veía claridad, echaba por todos sus huecos la lumbre amarillenta y sulfúrea de una cámara infernal. Haciendo un gesto de amenaza, se expresó así:

—El que sea guapo que me desmienta.

Y salió sin añadir una palabra. Pipaón, que era hombre de muy pocos hígados como se habrá podido observar en otras partes de esta historia, se quedó perplejo, pero afectaba la indecisión de un valiente que medita las atrocidades que ha de hacer, Chaperón dijo:

—No se decida nada sobre esas dos causas. Quédense para otro día.

Un diablillo menor entró muy gozoso, diciendo a su jefe:

—Acabamos de recibir una gran noticia de la Superintendencia. Rafael Seudoquis ha sido preso en Valdemoro. Esta noche llegará a Madrid.

—¡Suceso providencial! —exclamó don Francisco con júbilo—. Cayó el principal pez. Vea usted, señor Pipaón, de qué manera vamos a salir pronto de dudas. Sobre ese sí que no habrá dimes y diretes. Apunte usted, Lobo... horca ¡tres veces horca!

—Saldremos de dudas —indicó Pipaón decidiéndose a aflojar la hebilla de su collarín metálico, cuya presión se le hacía insoportable—. Ese hombre es la providencia de mis amigos.

XXI

Decir cuánto padeció el magnánimo espíritu del presidente de la Comisión Militar en aquellos días fuera imposible. Había en el fondo, muy en el fondo de su alma, perdido entre el légamo de los más perversos sentimientos, un poco de equidad o rectitud. Verdad es que esta virtud era un diminuto corpúsculo, un ser rudimentario, como las *móneras* de que nos habla la ciencia; pero su pequeñez extraordinaria no amenguaba la poderosa fuerza expansiva de aquel organismo, y a veces se la veía extenderse tratando de luchar en las tinieblas con el cieno que la oprimía, y de abrirse paso por entre la masa de yerbas inmundas y groseras existencias que llenaban todo el vaso de la conciencia chaperoniana.

Convencido de la inocencia de Cordero y de su hija, don Francisco sentía que la *mónera* de su alma le gritaba con vocecita casi imperceptible que les pusiera en libertad. Sus compañeros de Comisión, aunque generalmente deliberaban y votaban por fórmula, dejándole a él toda la gloria de la iniciativa (y reservándose solo los sueldos), opinaban también que Cordero debía ser absuelto. Los últimos escrúpulos de don Francisco se disiparon con las declaraciones de Rafael Seudoquis, el cual, si al principio se mostró reservado, después por la virtud de un hábil interrogatorio capcioso, echó gran luz sobre el suceso de las cartas, dejando ver la inculpabilidad absoluta del tendero de encajes y de su hija.

La declaración de Soledad, la de Seudoquis, la opinión de todos los individuos de la Comisión Militar, las gestiones del habilidoso Bragas y su propia conciencia (guiada esta vez por el mísero corpúsculo que crecía en el fondo de ella) decidieron a don Francisco a firmar la orden de excarcelación, novedad inaudita en aquellas diabólicas regiones, cuya semejanza con el infierno se completaba por la imposibilidad de que salieran los que entraban.

Pero aquí comenzaron las tribulaciones del funcionario absolutista, (y no es forzoso ponernos de su parte) porque el mismo día en que dictara la excarcelación, recibió tales vejaciones y desaires de sus amigos los voluntarios realistas, que estuvo a riesgo de reventar de cólera, aunque la desahogaba con votos y ternos, asociando la vida del Santísimo Sacramento a todas las picardías habidas y por haber. Al ir por la mañana al tribunal para oír misa vio un pasquín infamante en la esquina de la parroquia de San Nicolás, en el cual documento se hablaba de las onzas de oro que percibía el *brigadier traga-muertos por cada preso que soltaba*. Recibió diversos anónimos amenazándole con descubrir sus artimañas, y supo que en el cuerpo de guardia habían pintado los voluntarios su simpática imagen pendiente de la horca con amenos versículos al pie.

—Esos bergantes, a quienes se permite la honra de parecerse a los soldados —decía para sí midiendo con las piernas al modo del compás, el suelo de su despacho—, se van a figurar que reinan con Fernando VII... Sí... Como no les corten las alas, ya verán qué bonito se va a poner esto... ¿Tenemos aquí otra vez la Milicia Nacional? porque es lo mismo; llámese blanco, llámese negro, es exactamente lo mismo. Miserables saltimbanquis, ¿de qué me acusáis? ¿de que no castigo a los conspiradores? ¿Pues qué he de hacer, marmolejos con fusil, sino castigarlos? ¿Entendéis vosotros de ley, borrachos? Que no castigo las conspiraciones... que desde que sucedió lo de Almería y Tarifa, no ha sido condenado ningún conspirador. ¿Pues no está ahí Seudoquis? ¿No están también sus cómplices, sus infames cómplices?... ¡porque estos sí que son malos! Ahí les tenéis, presos por conspiración. ¿Queréis más, ladrones de caminos? Ahí tenéis a Seudoquis, a quien veréis en la horca, ahí tenéis a la muchachuela a quien veréis en la horca... ¿Queréis más carne muerta, cuervos? ¡Por vida del Santísimo! ¿queréis también al imbécil?... Señor Lobo, a ver esa causa.

Lobo, que silenciosamente cortaba su pluma, diole las últimas raspaduras, y hojeó después varios legajos.

—Al punto voy, excelentísimo señor —dijo melifluamente.

Aquel día se notaba en el licenciado un extraordinario recrudecimiento de amabilidad y oficiosa condescendencia.

—Esa endiablada causa, excelentísimo señor... Aquí la tenemos. Abulta, abulta que es un primor. Ya se ve: como que está llena de picardías... No vaya a creer Vuecencia que consta de dos o tres pliegos como algunas. Esto es un archivo. Y que he trabajado poco en gracia de Dios... No, no es tan fácil hinchar un perro.

—De Seudoquis no se hable —dijo Chaperón tomando asiento frente a su asesor, e implantando los dos codos sobre la mesa para unir las manos arriba, de modo que resultaba la perfecta imagen de una horca—. Ese está juzgado. En cuanto a la joven, su culpabilidad es indudable, y yo creo que la debemos ahorcarla también. ¿Qué le parece a usted, licenciado de todos los demonios?

—¿Quiere vuecencia que le hable como jurisconsulto o como amigo? —preguntó Lobo con cierto misterio.

—Como usted quiera, con tal que hable claro.

—¿Como jurisconsulto?

—Dale.

—Como asesor opino... Señor don Francisco, haga usted lo que más le acomode. Ahora, si me consulta Vuecencia como amigo... ¿Quiere que le hable con completa claridad y confianza?

—Sí.

—Pues en confianza, si la Comisión ahorca a esa madamita, me parece que hace una gran barbaridad.

—¿Eh?

—Una barbaridad de *a folio*.

—¿Por qué?

—Porque es inocente.

—¿Esas tenemos?... ¡Por vida del Santísimo! —exclamó con ira—, como usted no tiene la responsabilidad de este delicado cargo; como a usted no le acusan de tibieza, ni de benignidad, ni de venalidad... Ya les echaré yo un lazo a mis detractores... pero vamos al caso. ¿Dice usted que es inocente?

—Sí, y lo pruebo —repuso Lobo tomando la más solemne expresión de gravedad judicial.

—Lo prueba, lo prueba... —dijo Chaperón con sarcástica bufonería—. Lo que usted probará será el aguardiente si se lo dan. Grandísimo borracho, escriba usted, escriba usted mi fallo.

—Escribiremos, excelentísimo señor —dijo Lobo resignadamente, como el que habiendo recibido una coz no se cree en el caso de devolver otra.

Chaperón encendió un cigarro. Después de la primera chupada, dijo:

—La condeno a pena ordinaria de horca.

Luego se quedó un rato contemplando la primera bocanada de humo, que salía del horrendo cráter de sus labios.

XXII

La primera noche de su encierro don Patricio y su compañera de cárcel no durmieron.

La prisión no pecaba ciertamente de estrecha; pero en luces competía con la noche absoluta, siendo difícil asegurar quién llevaba la ventaja, si bien al filo del medio día parecía vencer la cárcel a su rival a causa de ciertas claridades que se entraban por el enrejado ventanillo, temerosas y sobrecogidas de miedo, y embozadas misteriosamente en espesas capas de telarañas. Dichas claridades recorrían con pasos de ladrón el techo y las paredes, miraban con cautela a los negros rincones y al piso, y a eso de las dos o las tres volvían la espalda para retirarse dejando la fúnebre pieza a oscuras. Dos sillas, una tarima pegada a la pared y una mesa constituían el mísero ajuar. Los ladrillos del suelo respondían siempre a cada pisada de los presos con un movimiento de balanza y un sonido seco, señales ciertas de su disgusto por verse molestados en su posición horizontal. Seguramente ellos, como toda la casa, habrían vuelto con gozo a poder de los padres del Salvador, sus antiguos dueños, hombres pacíficos que jamás lloraban, ni hacían escándalos, ni pateaban desesperadamente, ni pedían a gritos que los sacaran de allí.

La primera noche, como hemos dicho, Sarmiento y su amiga, no muy bien avenidos con su residencia en tan ameno sitio, no durmieron nada y hablaron poco. El viejo, como si su entusiasta locuacidad delante del tribunal le hubiera agotado las fuerzas y secado el rico manantial de sus ideas, estaba taciturno. Los excesos de espontaneidad producían en él una reacción sobre sí mismo. Después de divagar por el exterior, libre, sin freno, cual andante aventurero que todo lo atropella, se metía en sí como cartujo. Soledad también sufría la reacción correspondiente a una espontaneidad que sin duda le estaba pareciendo excesiva. Pero su espíritu estaba tranquilo; su pensamiento, después de pasar revista con cierto desdén a los sucesos próximos, se remontaba orgullosamente a las alturas desde donde pudiera descubrir horizontes más gratos y personas más dignas de ocuparlo. Había llegado a adquirir la certidumbre de un trágico fin; pero lejos de sentir el terror propio de tales casos y muy natural en una débil muchacha inocente, se sobrepuso con ánimo grandioso a la situación; supo mirar desde tan alto su propia persona, su prisión, su proceso, sus verdugos, las causas e incidentes de aquella lamentable aventura, que fue creciendo, creciendo, y bien pronto cuanto la rodeaba, incluso Madrid, la Nación y el mundo entero, se quedó enano. ¡Admirable resultado del espíritu religioso y de la elasticidad del corazón, cuya magnitud, cuando él se decide a crecer, se pierde en las indefinidas dimensiones de lo infinito!

Al día siguiente, don Patricio, que había llegado ya al límite de su tétrico silencio y no podía permanecer más tiempo mudo, se expresó así:

—Hija mía, me parece que esto es hecho.

—¿Por qué no te echas a ver si duermes un ratito? —le dijo Sola con bondad—. La tarima no es como las camas de casa; pero a falta de otra cosa...

—¡Dormir... Dormir yo! —exclamó Sarmiento con voz lastimera—. Ya el dormir profundo está cercano. Te digo que esto es hecho.

—Sí, esto no puede ser más hecho... Ya que no quieres levantarte del suelo, al menos tiéndete de largo y recuesta esa pobre cabecita sobre mis rodillas.

Sola, que estaba sentada en la silla, se puso en el suelo, dando después una palmada sobre su falda, para indicar que podía servir de blanda almohada. Don Patricio, sentado contra la pared, con las rodillas en alto, los brazos cruzados sobre aquellas y la barba sobre los brazos, formando con su cuerpo dos ángulos opuestos y muy agudos, no quiso dejar tan encantadora postura de *zig-zag*.

—No, niña mía; aquí estoy bien. Lo que te digo es que esto es hecho.

—Se me figura que estás cobarde, viejecillo tonto.

—¡Cobarde yo! —exclamó Sarmiento con un rugido—. No me lo digas otra vez, porque creeré que me insultas.

—Como te he visto tan parlanchín delante de los jueces y ahora tan callado... —dijo la reo extendiendo su mano en la oscuridad para palpar la cabeza del anciano.

—Es que el alma humana tiene grandes misterios, niña querida. Desde que entramos aquí estoy pensando una cosa.

—Con tal que no sea algún disparate, deseo saberla.

—Pues verás... Me ocurre... que esto es hecho, quiero decir, que se cumple al fin mi altísimo destino, que las misteriosas veredas trazadas por el Autor de todas las cosas y de todos los caminos, me traen al fin a la excelsa meta a donde yo quiero ir. Pero...

—Veamos ese pero, abuelito Sarmiento. Hasta ahora no había peros en ese negocio del destino.

—Pero... hay una cosa en la cual yo no había pensado bien hasta que salimos de aquel endiablado tribunal. Respecto de mi suerte no hay duda... ¿pero y tú?

—No tengo yo dudas respecto a la mía —dijo Sola con seriedad—. Los dos moriremos.

—¡Tú... tú también!

Oyose un bramido de horror y después largo silencio.

—Eso no puede ser, eso es monstruoso, inicuo —gritó el preceptor agitando en la oscuridad sus brazos.

—Ahora te espanta, viejecillo, y cuando estábamos en el tribunal te parecía natural. ¿No decías, «moriremos los dos, somos mellizos de la muerte...»? ¿No dijiste también: «vamos a la horca, mientras más alta será mejor. Así alumbraremos más. Somos los fanales del género humano»?

—Es verdad que tales cosas dije, pero has de tener en cuenta que yo me hallaba entonces en uno de esos momentos de inspiración, en los cuales pronuncio las sorprendentes piezas oratorias que me han dado tanta fama. Yo no esperaba encontrarte allí. ¡Ay cuando te vi presa y condenada por conspiradora... porque tú has conspirado, niña de mis ojos... Sentí una alegría tan grande!... Me pareció que Dios te destinaba también al martirio; pero ahora veo que esto no debe ser. Calmada aquella estupenda exaltación, la voz de la Naturaleza ha resonado en mí, diciéndome que no debo asociar a mi muerte a ningún otro ser. Tú eres una muchacha oscura, y tu sacrificio no puede ser de gran beneficio a la causa santa.

—¡Ah! —dijo Soledad sonriendo, pero sin que nadie pudiera ver su sonrisa, como no fueran las mismas tinieblas—, ya comprendo: tienes envidia de que vaya a quitarte un poquito de esa gloria.

—Tonta, pero tonta —replicó el anciano muy expresivamente—, si toda has de heredarla tú, toda, toda. Si no es preciso que tú mueras como yo, ni eso viene al caso.

—Los jueces no creerán lo mismo.

—¡Pues son unos bribones, unos!... —exclamó Sarmiento ronco de ira moviendo sus piernas para levantarse—. Yo les diré que eso no puede ser... Les convenceré, sí; pues no he de convencerles...

Soledad se echó a reír.

—Te ríes... pues esto es muy serio. Yo no creo que te condenen; pero si te condenaran...

Oyose un chasquido que bien podía ser causado por una gran manotada que el preceptor se dio en la cabeza.

—Sí, me condenarán, porque mi delito de recoger y repartir las cartas está más que probado, y si no, con la declaración tuya...

—Yo declaré... ¿qué declaré yo?...

Soledad repitió a Sarmiento lo que él mismo había dicho respecto a las cartas y a las personas que las recibieron.

—¡Yo declaré todo eso, yo! —dijo el patriota muy perplejo, como un beodo que va poco a poco recobrando el sentido—. ¿Y por eso dices que te condenarán?... Me parece que no estás en lo cierto. De ahí se desprende que el delincuente, según ellos, soy yo, yo el conspirador, yo el apóstol y el agente secreto de la libertad, y como yo tengo además la nota de Demóstenes constitucional y de haber revuelto a media España con mis conmovedoras arengas, de aquí que yo sea el condenado y tú no.

—Me parece —dijo la huérfana tocando el hombro de Sarmiento—, que mi viejecito ve las cosas al revés. Yo seré condenada y él irá a un sitio donde se vive muy bien y tratan caritativamente a los pobres.

—¡Por vida de ochenta millones de Chilindrainas! —gritó Sarmiento poniéndose de un salto en pie—, no me digas que tú serás condenada a muerte sin mí, porque me vuelvo loco, porque soy capaz de derribar de un puñetazo esas férreas puertas, y hacer añicos a Chaperón y los demás jueces, y demoler a puntapiés la cárcel y pegar fuego a Madrid entero... ¡Tú condenada a muerte!

—Somos los fanales del género humano.

—No, no, esa es una figura de retórica, tonta —dijo el fanático pasando del tono trágico al familiar—. Aquí no hay más fanal que yo. Tú me acompañas en mi última hora, me acompañas, ¿entiendes?... pero no mueres. ¡Morir tú!... ¿por qué, ángel delicado e inocente?... ¿Habrá un juez que falle tal infamia?... Si tu muerte no es provechosa a la santa causa... ¿A qué ni para qué? Yo solo, yo solo, ¿lo entiendes bien? ¡yo solo! Este es el destino, esta la voluntad, esto lo que está trazado en los libros inmortales, cuyos renglones dicen a cada siglo sus grandezas, a cada generación su papel, a cada hombre su puesto... Pobre y desvalida niña de mis entrañas, no me digas que vas a morir también, porque me siento cobarde, me convierto de águila majestuosa en tímido jilguerillo, se me van las ideas sublimes, se me achica el corazón, me trastorno todo, me siento caer desplomándome como una torre secular que es sacudida por temblores de tierra, me evaporo, niña mía, desfallezco, dejo de ser un Cayo Graco para no ser más que un Juan Lanas.

Arrastrándose por el suelo, Sarmiento tanteaba con las manos en la oscuridad hasta que dio con el cuerpo de Sola. Echándose entonces como un perro, hundió la cabeza en su regazo. Soledad no dijo nada.

XXIII

Prolongábase el silencio de ambos cuando se abrió la puerta del calabozo y entraron dos personas: el carcelero y el padre Alelí. Acostumbraba el buen sacerdote visitar a los presos para consolarles u oírles en confesión, y frecuentemente pasaba largos ratos con alguno de ellos hablando de cosas festivas, con lo cual se amenguaban las tristezas de la cárcel. Era el padre Alelí un varón realmente santo y caritativo: su bondad se mostraba en dos especies de manías: dar almendras a los muchachos de las calles y palique a los presos. Parecía que unos y otros eran su familia y que no podía vivir sin ellos.

Con su fórmula de costumbre saludó a nuestros dos infortunados amigos, que apenas distinguían en la lobreguez del cuarto la escueta figura blanca del fraile, vaga, semi-fantástica, cual un capricho de la oscuridad para engañar a los ojos. El padre Alelí tocó en tierra y en las paredes con un palo, como los ciegos, y al mismo tiempo decía:

—¿Pero dónde están ustedes?... ¡Ah! ya toco aquí un cuerpo.

Soledad, tomándole del brazo, le ofreció una silla.

—No, tengo que marcharme. Hoy he de hacer muchas visitas... Gracias, señora... ¿Es usted la que llaman Soledad? Debo advertirle una cosa que le consolará mucho: hay una dama que se interesa por usted... Ahí fuera está... No la han dejado entrar; pero me encarga diga a usted que hará todo lo posible para evitar una desgracia... ¡Qué señora tan angelical, qué corazón de oro!... ¿Y el ancianito dónde está?... Anímese usted, buen hombre. Ya, ya me han dicho que está demente.

Oyose entonces una voz sorda e inarticulada, que parecía expresar amargo desprecio.

—¿Está en el suelo el pobre hombre? —añadió Alelí, tanteando suavemente con su palo—. Me parece que le siento roncar... Si todos tuvieran el buen abogado que este tiene... ¡Su demencia le salvará!... Adiós, hijos míos, no puedo detenerme... Mañana será más larga la visita.

Retirose y los dos presos quedaron solos todo el día. Al anochecer les interrogaron. Después volvieron a quedar solos, ella muda y recogida, Patricio taciturno a ratos y a ratos poseído de furor que con ninguna especie de consuelos podía calmar su compañera. Tampoco aquella noche durmieron gran cosa, y al día siguiente que era el 1.º de Setiembre volvió el padre Alelí, a quien el carcelero dejó encerrado dentro.

—Hoy puedo dedicar a mis amigos un ratito —dijo dejándose conducir por Soledad a la silla—. Ya estoy... Gracias, señora... Me han dicho que es usted muy simpática... En estos cavernosos cuartos no se ve nada... ¿Y el pobre tonto cómo se encuentra?

—¡Quieres dejarnos en paz, endiablado frailón! —gritó una voz ronca, irritada, temblorosa, que parecía ser la voz misma de la oscuridad que había tomado la palabra.

El padre Alelí sintió cierto terror.

—¡Jesús, María y José! —exclamó santiguándose—. Verdaderamente esta no es casa de orates. Todo sea por Dios.

—Abuelito Sarmiento —dijo Soledad acariciando al anciano que arrojado a sus pies estaba—. No es propio de persona cortés y bien educada como tú, el tratar así a un sacerdote.

—¡Que se vaya de aquí!... ¡Que nos deje solos! —gruñó el fanático, arrastrándose como un tigre enfermo—. ¿Qué busca aquí el frailucho? ¿qué quiere?

—¡Ave María purísima!...

—Si al menos nos trajera buenas noticias...

—Buenas las traigo para usted...

—A ver, a ver... —dijo don Patricio incorporándose de improviso.

—Usted será absuelto libremente.

Sarmiento se desplomó en el suelo, haciendo temblar los ladrillos.

—¡Maldita sea la boca que lo dice!... —murmuró con hondo bramido.

—Siento no poder dar nuevas igualmente lisonjeras a esta señora —añadió el fraile tomando la mano de la joven y estrechándosela entre las suyas—. No puedo decir lo mismo, ni quiero dar esperanzas que no han de verse realizadas. Las circunstancias obligan al tribunal a ser muy severo... ¡Cómo ha de ser! Más padeció Jesucristo por nosotros. Si tiene usted resignación, paciencia cristiana; si purificando su alma sabe desprenderla de las miserias del mundo y elevarla al cielo en este trance de apariencia aflictiva, será más digna de envidia que de lástima.

—¡Maldita sea la boca que lo dice!

Sarmiento al hablar así, arrastrábase hasta el ángulo opuesto.

—¿Qué es la vida? —añadió Alelí tomando un tono melifluo—. Nada, un soplo, aire, una ilusión. ¿Qué es el tiempo que contamos en el mundo? Nada, un momento. La vida está allá. ¿Qué importan un sufrimiento pasajero, un dolor instantáneo? Nada, nada, porque después viene el eterno gozar y la plácida eternidad en que se deleitan los justos. Nadie es mejor recibido allá que los que aquí han padecido mucho. Los perseguidos por la justicia son los primeros entre los bienaventurados. Los pecadores que se depuran por el arrepentimiento y el castigo corporal forman en la línea de los inocentes, y todos juntos penetran triunfantes en la morada celestial.

A esta homilía, dicha con arte y sentimiento, siguió largo silencio. El padre Alelí suspiraba. Su mucha práctica en consolar a los reos de muerte no había gastado en él los tesoros de sensibilidad que poseía, antes bien, los había enriquecido más. Estaba sujeto a grandes aflicciones por razón de su oficio y se identificaba tanto con sus penitentes, que decía: «Me han ahorcado ya doscientas veces y tengo sobre mí un par de siglos de presidio.»

Después que cobró ánimos, habló así:

—Hoy he visto a esa señora; ¡qué angelical bondad la suya! Está desesperada por no haber podido conseguir cosa alguna en pro de usted. Sin embargo, no cede en su empeño... Aún tiene esperanza... Yo, si he de decir la verdad, ya no la tengo.

—Yo tampoco la tengo ni la quiero —dijo Soledad con un arranque de unción religiosa—. Me resigno a mi desgraciada suerte y solo espero morir en Dios.

Por grandes que sean los bríos de un alma valerosa, la idea del morir y de un morir violento, antinatural y vergonzoso la turba y la acomete con fiera sacudida, prueba clara de que solo a Dios corresponde matar. Sola derramó algunas lágrimas y el fraile notó que sus heladas manos temblaban. Ya a aquella hora, que era la del medio día, habían aparecido, puntuales en su cuotidiana visita, las claridades advenedizas que se paseaban por el cuarto. A favor de ellas se distinguían bien los tres personajes: el fraile sentado en la silla, todo blanco y puro como un ángel secular que hubiera envejecido, Soledad de rodillas ante él, vestida de negro, mostrando su cara y sus manos de una palidez transparente, don Patricio echado en el rincón opuesto, con la cara escondida entre los brazos y estos sobre los ladrillos, cada vez más semejante a un tigre enfermo, cuya respiración era calenturiento ronquido.

—Llore usted, llore —dijo el padre Alelí a su penitente—, que así se calma la congoja. Yo también lloro, querida mía, también me lleno de agua la cara, a pesar de estar tan acostumbrado a ver lástimas y dolores. ¿El mundo qué es? barro amasado con lágrimas, ni más ni menos. Lloramos al nacer, lloramos también al morir que es el verdadero nacimiento.

—Padre —dijo la huérfana—, si ve Su Reverencia hoy a esa señora, hágame el favor de manifestarle que le doy gracias de todo corazón por lo que ha hecho por mí, aunque sus buenos deseos hayan sido inútiles. Al mismo tiempo quiero que Su Reverencia le ruegue que me perdone... Su Reverencia no está en antecedentes. Yo cometí el día de mi prisión una grave falta; me dejé arrastrar por la ira, y por la primera vez en mi vida sentí en mi corazón el ardor de una pasión infame, la venganza. No sé cómo fue aquello... Me hizo tanto daño mi propio furor, que me desmayé. Nunca había sentido cosa semejante. Parece que pasó por dentro de mí como un rayo. Verdad es que yo tenía motivos, sí, padre, motivos... Pero no hablemos de eso... Yo ruego a esa señora que me perdone.

—Y yo me comprometo a asegurar a usted que ya está perdonada —replicó el fraile con bondad—. Conozco a la señora y sé que sabe perdonar.

—Su Reverencia podrá decirme si le ocasionarán algún perjuicio a esa señora las palabras que yo dije delante del juez.

—Presumo que no le ocasionarán daño alguno. Esté usted tranquila por ese lado. Creo haber entendido (quizás me equivoque, porque estoy ya un poco lelo), que entre usted y ella hay un resentimiento antiguo. Parece que la señora, en un momento de delirio, porque los tiene, sí, tiene esos momentos de delirio...

—No quisiera que se nombrase eso más —replicó Sola con presteza, extendiendo la mano como para taparle la boca al fraile—. Soy la agraviada, y desde que estoy aquí me he propuesto olvidar ese y otros agravios perdonándolos con todo mi corazón.

—Bien, muy bien. Esa cristiana conducta me gusta más que cien mil rosarios bien rezados.

—¿Su Reverencia conoce bien lo que pasa en la Comisión Militar? Estoy muy ansiosa por saber si el señor Cordero y su hija han sido puestos en libertad.

—Desde ayer, hija, desde ayer están en su casa tan contentos.

—¡Oh, qué dicha! —exclamó Sola cruzando las manos—. Eso es lo que yo quería... porque son inocentes y estaban presos por un delito que yo cometí. Yo le contaré todo a Su Reverencia. Quiero hacer confesión general.

—A punto estamos —repuso el fraile, acomodando el codo en la mesa y sosteniendo la frente en la mano.

Sola se acercó más, dando principio al solemne acto.

Duró próximamente media hora. El padre Alelí dio su absolución en voz alta y con los ojos cerrados, trazando lentamente la cruz en el aire con su brazo blanco y su mano flaca y delicada. Concluido el latín, dijo en castellano a la penitente:

—Adquisición admirable hará el reino de Dios muy pronto con la entrada de un alma tan hermosa.

Sola, que sentía mucho dolor en las rodillas, se echó hacia atrás sentándose sobre sus propios pies.

En el mismo momento oyose un feroz ronquido y el roce de un cuerpo contra el suelo. La voz cavernosa y terrible de Sarmiento se expresó así:

—¿Quiere usted marcharse con cien mil docenas de demonios?... ¿Qué cuchichean ahí?

El fraile se levantó y dando dos pasos hacia el punto en donde sonaban las tremendas voces, dijo:

—Su compañera de usted ha confesado. ¿Quiere usted hacer lo mismo?

—¡Yo!... Por vida de la re-condenada Chilindraina, señor don Majadero, que si no se me quita pronto de delante...

El padre Alelí se tocó la sien con su dedo índice, moviendo la cabeza en señal de lástima.

—¡Confesar yo!... ¡yo, que soy un volcán de rabia! —añadió el desgraciado tratando de levantarse con fatigosos movimientos que hacían bailar a los ladrillos—. ¡Repito que no hay Dios!... ¡no, no hay Dios! Todo es una mentira. El mundo, la gloria, el destino, fábula y palabrería. Denme un cuchillo, porque me quiero matar, me avergüenzo de vivir... Al primero que se me ponga por delante, le muerdo.

Las claridades que un momento se habían alejado, volvieron juguetonas, sin abandonar sus capisayos de telarañas, y con ellas pudo ver el padre Alelí que la pobre bestia enferma alzaba la cabeza y mostraba una horrible cara amoratada y polvorienta, toda llena de viscosa baba. Sus ojos daban miedo.

—¡Desgraciado! —murmuró con dolor el padre Alelí—. Tú que vivirás eres más digno de lástima que ella, destinada a morir.

—No me lo digas, no me lo digas —gritó Sarmiento incorporando su busto por un movimiento rapidísimo de sus remos delanteros—. No me lo digas porque te mato, infame fraile, porque te devoro.

—Eres un pobre demente.

—Soy un hombre que ha perdido su ideal risueño, un hombre que soñó la gloria y no la posee, un hombre que se creyó león y se encuentra cerdo. Mi destino no es destino, es una farsa inmunda, y al caer y al envilecerme y al pudrirme como me pudro, tengo la desgracia de conservar intacto el corazón para que en él clave su vil puñal la justicia humana, matando a mi hija... Infame frailucho, ¿has venido a gozarte en mi miseria? Vete pronto de aquí, vete. Mira que no soy hombre, soy una bestia.

Clavaba sus uñas en los ladrillos y estiraba el amenazante rostro descompuesto.

—Que Dios se apiade de ti —dijo grave y solemnemente el fraile bendiciéndole—. Adiós.

Y después de encargar a Sola que tuviera resignación, mucha resignación por las diversas causas que lo exigían (señalaba al infortunado viejo), se retiró considerando la magnitud de los males que afligen a la raza humana.

XXIV

¡Válganos Dios y qué endiablado humor tenía don Francisco Chaperón, a pesar de haber procedido conforme a lo que en él hacía las veces de conciencia! Pues no llegaba el cinismo de los voluntarios realistas al incalificable extremo de vituperarle aún, después que tan clara prueba de severidad y rectitud acababa de dar... ¡Cuán mal se juzga a los grandes hombres en su propia patria! Varones eminentes, desvelaos, consagrad vuestra existencia al servicio de una idea, para que luego la ingratitud amargue vuestra noble alma... ¡Todo sea por Dios!... ¡Por vida del Santísimo Sacramento, esto es una gran bribonada!

Todavía vacilaba el don Francisco en perdonar a Cordero, después de haberlo propuesto en junta general a la Comisión; pero el cortesano de 1815 añadió a las muchas razones anteriormente expuestas otras de mucho peso, logrando atraer a su partido y asociar hábilmente a su trabajo a un hombre cuya opinión era siempre palabra de oro para el digno presidente de la Comisión. Este hombre era el coronel don Carlos Garrote. Para seducirle, Bragas no necesitó emplear sutiles argucias. Bastole decir que Genara bebía los vientos por sacar de la cárcel a Sola aunque en sustitución de ella fuese preciso ahorcar a todos los Corderos y a todos los Toros de Guisando nacidos y por nacer. No necesitó de otras razones Navarro para sugerir a Chaperón la luminosa idea siguiente:

—Vea usted cómo voy comprendiendo que la hija de Gil de la Cuadra es una intrigante. De esta especie de polilla es de la que se debe limpiar el Reino. Apuesto a que es la querida de Seudoquis.

No se habló más del asunto. Aunque decidido a castigar severamente, Chaperón no había de reconquistar las simpatías perdidas en el cuerpo de voluntarios. Hubiéralo llevado con paciencia el hombre-horca, y casi casi estaba dispuesto a consolarse, cuando un suceso desgraciadísimo para la causa del Trono y de la Fe católica vino a complicar la situación, exacerbando hasta el delirio el inhumano celo del señor brigadier. En la noche del 2 al 3 de Setiembre, un preso, el más importante sin duda de cuantos guardaba en su inmundo vientre la cárcel de Corte, halló medios de evadirse, y se evadió. No se sabe si anduvo en ello la virtud del metal que es llave de corazones y ganzúa de puertas, o simplemente la destreza, energía y agudeza del preso. No discutiremos esto: basta consignar el hecho tristísimo (atendiendo al Trono y a la Fe católica) de que Seudoquis se escapó. ¿Fue por el tejado, fue por las alcantarillas, fue por medio de un disfraz? Nadie lo supo, ni lo sabrá probablemente. En vano don Francisco, corriendo a la cárcel muy de mañana (pues ni siquiera tuvo tiempo de tomar chocolate) mandó hacer averiguaciones y registrar las bohardillas y sótanos, y prender a casi todos los calaboceros e interrogar a la guardia, y amenazar con la horca hasta al mismo santo emblema de la Divinidad humanada, que tan asendereado estaba siempre en su irreverente y fiera boca.

A la hora del despacho se encerró con Lobo. Estaba tan fosco, tan violento, que al verle, se sentían vivos deseos de no volverle a ver más en la vida. Para hablarle de indulgencia se habría necesitado tanto valor como para acercar la mano a un hierro candente. Chaperón solo se hubiera ablandado a martillazos.

—¿Está corriente la causa de esa?... Es preciso presentarla sin pérdida de tiempo al tribunal —dijo a su asesor.

—Ahora mismo la remataré Excelentísimo Señor.

—Me gusta la calma... Yo he de ocuparme de todo... No sirven ustedes para nada... Voy a llamar al primer asno que pase por la calle para encomendarle todo el trabajo de esta secretaría.

En aquel mismo instante entró Genara. No podía presentarse en peor ocasión, porque venía a pedir indulgencia. Nunca había sido tampoco tan interesante ni tan guapa, porque sus atractivos naturales se sublimaban con su generosidad y con el valor propio de quien intrépidamente penetra en una caverna de lobos para arrancarles la oveja que ya han empezado a devorar.

La fiera estaba tan mal dispuesta en aquella nefanda hora, que sin aguardar a que Genara se sentase, díjole con voz ahogada:

—Por centésima vez, señora...

Se detuvo moviendo la cabeza sobre el metálico cuello, cual si este le estrangulara impidiendo el fácil curso de las palabras.

—Por centésima vez... —gruñó de nuevo poniéndose rojo.

—Acabemos, hombre de Dios.

—Por centésima vez digo a usted que no puede ser... En bonita ocasión me coge... Ciertamente que están las cosas a propósito para perdonar... Seudoquis escapado... los Corderos en libertad... La Comisión desacreditada, acosada, vilipendiada, escarnecida... No somos jueces, somos vinagrillo de mil flores... No sé cómo no entran los chicos de las calles y nos tiran de la nariz... Me han pintado colgado de la horca... y con razón, con mucha razón... Más vale que digan de una vez: «se acabó el Gobierno absoluto; vuelvan los liberales...» Malditas sean las recomendaciones... Ellos conspiran y nosotros perdonamos... Con tales farsas pronto tendremos al Cojo de Málaga en el Trono... Seudoquis escapado... ¡la impunidad! aquí no hay más que impunidad... Se ahorca por besar el sitio donde estuvo la lápida de la Constitución, y damos chocolate a los conspiradores... Señora, usted me toma por un Dominguillo... Señora... ¡Seudoquis escapado!... ¡la impunidad!... Esa malhadada impunidad... lepra horrible, horrible...

Echaba las palabras a borbotones, interrumpidos a intervalos por sofocadas toses y gruñidos. Los temblorosos labios parecían el obstruido caño de una fuente, por donde salía el agua en violentas bocanadas con intermitencias de resoplidos de aire. A cada segundo se metía los dedos en el duro cuello negro de cartón para ensanchárselo y respirar mejor.

—Tanto enfado me mueve a risa —dijo la dama con burlona sonrisa y demostrando mucha tranquilidad—. Cualquiera que a usted le viese creería que estoy en presencia del mismo Soberano absoluto de estos Reinos. Señor Chaperón, ¿por quién se ha tomado?

—Señora —dijo el brigadier enfrenando su cólera—, usted puede tomarme por quien quiera; pero esta vez no cedo, no cedo... Ya comprendo la intriga, me trae usted una cartita de Calomarde... Es inútil, inútil, no hago caso de recomendaciones. Si Calomarde me manda atender al ruego de usted, presentaré al punto mi dimisión. De mí no se ríe nadie: soy responsable de la paz del Reino, y si vienen revoluciones, tráigalas quien quiera, no yo.

—Calomarde no ha querido darme carta de recomendación —manifestó Genara sin abandonar su calma.

—Ya lo presumía. Hemos hablado anoche... hemos convenido en la necesidad de apretar los tornillos, de apretar mucho los tornillos.

—Calomarde y usted apretarán la hebilla de sus propios corbatines hasta ahogarse si gustan —dijo ella con malicioso desdén—, pero en las cosas públicas no harán sino lo que se les mande.

—Señora, permítame usted que no haga caso de sus bromitas. La ocasión no es a propósito para ello. Tenemos que hacer... ¿Pero qué es eso? Veo que me trae usted una carta.

—Sí señor —replicó Genara alargando un papel—, lea usted.

—Del señor conde de Balazote, gentil-hombre de Su Majestad —dijo el vestiglo abriendo y leyendo la firma—. ¿Y qué tengo yo que ver con ese señor?

—Lea usted.

—¡Ah!... ya... —murmuró Chaperón quedándose estupefacto después de leer la carta—, el señor gentil-hombre me besa la mano...

—¡Ya ve usted qué fino!

—Y me hace saber que Su Majestad me ordena presentarme inmediatamente en Palacio.

—Para hablar con Su Majestad.

—Quiere decir que Su Majestad desea hablarme...

Chaperón volvió a leer. Después dio dos o tres vueltas sobre su eje.

—Mi sombrero... —dijo demostrando grandísima inquietud—, ¿en dónde está mi sombrero...? Señora, usted dispense... Lobo, aguárdeme usted...

—Yo aguardo aquí —indicó Genara.

—Veremos lo que quiere de mí Su Majestad —añadió don Francisco en estado de extraordinario aturdimiento—. ¿Y mi bastón, en dónde he puesto yo ese condenado bastón?... ¿Habré traído los guantes?... Señora, dispense usted que... A los pies de usted... ¿Su Majestad me espera?... Sí, me esperará, no saldrá hasta que yo no vaya... Y yo no recordaba que la Corte había venido ayer de la Granja para trasladarse a Aranjuez... Adiós; vuelvo.

Una hora después Chaperón entraba de nuevo en su despacho. Venía, si así puede decirse, más negro, más tieso, más encendido, más agarrotado dentro del collarín de cuero. Cruzando sus brazos se encaró con Genara, y le dijo:

—Vea usted aquí a un hombre perplejo. Su Majestad me ha hablado, me ha tratado con tanta bondad como franqueza, me ha llamado su mejor amigo, y por fin me ha mandado dos cosas de difícil conciliación, a saber: que sea inexorable y que acceda al ruego de usted.

—Eso es muy sencillo —replicó Genara con gracia suma—. Eso quiere decir que sea usted generoso con mi protegida y severo con los demás.

—¡Inexorable, señora, inexorable! —exclamó don Francisco apretando los dientes y mirando foscamente al suelo.

—Inexorable con todos menos con ella. ¿Hay nada más claro?

—Dije a Su Majestad que se había escapado Seudoquis, y me contestó... ¿qué creerá usted que me contestó?

—Alguna de sus bromas habituales.

—Que había hecho perfectamente en escaparse, si se lo habían consentido.

—Eso es hablar como Salomón.

—Veremos cómo salgo yo de este aprieto. Tengo que contentar al Rey, a usted, a los voluntarios realistas, a Calomarde; tengo que contentar a todo el mundo, siendo al mismo tiempo generoso e inexorable, benigno y severo.

Chaperón se llevó las manos a la cabeza expresando el gran conflicto en que se veía su inteligencia.

—¡Qué lástima que soltáramos a ese Cordero!... —dijo después de meditar—. Pero agua pasada no mueve molino, veamos lo que se puede hacer. Formemos nuestro plan... Atención, Lobo. Lo primero y principal es complacer a la señora doña Genara... ¿Qué filtros ha dado usted a nuestro Soberano para tenerle tan propicio?... Atención, Lobo. Lo primero es poner en libertad a esa joven... Escriba usted... *por no resultar nada contra ella.*

Genara aprobó con un agraciado signo de cabeza.

—Ahora pasemos a la segunda parte. Esta prueba de benevolencia no quiere decir que erijamos la impunidad en sistema. Al contrario, si la inocencia es respetada... porque esa joven será inocente... Si la inocencia es respetada, el delito no puede quedar sin castigo... Atienda usted, Lobo... Esta conspiración no quedará impune de ningún modo. Soledad Gil de la Cuadra es inocente, inocentísima ¿no hemos convenido en eso? Sí; ahora bien, sus cómplices, o mejor dicho, los que aparecen en este negocio de las cartas que se repartieron... No, no hay que tomarlo por ese lado de las cartas. Lobo, quite usted de la causa todo lo relativo a cartas. Veamos el cómplice.

—Patricio Sarmiento.

—¿Ese hombre está en su sano juicio?

—Permítame Vuecencia —dijo Lobo— que le manifieste... El hablar de la imbecilidad de ese hombre me parece... Si Vuecencia, excelentísimo señor, me permite expresarme con franqueza...

—Hable usted pronto.

—Pues diré que eso de la imbecilidad de Sarmiento me parece una inocentada.

—Eso es: una inocentada —repitió Genara.

—Pues qué, ¿no constan en la causa mil cosas que acreditan su buen juicio? Se le encontró entre sus papeles un paquete de cartas sobre la organización de la Comunería, y consta que fue uno de los que más parte tuvieron en el asesinato de Vinuesa.

—¿Hay pruebas, hay testigos?

—Diez pliegos están llenos de las declaraciones de innumerables personas honradas que han asegurado haberle visto entrar, martillo en mano, en la cárcel de la Corona.

—Admirable. Adelante.

—Después ha fingido hallarse demente para poder insultar a Su Majestad, burlarse de la religión y apostrofar a los defensores del Trono.

—¡Se ha fingido demente!

—Está probado, probadísimo, excelentísimo señor.

Chaperón dudaba, hay que hacerle ese honor. La *mónera* de que antes hablamos se agitaba inquieta y alborotada entre el cieno, haciendo esfuerzos por mostrarse.

—Pero esas pruebas de que se fingía demente... —murmuró—. ¿Hay dictamen facultativo?

Genara no veía con gusto aquella discusión y guardaba silencio.

—¿Qué dice el artículo 7.º del Decreto del 20 de este mes? —preguntó Lobo con extraordinario calor.

—*Que la fuerza de las pruebas en favor o en contra del acusado se dejan a la prudencia e imparcialidad de los jueces.* Bien, admitamos que la ficción de demencia es cosa corriente. No hay más que hablar.

—¿Qué dice el artículo 11 del mismo Decreto?

—Que se castigue con el último suplicio a los que griten *«Viva la Constitución, mueran los serviles, mueran los tiranos, viva la libertad...»* ¡Ah! aquí no puede haber quebraderos de cabeza. Según este artículo, Sarmiento debía haber sido ahorcado cien veces... Pero la imbecilidad, la locura o como quiera llamarse a esa su semejanza con los graciosos de teatro...

—¿Qué dice el artículo 6.º del mismo Decreto? —preguntó de nuevo Lobo con tanto entusiasmo que sin duda se creía la imagen misma de la jurisprudencia.

—Dice que *la embriaguez no es obstáculo para incurrir en la pena.*

—¿Y qué es la embriaguez más que una locura pasajera?... ¿Qué es la locura más que una embriaguez permanente? Consulte Vuecencia, excelentísimo señor, todos los autores y verá cómo concuerdan con mi parecer. Vuecencia podrá fallar lo que quiera; pero de la causa resulta, claro como la luz del día, que la muchacha y los ángeles del cielo rivalizan en inocencia, y que el Sarmiento es reo convicto del asesinato de Vinuesa, de propagación de ideas subversivas, del establecimiento de la Comunería, de predicación en sitios públicos contra la única soberanía que es la real, de connivencia con los emigrados, etc., etc.

—¡Oh! señor don Francisco —dijo la dama con generoso arranque—. Si quiere usted merecer un laurel eterno y la bendición de Dios, perdone usted también a ese pobre viejo.

—Señora, poquito a poco —repuso el funcionario poniéndose muy serio—. Antes que erigir en sistema la impunidad, cuidado con la impunidad, ¡por vida del...! presentaré mi dimisión. Bastante ha conseguido usted.

La dama inclinó la cabeza, fijando los ojos en el suelo. Otra vez suplicó, porque no podía resistir impasible a la infame tarea de aquellos inicuos polizontes; pero Chaperón se mostró tan celoso de su reputación, de su papel y de atender a las circunstancias (¡siempre las circunstancias!) que al fin la intercesora, creyéndose satisfecha con el triunfo alcanzado, no quiso comprometerlo, aspirando a más. Se retiró contenta y triste al mismo tiempo. Necesitaba ver aquel mismo día a los demás individuos de la Comisión, pues aunque el presidente lo era todo y ellos casi nada, convenía prevenirlos para asegurar mejor la victoria.

Cuando se quedaron solos, Chaperón dijo a su asesor privado:

—Arrégleme usted eso inmediatamente. Extienda usted la sentencia y llévela al comandante fiscal para que la firme. Hoy mismo se presentará al tribunal. Mañana nos reuniremos para sentenciar a la mujer que robó el almirez de cobre y el vestido de percal viejo... Pasado mañana tocará sentenciar eso... ¡Oh! veremos si los compañeros quieren hacerlo mañana mismo... Quesada me ha recomendado hoy la mayor celeridad en el despacho y en la ejecución de las sentencias...

Y cabizbajo, añadió:

—Veremos cómo lo toma la Comisión. Yo tengo mis dudas... Mi conciencia no está completamente tranquila... pero, ¿qué se ha de hacer? todo antes que la impunidad.

Y aquel hombre terrible, que era presidente de derecho del pavoroso tribunal, y de hecho fiscal, y el tribunal entero; aquel hombre, de cuya vanidad sanguinaria y brutal ignorancia dependía la vida y la muerte de miles de infelices, se levantó y se fue a comer.

La Comisión, reunida al día siguiente para fallar la causa de la mujer que había robado un almirez de cobre y un vestido de percal viejo, falló también la de Sarmiento. No pecaban de escrupulosos ni de vacilantes aquellos señores, y siempre sentenciaban de plano conformándose con el parecer del que era vida y alma del tribunal. Todas las mañanas, antes de reunirse, oían una misa llamada *de Espíritu santo*, sin duda porque era celebrada con la irreverente pretensión de que bajara a iluminarles la tercera persona de la Santísima Trinidad. Por eso deliberaban tranquila, rápidamente y sin quebraderos de cabeza. Todos los días, al dar la orden de la plaza y distribuir las guardias y servicios de tropa, el Capitán general designaba el sacerdote castrense que había de decir la misa *de Espíritu santo*. Esto era como la señal de ahorcar[3].

Al anochecer del día en que fue sentenciada la causa de Sarmiento, previa la misa correspondiente, el escribano entró en la prisión y a la luz de un farolillo que el alguacil sostenía, leyó un papel.

Oyéronle ambos reos con atención profunda. Sarmiento no respiraba. No había concluido de leer el escribano, cuando don Patricio enterado de lo más sustancial, lanzó un grito y poniéndose de rodillas elevó los brazos, y con entusiasmo que no puede describirse, con delirio sublime, exclamó:

—¡Gracias, Dios de los justos, Dios de los buenos! ¡Gracias, Dios mío, por haber oído mis ruegos!... ¡Ella libre, yo mártir, yo dichoso, yo inmortal, yo santificado por los siglos de los siglos!... Gracias, Señor... Mi destino se cumple... No podía ser de otra manera. Jueces, yo os bendigo. Pueblo, mírame en mi trono... Estoy rodeado de luz.

XXV

La capilla de los reos de muerte que estaba en el piso bajo y en el ángulo formado por la calle de la Concepción Jerónima y el callejón del Verdugo, era el local más decente de la cárcel de Corte. No parecía en verdad decoroso, ni propio de una nación tan empingorotada que los reos se prepararan a la muerte mundana y salvación eterna en una pocilga como los departamentos donde moraban durante la causa. Además en la capilla entraban movidos de curiosidad o compasión muchos personajes de viso, señores obispos, consejeros, generales, gentiles-hombres, y no se les había de recibir como a cualquier pelagatos. Tomaba sus luces esta interesante pieza del cercano patio, por la mediación graciosa de una pequeña sala próxima al cuerpo de guardia; mas como aquellas llegaban tan debilitadas que apenas permitían distinguir las personas, de aquí que en los días de capilla se alumbrara esta con la fúnebre claridad de las velas amarillas encendidas en el altar. Lúgubre cosa era ver al reo, aquel moribundo sano, aquel vivo de cuerpo presente, en la antesala de la horca, y oírle hablar con los visitantes y verle comer junto al altar, todo a la luz de las hachas mortuorias. Generalmente los condenados, por valientes que sean, toman

---

3   Véase cualquier número del *Diario de Avisos*, año 1824. (N. del A.)

un tinte cadavérico que anticipa en ellos la imagen de la descomposición física, asemejándoles a difuntos que comen, hablan, oyen, miran y lloran para burlarse de la vida que abandonaron.

No fue así don Patricio Sarmiento, pues desde que le entraron en la capilla en la para él felicísima mañana del 4 de Setiembre, pareció que se rejuvenecía, tales eran el contento y la animación que en sus ojos brillaban. Rosicler mustio le tiñó las ajadas mejillas, y su espina dorsal hubo de adquirir por maravilloso don una rectitud y esbeltez que recordaban sus buenos tiempos de Roma y Cartago. Soledad, a quien permitieron acompañarle todo el tiempo que quisiera, se hallaba en estado de viva consternación, de tal modo que ella parecía la condenada y él el absuelto.

—Querida hija mía —le dijo don Patricio cuando juntos entraron en la capilla—, no desmayes, no muestres dolor, porque soy digno de envidia, no de lástima. Si yo tengo este fin mío por el más feliz y glorioso que podría imaginar, ¿a qué te afliges tú? Verdad es que la Naturaleza (cuyos Códigos han dispuesto sabiamente los modos de morir) nos ha infundido instinti-vamente cierto horror a todas las muertes que no sean dictadas por ella, o hablando mejor, por Dios; pero eso no va con nosotros, que tenemos un espíritu valeroso, superior a toda niñería... Ánimo, hija de mi corazón. Contémplame y verás que el júbilo no me cabe en el pecho... Figúrate la alegría del prisionero de guerra que logra escaparse y anda y camina, y al fin oye sonar las trompetas de su ejército... Figúrate el regocijo del desterrado que anda y camina y ve al fin la torre de su aldea. Yo estoy viendo ya la torre de mi aldea, que es el Cielo, allí donde moran mi padre, que es Dios, y mi hijo Lucas, que goza del premio dado a su valor y a su patriotismo. Bendito sea el primer paso que he dado en esta sala, bendito sea también el último; bendito el resplandor de esas velas, benditas esas sagradas imágenes; bendita tú que me acompañas, y esos venerables sacerdotes que me acom-pañan también.

Soledad rompió a llorar, aunque hacía esfuerzos para dominarse, y don Patricio fijando los ojos en el altar y viendo el hermoso Crucifijo de talla que en él había y la imagen de Nuestra Señora de los Dolores, experimentó una sensación singular, una especie de recogimiento que por breve rato le turbó. Acercándose más al altar, dijo con grave acento:

—Señor mío, tu presencia y esos tus ojos que me ven sin mirarme recuérdanme que durante algún tiempo he vivido sin pensar en ti todo lo que debiera. El gran favor que acabas de hacerme me confunde más en tu presencia. Y tú, Señora y Madre mía, que fuiste mi patrona y abogada en cien calamidades de mi juventud, no creas que te he olvidado. Por tu intercesión sin duda, he conseguido del Eterno padre este galardón que ambicionaba. Gracias, Señora, yo demostraré ahora que si mi muerte ha de ser patriótica y valerosa para que sea fecunda, también ha de ser cristiana.

Admirados se quedaron de este discurso el padre Alelí y el padre Salmón que juntamente con él entraron para prestarle los auxilios espirituales. Ambos frailes oraban de rodillas. Levantáronse y tomando asiento en el banco de iglesia que en uno de los costados había, invitaron a Sarmiento a ocupar el sillón.

—Yo no daré a Vuestras Reverencias mucho trabajo —dijo el patriota sentándose ceremoniosamente en el sillón—, porque mi espíritu no necesita de cierta clase de consuelillos mimosos que otras vulgares almas apetecen en esta ocasión; y en cuanto al auxilio puramente religioso, yo gusto de la sencillez suma. En ella estriba la grandeza del dogma.

El padre Alelí y el padre Salmón se miraron sin decir nada.

—Veo a Sus Reverencias como cortados y confusos delante de mí —añadió Sarmiento sonriendo con orgullo—. Es natural, yo no soy de lo que se ve todos los días. Los siglos pasan y pasan sin traer un pájaro como este. Pero de tiempo en tiempo Dios favorece a los pueblos dándole uno de estos faros que alumbran el género humano y le marcan su camino... Si una vida ejemplar alumbra muy mucho al género humano, más le alumbra una muerte gloriosa... Me explico perfectamente la admiración de Sus Paternidades; yo no nací para que hubiera un hombre más en el mundo; yo soy de los de encargo, señores. Una vida consagrada a combatir la tiranía y enaltecer la libertad; una muerte que viene a aumentar la ejemplaridad de aquella vida, ofreciendo el espectáculo de una víctima que expira por su fe y que con su sangre viene a consagrar aquellos mismos principios santos; esta entereza mía; esta serenidad ante el suplicio, serenidad y entereza que no son más que la convicción profunda que tengo de mi papel en el mundo, y por último la acendrada fe que tengo en mis ideas, no pertenecen, repito, al orden de cosas que se ven todos los días...

El padre Alelí abrió la boca para hablar; mas Sarmiento, deteniéndole con un gesto que revelaba tanta gravedad como cortesía, prosiguió así:

—Permítame Vuestra Paternidad Reverendísima que ante todo haga una declaración importante, sí, sumamente importante. Yo soy enemigo del instituto que representan esos frailunos trajes. Faltaría a mi conciencia si dijese otra cosa; yo aborrezco ahora la institución como la aborrecí toda mi vida, por creerla altamente perniciosa al bien público. Ahí están mis discursos para el que quiera conocer mis argumentos. Pero esto no quita que yo haga distinciones entre cosas y las personas, y así me apresuro a decirles que si a los frailes en general les detesto, a Vuestras Paternidades les respeto en su calidad de sacerdotes y les agradezco los auxilios que han venido a prestarme. Además, debo recordar que ayer, hallándome en mi calabozo, traté groseramente de palabra a uno de los que me escuchan, no sé cuál era. Estaba mi alma horriblemente enardecida por creerse víctima de maquinaciones que tendían a desdorarla, y no supe lo que me dije. Los hombres de mi temple son muy imponentes en su grandiosa ira. Entiéndase que no quise ofender personalmente al que me oía, sino apostrofar al género humano en general y a cierto instituto en particular. Si hubo falta la confieso y pido perdón de ella.

El padre Alelí, aprovechando el descanso de Sarmiento, tomó la palabra para decirle que tuviese presente el sitio donde se encontraba, y rompiese en absoluto con toda idea del mundo para no pensar sino en Dios; que recordase cuál trance le aguardaba y cuáles eran los mejores medios para prepararse a él; y finalmente, que ocupándose tanto de vanidades, corría peligro de no salvarse tan pronto y derechamente como de la limpieza de su corazón debía esperarse. A lo cual don Patricio, volviéndose en el sillón con mucho aplomo y seriedad, dijo al fraile que él (don Patricio) sabía muy bien cómo se había de preparar para el fin no lamentable sino esplendoroso, que le aguardaba, y que por lo mismo que moría proclamando su ideal divino, pensaba morir cristianamente, con lo cual aquél había de aparecer más puro, más brillante y más ejemplar.

Esto decía cuando llegaron los hermanos de la Paz y Caridad, caballeros muy cumplidos y religiosos que se dedican a servir y acompañar a los reos de muerte. Eran tres y venían de frac, muy pulcros y atildados, como si asistieran a una boda. Después que abrazaron uno tras otro cordialmente a don Patricio, preguntáronle que cuándo quería comer, porque ellos eran los encargados de servirle, añadiendo que si el reo tenía preferencias por algún plato, lo designara para servírselo al momento, aunque fuese de los más costosos.

Sarmiento dijo que pues él no era glotón, trajeran lo que quisieran, sin tardar mucho, porque empezaba a sentir apetito. Desde los primeros instantes los tres cofrades pusieron cara muy compungida, y aun hubo entre ellos uno que empezó a hacer pucheros, mientras los otros dos rezaban entre dientes; visto lo cual por Sarmiento, dijo muy campanudamente que si habían ido allí a gimotear, se volviesen a sus casas, porque aquella no era mansión de dolor, sino de alegría y triunfo. No creyendo por esto los hermanos que debían abandonar su papel oficial, comenzaron a soltar una tras otra las palabrillas emolientes que eran del caso y que tantas veces habían pronunciado, *verbi-gratia*... «Querido hermano en Cristo, la celestial Jerusalém abre sus puertas para ti...» «Vas a entrar en la morada de los justos...» «Ánimo. Más padeció el Redentor del mundo por nosotros.»

—Queridos hermanos en Cristo —dijo el reo con cierta jovialidad delicada—. Agradezco mucho sus consuelos; pero he de advertirles que no los necesito. Yo me basto y me sobro. Así es que no verán en mí suspirillos, ni congojas, ni babas, ni pucheros... Me gusta que hayan venido, y así podrán decir a la posteridad cómo estaba Patricio Sarmiento en la capilla, y qué bien revelaba en su noble actitud y reposado continente (al decir esto erguía la cabeza, echando el cuerpo hacia atrás) la grandeza de la idea por la cual dio su sangre.

Pasmados se quedaron los hermanos así como los frailes, de ver su serenidad, y le exhortaron de nuevo a que cerrase el entendimiento a las vanidades del mundo. Sola, de rodillas junto al altar, rezaba en silencio.

XXVI

Empezaron los hermanos a servir la comida. Sentose don Patricio a la mesa, invitando a todos a que le acompañaran. No había comenzado aún, cuando entró el señor de Chaperón, que jamás dejaba de visitar a sus víctimas en la antesala del matadero. Como de costumbre en tales casos, el señor brigadier trataba de enmascarar su rostro con ciertas muecas y contorsiones y gestos encargados de expresar la compasión, y helo aquí arqueando las cejas y plegando santurronamente los ángulos de la boca, sin conseguir más que un aumento prodigioso en su fealdad.

Saludó a Sarmiento con esa cortesía especial que se emplea con los reos de muerte, y que es una cortesía indefinible e incomprensible para el que no ha visto muestras de ella en la capilla de la cárcel; urbanidad en la cual no hay ni asomos de estimación, porque se trata de un delincuente atroz, ni tampoco desprecio o encono a causa de la proximidad del morir. Es una callada fórmula de repulsión compasiva, sentimiento extraño que no tiene semejante como no sea en el alma de algún carnicero no muy novicio ni tampoco muy empedernido.

—Hermano en Cristo —dijo don Francisco poniendo su mano, tan semejante al hacha del verdugo, sobre el cuello del preceptor—, supongo que su alma sabrá buscar en la religión los consuelos...

Esta formulilla era de cajón. Aquel funcionario de tan pocas ideas la llevaba prevenida siempre que a los reos visitaba.

—Señor don Francisco —replicó Sarmiento levantándose—, si Vuecencia quiere acompañarme a la mesa...

—No, gracias, gracias, siéntese usted... ¿Qué tal estamos de salud?... ¿Y el apetito?

Lo preguntaba, como lo preguntaría un médico.

—Vamos viviendo —repuso el patriota—. O si se quiere, vamos muriendo. Todavía no ha llegado el instante precioso en que sea innecesario este grosero sustento de la bestia... Hemos de arrastrar el peso del cuerpo, hasta que llegue el instante de dejarlo en la orilla y lanzarnos al océano sin fin, en brazos de aquellas olas de luz que nos mecerán blandamente en presencia del Autor de todas las cosas.

Chaperón miró a los frailes e hizo un gesto que indicaba opinión favorable del juicio de Sarmiento.

—Y ya que Vuecencia ha tenido la bondad de visitarme —añadió el reo, después de saborear el primer bocado—, tengo el gusto de declarar que no siento odio contra nadie, absolutamente contra nadie. A todos les perdono de corazón, y si de algo valen las preces de un escogido como yo (al decir esto su tono indicaba el mayor orgullo) he de alcanzar del Altísimo que ilumine a los extraviados para que muden de conducta, trocando sus ideas absolutistas por el culto puro de la libertad... Sí señor; se intercederá por los que están ciegos, para que reciban luz; se recomendará a los crueles para que hallen misericordia en su día. Patricio Sarmiento es leal, pío, generoso, como apóstol de la misma generosidad, que es el liberalismo... En mi corazón ya no caben resentimientos; todos los he echado fuera, para presentarme puro y sin mancha. El mártir de una idea, el que con su sangre ha puesto el sello a esa idea ¿me entienden ustedes? para que quede consagrada en el mundo, no enturbiará su conciencia con odios mezquinos. Reconozco que con arreglo a las leyes mi condenación ha sido razonable. Vuecencia que me oye no ha hecho más que cumplir con la ley que se le ha puesto en la mano. Así me gusta a mí la gente. Venga esa mano, señor don Francisco.

Diole tan fuerte apretón de manos, que Chaperón hubo de retirar la suya prontamente para que no se la estrujara.

—Además —prosiguió Sarmiento—, yo sé que los que hoy me condenan, me admirarán mañana, si viven, y los que me vituperan hoy, luego me pondrán en el mismo cuerno de la Luna... Porque esto durará poco, señor don Francisco; el absolutismo, a fuerza de estrangular, se sostendrá un año, dos, tres, pongamos cuatro... En este guisado de vaca —añadió dirigiéndose a uno de los hermanos de la Caridad— se le fue la mano a la cocinera: lo ha cargado de sal... Pongamos cuatro años; pero al fin tiene que caer y hundirse para siempre, porque los siglos muertos no resucitan, señor don Francisco, porque los pueblos, una vez que han abierto los ojos, no se resignan a cerrarlos, y así como cada estación tiene sus frutos, cada época tiene su sazón propia, y los españoles, que hasta aquí hemos amargado de puro verdes, vamos madurando ya, ¿me entiende Vuecencia? y se nos ha puesto en la cabeza que no servimos para ensalada. Vuecencias ahorquen todo lo que quieran. Mientras más ahorquen peor. El absolutismo acabará ahorcándose a sí mismo. ¿No lo quieren creer? Pues lo pruebo. Empezó creando para su defensa y sostenimiento la fuerza de voluntarios realistas. Son estos unos animalillos voraces y tragaldabas que no se prestan a servir a su amo, si este no les alimenta con cuerpos muertos. Una vez cebados y enviciados con el fruto de la horca, mientras más se les da más piden, y llegará un momento en que no se les pueda dar todo lo que piden, ¿me entiende Vuecencia?

Don Francisco, sin contestarle, y dirigiendo maliciosas ojeadas a los frailes, hacía señas de asentimiento.

El padre Salmón, que atendía con sorna a las razones del preso, bajó la cabeza para ocultar la risa. Pero el padre Alelí, que devotamente rezaba en su breviario, alzó los ojos y mirando con expresión de alarma al reo, le dijo:

—Hermano mío, veo que lejos de apartar usted su pensamiento de las ideas mundanas, se engolfa más y más en ellas, con gran perjuicio de su alma. Los momentos son preciosos; la ocasión impropia para hacer discursos.

—Y yo digo que es menos propia para sermones —replicó Sarmiento dando un golpecillo en la mesa con el mango del tenedor—. Yo sé bien lo que corresponde a cada momento, y repito que consagraré a la religión y a mi conciencia todo el tiempo que fuere necesario.

—Bastante ha perdido usted en vanidades.

—Poquito a poco, señor sacerdote —dijo Sarmiento frunciendo las cejas—, yo nada le quito a Dios. No se quite nada tampoco a las ideas, que son mi propia vida, mi razón de ser en el mundo, porque, entiéndase bien, son la misión que Dios mismo me ha encargado. Cada uno tiene su destino: el de unos es decir misa, el de otros es enseñar e iluminar a los pueblos. El mismo que a Su Paternidad Reverendísima le dio las credenciales me las ha dado a mí.

—Reflexione, hombre de Dios —indicó el padre Salmón, rompiendo el silencio—, en qué sitio se encuentra, qué trance le espera, y vea si no le cuadra más preparar su alma con devociones, que aturdirla con profanidades.

—Vuestras Paternidades me perdonen —dijo Sarmiento grave y campanudamente después de beber el último trago de vino—, si he hablado de cosas profanas, que no les agrada. Yo soy quien soy y sé lo que me digo. Sé mejor que nadie por qué estoy aquí, por qué muero y por qué he vivido. Allá nos entenderemos Dios y yo, Dios que llena mi conciencia y me ha dictado este acto sublime, que será ejemplo de las generaciones. Pero pues las religiosidades no están nunca demás, vamos a ellas y así quedarán todos contentos.

—Esas divagaciones, hombre de Dios —dijo Salmón con puntos de malicia—, confirman uno de los delitos que le han traído a este sitio.

—¿Qué delito?

—El de fingirse enajenado para poder tratar impunemente de cosas vedadas.

—Hablillas —dijo Sarmiento sonriendo con desdén—. Señores hermanos de la Paz, si tuvieran ustedes la bondad de darme cigarros, se lo agradecería... Hablillas del vulgo. Si fuéramos a hacer caso de ellas, ¿cómo quedaría el padre Salmón en la opinión del mundo? ¿No dicen de él que solo piensa en llenar la panza y en darse buena vida? ¿No goza fama de ser mejor cocinero que predicador?... ¿de frecuentar más los estrados de las damas para hablar de modas y comidas, que el coro para rezar y la cátedra para enseñar? Esto dice el vulgo. ¿Hemos de creer lo que diga? Pues del padre Alelí que me está oyendo y que es persona apreciabilísima, ¿no se dijo en otro tiempo que era volteriano? ¿No le tuvo entre ojos la Inquisición? ¿No decían que antaño era amigo de Olavide y que después se había congraciado con los realistas para no ser molestado? Esto se dijo: ¿hemos de hacer caso de las necedades del vulgo?

El padre Alelí palideció, demostrando enojo y turbación. Chaperón se mordía los labios para dominar sus impulsos de risa. Ofrecía en verdad la fúnebre capilla espectáculo extraño, único, el más singular que puede presentarse. Frente al altar veíase una mujer de rodillas, rezando sin dejar de llorar, como si ella sola debiera interceder por todos los pecadores habidos y por haber; en el centro una mesa llena de viandas y un reo que después de hablar con desenfado y entereza recibía cigarros de los hermanos de la Paz y Caridad y los encendía en la llama de un cirio; más allá dos frailes, de los cuales el uno parecía vergonzoso y el otro enfadado; enfrente la tremebunda figura de don Francisco Chaperón, el abastecedor de la horca y el terror de los reos y de los ajusticiados, sonriendo con malicia y dudando si poner cara afligida o regocijada; todo esto presidido por el Crucifijo y la Dolorosa, e iluminado por la claridad de las velas de funeral que daban cadavérico aspecto a hombres y cosas, y allá más lejos en la sala inmediata una sombra odiosa, una figura horripilante que esperaba, el verdugo.

Don Francisco Chaperón se despidió de su víctima. En la sala contigua y en el patio encontró a varios individuos de la Comisión Militar y a otros particulares que venían a ver al reo.

—¡Que me digan a mí que ese hombre es tonto! —exclamó con evidente satisfacción—. Tan tonto es él como yo. No es sino un grandísimo bribón, que aún persiste en su plan de fingirse demente, por ver si consigue el indulto... Ya, ya. Lo que tiene ese bergante es mucho, muchísimo talento. Ya quisieran más de cuatro... Por cierto que entre bromas y veras ha hablado con un donaire... Al pobre Salmón le ha puesto de hoja de perejil, y Alelí no ha salido tampoco muy librado de manos de este licenciado Vidriera... Es graciosísimo: véanle ustedes... Por supuesto bien se comprende que es un solemnísimo pillo.

Y don Francisco se retiró, repitiéndose a sí mismo con tanta firmeza como podría hacerlo un reo ante el juez, que don Patricio no era imbécil, sino un gran tunante. Tal afirmación tenía por objeto sofocar la rebeldía de aquel insubordinado corpúsculo, a quien llamamos antes la *mónera* de la conciencia chaperoniana, y que desde que Sarmiento entró en capilla, se agitaba entre el légamo, queriendo mostrarse y alborotar y hacer cosquillas en el ánimo del digno funcionario. Con aquella afirmación, don Francisco aplacó la vocecilla y todo quedó en profundo silencio allá en los cenagosos fondajes de su alma.

XXVII

Durante la noche arreció el nublado de visitantes, sin que su curiosidad importuna y amanerada compasión causaran molestia al reo; antes bien recibíalos este como un soberano a su corte. Situado en pie frente al altar, íbalos saludando uno por uno, con ligeros arqueos de la espina dorsal y una sonrisa protectora, cuya intensidad de expresión amenguaba o disminuía según la importancia del personaje. Todos salían haciéndose lenguas de la serenidad del reo, y en la sala-vestíbulo, inmediata al cuerpo de guardia, oíase cuchicheo semejante al que se oye en el atrio de una iglesia en noches de novena o tinieblas. Los entrantes chocaban con los que salían, y la sensibilidad de los unos anticipaba a la curiosidad de los otros noticias y comentarios.

Pipaón, que se había presentado de veinticinco alfileres, y parecía un ascua de oro según iba de limpio y elegante, estuvo largo rato en compañía del reo, y le dio varias palmadas en el hombro, diciéndole:

—Ánimo, señor Sarmiento, y encomiéndese a Su Divina Majestad y a la reina de los cielos, Nuestra Madre amorosísima, para que le den una buena muerte y franca entrada en la morada celestial... Adiós, hermano mío. Como mayordomo que soy de la hermandad de las Ánimas, le tendré presente, sí, le tendré presente para que no le falten sufragios... Adiós... Procure usted serenarse... Medite mucho en las cosas religiosas... Este es el gran remedio y el más seguro lenitivo... ¡La religión, la dulce religión! ¡Oh! ¿qué sería de nosotros sin la religión?... Es nuestro consuelo, el rocío que nos regenera, el maná que nos alimenta... Adiós, hermano en Cristo, venga un abrazo (al dar el abrazo Pipaón tuvo buen cuidado de que no fuera muy expresivo, para que no se chafaran los encajes de su pechera)... Estoy conmovidísimo... Adiós, repítole que medite mucho en los sagrados misterios y en la pasión y muerte de Nuestro Señor Jesucristo... No le faltarán sufragios, muchos sufragios. Quizás nos veamos en el Cielo, ¡ay de mí! si Dios es misericordioso conmigo.

Este fastidioso discurso, modelo exacto de la retórica convencional y amanerada del cortesano, agradó mucho a cuantos le oyeron; mas don Patricio lo acogió con seriedad cortés y cierto desdén que apenas se traducía en ligero fruncimiento de cejas. Pipaón salió y aunque iba muy aprisa derecho a la calle, detuviéronle en el patio algunos amigos.

—Estoy afectadísimo... No puedo ver estas escenas —les dijo respondiendo a sus preguntas—. Fáltame poco para desmayarme.

—Dicen que es el reo más sereno que se ha visto desde que hay reos en el mundo.

—Es un prodigio. Pero aquella vanidad e hinchazón son cosa fingida... ¡Cuánto debe padecer interiormente! Se necesitan los bríos de un héroe para sostener ese papel sin faltar un punto.

—¡Farsante!

—Es el perillán más acabado no he visto en mi vida. Seguramente espera que le indulten; pero se lleva chasco. El Gobierno no está por indultos.

—Entremos... todo Madrid desea verle. Vuelva usted, Pipaón.

—¿Yo? por ningún caso —repuso el cortesano estrechando manos diversas una tras otra—. Voy a una reunión donde cantan la Fábrica y Montresor... ¡Qué aria de la *Gazza Ladra* nos cantó anoche esa mujer! Montresor nos dio el aria de *Tancredo*. ¡Aquello no es hombre, es un ruiseñor!... ¡Qué portamentos, qué picados, qué trinos, qué vocalización, qué falsete tan delicioso! Parece que se transporta uno al sétimo cielo. Con que adiós, señores... tengo que ensayar antes un paso de *gavota*. Señores, divertirse con el viejo Sarmiento.

Aún no se había separado de sus amigos, cuando salió al patio un señor obispo que venía también de visitar al reo. Todos se descubrieron al verle, haciéndole calle. Pipaón, después de besarle el anillo, le habló del condenado a muerte.

—Mi opinión —dijo su ilustrísima (que era una de las lumbreras del Episcopado)— es que si no constara en los autos, como aseguran consta de una manera indubitable, que se ha fingido y se finge loco para hablar impunemente de temas vedados, la ejecución de este hombre sería un asesinato. Desempeña este desgraciado su papel con inaudita perfección, y apreciándole por lo que dice, no hay en aquella mollera ni el más pequeño grano de juicio... A propósito de juicio, señor de Pipaón, no lo ha tenido usted muy grande fijando para el lunes la gran fiesta de desagravios a Su Divina Majestad que celebra la Hermandad de *Indignos esclavos del Santísimo Sacramento*, porque siendo el lunes día de la Natividad de Nuestra Señora, la *Real Congregación de la Guardia y Custodia* dispone por antiguo privilegio de la iglesia de San Isidro.

Pipaón respondió, *mutatis mutandis*, que no correría sangre a causa de un conflicto entre ambas hermandades, y que él respondía de arreglarlo todo a gusto de clérigos y seglares, y sin que se quejaran el Santísimo Sacramento ni Nuestra Señora, con lo cual y con aceptar la carroza de Su Ilustrísima para trasladarse a la calle de la Puebla donde había de hacer el ensayo de la gavota antes de la tertulia, tuvo fin aquel diálogo.

Ya avanzada la noche se cerró la capilla a los curiosos, y también la puerta de la cárcel, después que entraron seis presos recién sacados de sus casas por delaciones infames. Una nueva conspiración descubierta dio mucho que hacer aquella noche y en la siguiente mañana al señor Chaperón.

Don Patricio se acostó a dormir en la alcoba inmediata a la capilla; pero su sueño no fue tranquilo. Velábanle solícitos y siempre prontos a servir en todo los hermanos de la Paz y Caridad. Sola no se apartó de la capilla ni un solo instante ni de día ni de noche.

—Abuelito querido —le dijo al amanecer—, estoy muerta de pena, porque veo que tu conducta no es propia de un buen cristiano.

—Adorada hija —repuso Sarmiento besándola con ardiente cariño—, si es propia de un filósofo, lo será de un cristiano, porque el filósofo y el cristiano se juntan, se compendian y amalgaman en mí maravillosamente. Hazme el favor de ver si esos señores hermanos me han preparado el chocolate... No extraño tus observaciones, hija mía. Eres mujer y hablas con tu preciosa sensibilidad, no con la razón que a mí me alumbra y guía. ¡Bendito sea Dios que me permite tenerte a mi lado en estas horas postreras! Si no te estuviera viendo, quizás me faltaría el valor que ahora tengo. Una sola cosa me afecta y entristece, nublando el esplendoroso júbilo de mi alma, y es que mañana a la hora de las diez... porque supongo que... Eso será a las diez... Dejaré de recrear mis ojos con la contemplación de tu angelical persona... Pero ¡ay! tú debes seguir viviendo; no ha llegado aún la hora de tu entrada en la mansión divina; llegará, sí, y entrarás, y el primero a quien verás en la puerta abriendo los brazos para recibirte en ellos amoroso y delirante será tu abuelito Sarmiento, tu viejecillo bobo.

La voz temblorosa indicaba una viva emoción en el reo.

—Y te llevaré a presencia del padre de todo lo existente y le diré: «¡Señor, aquí la tienes; esta es, mírala!...» Pero no quiero afligirte más. Ahora oye varios consejos que debo darte y algunos encarguillos que quiero hacerte... ¿Está ese chocolate?... Dame la mano para levantarme, hija mía. ¿Sabes que están pesados y duros mis pobres huesos?... ¡Ah! pronto tendrás este bocado, ¡oh carnívora tierra! pronto, pronto se te arrojará esta piltrafa, que por lo acecinada demuestra que te pertenece ya. El noble espíritu abandona este inmundo saco, y vuela en busca de su patria y de sus congéneres los ángeles.

Levantose delante de Sola porque estaba vestido. Un hermano le trajo el chocolate, y quedándose solo con su amiga, le dijo estas palabras que ella oyó con profundísima atención:

—Idolatrada hija, mañana a las diez nos separaremos para siempre. Dios me dio la inefable dicha de conocerte, para que mi espíritu se confortase antes de dejar el mundo. Te condujiste conmigo tan noble y caritativamente que no vacilo en declararte merecedora de inmortal premio. Yo te lo aseguro, yo te lo profetizo —dijo esto cerrando los ojos y extendiendo solemnemente los brazos en actitud de profeta—, yo te lo fío bendiciéndote. Creo tener poderes para ello. Gozarás de la eterna dicha por tu cristiana acción. Ahora bien; hablando de cosas más terrestres, te diré que es mi deseo partas enseguida para Inglaterra a ponerte bajo el amparo de ese hombre generoso que ha sido tu protector y hermano. Le conozco y sé que su corazón está lleno de bondades. Como me intereso también por él, declaro ante ti que ese joven debe tomarte por esposa, de lo cual resultará ventaja para entrambos; para ti porque vivirás al arrimo de un hombre de mérito, capaz de comprender lo que vales; para él porque tendrá la compañera más fiel, más amante, más útil, más hacendosa, más cristiana y más honesta con que puede soñar el amor de un hombre. Tengo la seguridad de que él lo comprenderá así —al decir esto mostraba la convicción de un apóstol—. Si no lo comprendiese, dile que yo se lo mando, que es mi sacra voluntad, que yo no hablo por hablar, sino transmitiendo por el órgano de mi lengua la inspiración celeste que obra dentro de mí.

Sola oyó este discurso con recogimiento y admiración, pasmada de advertir una profundísima concordancia entre la demencia de su amigo y ciertas ideas de antiguo arraigadas en ella. No acertó a decir una palabra sobre aquel tema, y su viejecillo bobo se le representó entonces grande y luminoso, cual nunca lo había visto, más respetable que todo lo que como respetable se presenta en el mundo.

Después de una pausa, durante la cual apuró el pocillo, Sarmiento prosiguió así:

—Querida hija de mi corazón, voy a hacerte un encargo, atañedero a cosas terrestres. Las cosas terrestres también me ocupan, porque de la tierra salí, y en ella he de dejar las preciosas enseñanzas que se desprenden de mi martirio. El género humano merece mi mayor interés. La dicha del Cielo no sería completa, si desde él no contempláramos la constante labor de este pobre género humano, sin cesar trabajando en mejorarse. Los que de él salimos no podemos dejar de enviarle desde allá arriba un reflejo de nuestra gloria, sin lo cual se envilecería, acercándose más a las bestias que a los ángeles. Hay que pensar en el género humano de hoy, que es el coro celestial e inmenso de mañana, y todo hombre es la crisálida de un ángel, ¿me entiendes? Si las criaturas superiores, al remontarse sobre los mundanos despojos, miraran con desprecio esta pobre turba inquieta y enferma a que pertenecieron; si no atendiendo más que al Eterno Sol, hicieran del deseo de la bienaventuranza un egoísmo, adiós universo, adiós pasmoso orden de cielo y tierra, adiós concierto sublime. No, yo miro a la tierra y la miraré siempre. Le dejo un don precioso, mi vida, mi historia, mi ejemplo, hija mía, ¿sabes tú lo que vale un buen ejemplo para esta mísera chusma rutinaria? Sí, mi historia será pronto una de las más enérgicas lecciones que tendrá el rebaño humano para implantar la libertad que ha de conducirle a su mejoramiento moral. Pero digo yo, ¿es fácil escribir esa historia? No. Bien conocidos son mis discursos, y aunque yo no los he escrito, como todo el mundo los tiene grabados en la memoria, no faltará quien los dé a la estampa. Sócrates no dejó escrito nada... Pero si serán perpetuados mis discursos, habrá gran escasez de datos biográficos respecto a mí. Oye, pues, lo que voy a decirte.

Tomando a Sola por un brazo, la acercó a sí:

—Viviendo en tu casa —añadió—, apunté no hace dos meses, los principales datos de mi vida, tales como el día de mi nacimiento, el de mi bautizo, el de mi confirmación, el de mi boda con Refugio, el del feliz natalicio de Lucas, el de mi entrada en la enseñanza y otros: son datos preciosísimos. Como los historiadores han de empezar desde mañana mismo a revolver archivos y libros parroquiales, yo te encargo que les saques de apuros. Mira tú; el apunte en que constan esos datos está escrito con lápiz... Me parece que lo puse debajo del hule de la cómoda. Búscalo bien por toda la casa, y entrégalo a esos señores. Al punto sabrás quiénes son, porque no se hablará de otra cosa en todo el mundo. No te descuides, y evitarás mil quebraderos de cabeza, y quizás inexactitudes y errores que darán ocasión a desagradables polémicas.

Sola sintió al oír esto que la admiración despertada por anteriores palabras del viejecillo bobo, se disipaba como humo. ¡Cuán difícil era señalar la misteriosa línea donde los desvaríos de Sarmiento se trocaban en ingeniosas observaciones, o por el contrario, sus admirables vuelos en lastimoso rastrear por el polvo de la necedad! La joven prometió cumplir fielmente todo lo que le mandaba.

Al poco rato apareció el padre Alelí preparado para decir la misa, y empezada esta, Sarmiento la ayudó con extraordinaria devoción y acierto, tan seguro en las ceremonias como si hubiera sido monaguillo toda su vida. Soledad la oyó con gran edificación acompañada de los hermanos y de algunos empleados de la cárcel. Después, por orden del señor Chaperón, se cerró la capilla al público.

XXVIII

Poniendo sobre todas las cosas su anhelante deseo de llegar pronto al fin de la jornada vital, que era el comienzo de su triunfo, Sarmiento deploraba que la justicia de aquellos tiempos hubiese fijado en cuarenta y ocho horas el plazo de la preparación religiosa. Con diez o doce horas había bastante, según él. Los dos frailes que le asistían aprovecharon la ocasión de su soledad para hablarle recio en el negocio de la salvación, logrando que don Patricio atendiese a él, y consintiera en oír el trasnochado sermoncillo que preparado traía el padre Salmón. Después de comer, cuando Sola vencida por el cansancio había cedido al sueño y dormitaba sentada, el padre Alelí logró hacerse oír de Sarmiento con mayor interés. Por la noche pareció que el espíritu del buen viejo se recogía y como que se amilanaba algún tanto, mostrándose además en su rostro y cuerpo cierto desmayo o fatiga. El patriota no permanecía ya en pie, sino recostado con abandono en el sillón, fijando la vista en el suelo cual si cayera en meditación taciturna. Silencio profundísimo reinaba en la cárcel; las velas se habían consumido mucho y ardían en el último cabo de ellas, elevando entre la vacilante luz el negro pábilo caduco, y derramando cera amarilla en grandes chorros sobre los candeleros y sobre el altar. El Crucifijo y la Dolorosa parecían entregados a un sopor misterioso. Nunca, como en aquella tristísima hora, había parecido la capilla lúgubre y conmovedora. Su ambiente de panteón daba frío, su luz tenue convidaba a morirse y enterrarse. Era la madrugada del último día.

No fue insensible el espíritu de Sarmiento a esta influencia externa, y conociéndolo Alelí, le dijo que ya le quedaban pocas horas; que viese lo que hacía si no deseaba arder perpetuamente en los infiernos. Al oír esto, mirole Sarmiento con desdén y levantándose del sillón, se puso de rodillas.

—Puesto que Su Paternidad quiere que confiese, confesaré —dijo lacónicamente.

—No es preciso que se arrodille usted, hermano mío —indicó el buen fraile levantándole—. En estos casos permitimos al penitente que haga la confesión sentado para evitarle cansancio.

—Yo prefiero estar de rodillas, porque no soy de alfeñique —dijo el reo volviéndose a hincar—. Ahora, si Vuestra Paternidad tiene oídos, oiga... Yo amo a Dios sobre todas las cosas. ¿Cómo no amarle, si es fuente de todo bien, manantial de toda idea, origen de toda vida? Él dio la idea moral al mundo, y el mundo, después de mil luchas, disputas y sangre, aceptó la ley moral que felizmente lo rige. Después le dio la idea política, es decir, la libertad, para que se gobernase, y todavía el mundo no la ha aceptado en su totalidad. Estamos en la época de la predicación, del martirio...

—Basta —dijo Alelí con enfado—. Está usted profanando el nombre de Dios con absurdas afirmaciones. Poco adelantamos por ese camino, hermano querido. Confiese usted su amor a Dios, sin mezcla de extravagancia alguna. Me basta con eso por ahora, y adelante.

—Confieso —añadió el penitente—, que con frecuencia he jurado su santo nombre en vano, y además que he usado votos y ternos raros, pues adquirí tiempo ha la pícara costumbre de sacar a todo el Chilindrón y la Chilindraina; pero, con perdón de Vuestra Reverencia, creo que pecados como este no llevan a casa de Pedro Botero. Tampoco he santificado las fiestas como está mandado... Desidia, pura desidia y abandono. En el cuarto, ¿qué he de decir sino que jamás he faltado a él ni en pensamiento? Pues en lo de matar, si alguien perdió por mí la vida fue en leal acción de guerra y cuando el honor de mi bandera me lo mandaba así. No obstante, un pecado grave tengo en lo tocante a este mandamiento, y ese lo voy a confesar aquí con la boca y con el corazón, porque ha tiempo pesa sobre mi conciencia, y aunque estoy muy arrepentido, paréceme que jamás logro echar de mí la mancha y peso que me dejó. Hallándose preso y encadenado un vecino mío, padre de esta joven que me acompaña, pidió un vaso de agua y se lo negué. ¡Qué infame bellaquería! Pero válgame mi contrición sincera y el cariño ardiente que después he puesto en la bendita hija de aquel desgraciado.

—Adelante —murmuró Alelí satisfecho de que hubiese algún pecado evidente que justificase su ministerio.

—Del sexto no diré más sino que después de la muerte de mi Refugio, que acaeció hace veintidós años, he observado castidad absoluta, a pesar de ser solicitado para faltar a aquella preciosa virtud por más de una hembra que no debió de mirarme cual saco de paja. Tampoco he robado jamás a nadie ni el valor de un alfiler, y en el ramo de mentir si alguna vez falté a la verdad fue en negocios baladís y de poca monta.

—Alto, alto —dijo Alelí con interés sumo, viendo llegado el tema que abordar quería—. Usted ha mentido, y ha mentido gravemente por sistema sosteniendo un papel engañoso con la terquedad del hombre más perverso. Es opinión general que usted se finge demente, poseyendo en realidad un claro juicio; es público y notorio, y así consta en la causa, que todos esos disparates con que ha divertido a Madrid son obra del talento más astuto, para poder vivir en una sociedad que proscribe a los revolucionarios. Vamos a ver, hermano mío, repare usted delante de quién está, mire esa imagen sacratísima, considere que le restan pocas horas de vida, considere que ya no es posible la mentira, y ábrame su corazón y arroje la máscara y dígame si en efecto este hombre exaltado que vemos es un hábil histrión. ¡Ah! hermano mío, aseguran que usted sostiene su papel, esperando que le indulten por tonto... ¡error, error, porque no es ese el camino del indulto! Más fácil le sería conseguirlo con una confesión franca de su pecado... Al menos haciéndolo así, tendrá el perdón de Dios y la gloria eterna.

—¡Yo farsante, yo histrión, yo...! ¡yo! —exclamó Sarmiento clavando ambas manos, como garras, en su pecho.

Miraba al padre Alelí con los ojos encendidos y con expresión de sorpresa, que bien pronto se tornó en amargo desdén.

—Usted no me comprende... —dijo levantándose—. Vaya usted a confesar colegiales, señor padre Alelí. Me confesaré solo.

Y arrodillándose delante del altar, alzó las manos y sin quitar los ojos del Crucifijo, habló así:

—Señor, Tú que me conoces no necesitas oír de mi boca lo que siente mi corazón, que pronto dará su último latido dejándome libre. Sabes que te adoro, que te reverencio, y que ejecuto puntualmente la misión que me señalaste en el mundo. Sabes que la idea de la libertad enviada por Ti para que la difundiéramos, fue mi norte y mi guía. Sabes que por ella vivo y por ella muero. Sabes que si cometí faltas, me he arrepentido de ellas con grandísima congoja. Sabes que perdono de todo corazón a mis enemigos, y que me dispongo a rogar por ellos, cuando mi espíritu pueda hablar sin boca y ver sin necesidad de ojos. Mi confesión está hecha públicamente. Óigala todo el que tiene oídos.

Y después volviéndose al fraile que enfrente y absorto le miraba, díjole:

—Ahora, padre Alelí, espero que no tendrá Vuestra Paternidad reverendísima inconveniente alguno en darme el pan Eucarístico. Bien se ve que puedo recibir a Dios dentro de mí. Estoy puro de toda mancha: soy como los ángeles.

Entonces viose una cosa extraña, que por lo extraña parecía horrible en aquel sitio y ocasión. El padre Alelí no pudo evitar una sonrisa. Diríase que esta brilló en la fúnebre capilla como un reflejo mundano dentro de la región de los difuntos. Pero contuvo al punto su hilaridad, y gravemente dijeron a dúo ambos frailes:

—No podemos dar a usted la Eucaristía, desgraciado hermano.

Mientras Sola acudió a consolar a Sarmiento que parecía muy contrariado por aquella negativa, Alelí llevó aparte a Salmón y le dijo:

—Es más tonto que hecho de encargo. Yo repito que ajusticiar a este hombre es un asesinato, y Chaperón, los jueces que le sentenciaron y nosotros que le asistimos, estamos más locos que él. Yo no puedo ver este horrible espectáculo. ¿Pero no es evidente que ese hombre es necio de capirote? Estamos coadyuvando a una obra inicua. ¡Y esperábamos que confesase su comedia!

—Como siempre le tuve por mentecato redomado, no me he llevado chasco. No sé para qué nos traen aquí.

—Ni yo. Voy a hablar con Chaperón.

—Yo no me tomaría el trabajo de hablar con nadie.

—Pues yo sí.

—Pues yo no.

Poco después de esto el reo vio los objetos y las personas con una claridad que le conturbó sobremanera sin saber por qué. Era que había avanzado el día y la capilla recibía un poco de luz, ante la cual palidecía ligeramente la de las soñolientas velas, casi consumidas. Aquel débil resplandor del astro rey hizo daño a la retina y al espíritu del viejo, sin que su entendimiento pudiera explicarse la razón de ello.

—Es de día —dijo con cierto asombro, y al punto se quedó taciturno.

Los hermanos de la Caridad aparecían más compungidos que en el día anterior, y rezaban devotamente arrodillados ante el altar. Salmón rogó al condenado que se sentase, y poniéndose a su lado hízole exhortaciones encaminadas a apartar su alma del tremendo abismo a cuyo borde se encontraba.

—Pocas horas me restan —murmuró el patriota, dando un gran suspiro—. Mi alma será más fuerte cuanto más cerca esté el instante lisonjero de su liberación. ¿Cuántas horas faltan?

—No cuente usted las horas... ¿Qué valen dos ni tres horas comparadas con la eternidad?

Sarmiento no respondió nada. Observaba los ladrillos del piso y fijaba su vista con minuciosidad aritmética en todos aquellos que tenían el ángulo gastado. Diríase que los contaba.

—¿En dónde está mi hija? —dijo de súbito moviendo la cabeza con ansiedad—. Sola, niña de mi corazón, no te separes de mí.

Sola se arrojó llorando en sus brazos. Notó que tenía las manos frías y temblorosas.

—Dentro de poco dejaré de verte —exclamó el viejo haciendo esfuerzos verdaderamente heroicos para dominar su emoción—. Que sea tan flaca y miserable esta humana Naturaleza, que ni aun teniendo por segura la entrada en la morada celestial, pueda mirar con absoluto desprecio los afectos del mundo... Aquí me tienes más valiente que un león (sus labios temblaban al decirlo y su voz era como el ronco trinar de una ave moribunda), y sin embargo, esto de separarme de ti, esto de dejarte sola...

Se pasó la mano por la frente, y durante un rato tapose los ojos.

—No sé por qué está triste el día —murmuró con disgusto—. ¡Qué ruido hay en la cárcel!... ¿qué voces son esas? Parece un canto desacorde o un graznido de pájaros llorones. ¿Qué es eso?

Soledad no contestó nada, y apoyó su frente sobre el pecho del anciano. A la capilla llegaba una repugnante música llorona de gritos humanos que parecía formada de todos los rencores, de todos los sarcasmos, de todas las lágrimas y de todos los suspiros encerrados en la cárcel.

El padre Alelí, que había salido al amanecer, volvió muy cabizbajo, y sin hablar una sola palabra al reo ni a los demás preparose para decir la misa. En tanto, uno de los hermanos departía con Sarmiento de cosas religiosas, sabedor de que estas habían de llevar gran alivio y fuerzas al espíritu del reo.

—Hoy —le dijo—, celebramos en Santa Cruz los mayordomos de esta Real Archicofradía misa solemne de rogativa para implorar los divinos auxilios en la última hora del pobre condenado a muerte. Ya sabe usted que Nuestro Santísimo padre Pío VII ha concedido indulgencia plenaria a todos nosotros y a los fieles que asistan a esa misa y hagan oración por la concordia de los príncipes cristianos, extirpación de las herejías y exaltación de la Fe católica.

—De modo —dijo Sarmiento con amarga ironía—, que en esa misa se hace oración por todo menos por mí.

—No, hermano mío, no —dijo el cofrade con la melosidad del beato—, que también habrá lo que llamamos *ejercicio de agonía*, donde se hace la recomendación del alma del reo; luego siguen las jaculatorias de agonía y se cantará el *ne recorderis*. Los más bellos himnos de la Iglesia y las piadosas oraciones de los fieles acompañan a usted en su tránsito doloroso... ¿qué digo doloroso? gloriosísimo. Piense usted en la pasión de Nuestro Señor Jesucristo, y se sentirá lleno de valor. ¡Oh, feliz mil veces el que abandona esta vida miserable libre de todo pecado!

El hermano inclinó la cabeza a un lado, bajando los ojos y cruzando las manos en mística actitud. Después rezó en silencio.

El padre Alelí dijo la misa, que oyó Sarmiento como el día anterior, de rodillas y con profunda atención. Al concluir sentose con muestras de gran cansancio; mas ponía mucho empeño en disimularlo.

—¿No quiere usted tomar nada? —le dijo uno de los hermanos—. Hemos preparado un almuerzo ligero. ¿Se siente usted mal, hermano querido? Vamos, un huevo frito y un poco de jamón... Si para eso no se necesita gana —añadió viendo que el patriota hacía signos negativos con la cabeza y con la mano—. Sí, lo traeremos, y también un vaso de vino.

—No quiero nada.

—¿Ni café?

—Tomaré el café por complacer a ustedes —repuso Sarmiento sonriendo con tristeza.

Alelí se sentó junto a él y tomándole la mano se la apretó cariñosamente diciéndole:

—Hermano mío, en nombre de Dios y de María Santísima, a cuya presencia llegará usted pronto, si sabe morir como cristiano en estado de contrición perfecta, le ruego que no me oculte sus pensamientos, si por ventura son distintos de lo que ha manifestado aquí y fuera de aquí.

—Si yo ocultara mis pensamientos, si yo no fuera la misma verdad —replicó don Patricio con la entereza más noble—, no sería digno de este nobilísimo fin que me espera... ¡Ah! señores, la taimada naturaleza nos tiende mil lazos por medio de la sensibilidad y del instinto de conservación; pero no, no será mi grande espíritu quien caiga en ellos. Vamos, vamos de una vez.

Y se levantó.

—Calma, calma, hermano mío; aún no es tiempo —le dijo Alelí tirándole del brazo—. Siéntese usted. Por cierto que no es nada conveniente para su alma esa afectación de valor y ese empeño de sostener el papel de héroe. Una resignación humilde y sin aparato, una conformidad decorosa sin disimular el dolor y un poco de entereza que demuestre la convicción de ganar el cielo, son más propias de esta hora que la fanfarronería teatral. Usted está nervioso, desazonado, inquieto, sin sosiego, tiémblanle las carnes y se cubre su piel de frío sudor.

—El que era Hijo de Dios sudó sangre —afirmó Sarmiento con brío—; yo que soy hombre, ¿no he de sudar siquiera agua?... Vamos pronto. Repito que tengo vivos deseos de concluir.

Entonces sintiose más fuerte el coro de lamentos, y al mismo tiempo ronco son de tambores destemplados.

—He aquí las tropas de Pilatos —observó Sarmiento.

—Hermano, hermano querido —le dijo Alelí abrazándole—. Una palabra, una palabra sola de verdadera piedad, de verdadera religiosidad, de amor y temor de Dios. Una palabra y basta; pero que sea sincera, salida del fondo del corazón. Si la dice usted, todos esos pensamientos livianos de que está llena su cabeza, como desván lleno de alimañas, huirán al ver entrar la luz.

—Cristiano católico soy —afirmó Sarmiento—. Creo todo lo que manda creer la Iglesia, creo todos los misterios, todos los sagrados dogmas, sin exceptuar ninguno. He oído misa, he confesado sin omitir nada de lo que hay en mi conciencia, he deseado ardientemente recibir la Eucaristía, y si no la he recibido ha sido porque no han querido dármela. ¿Qué más se quiere de mí? ¡Oh! Señor de cielos y tierra, ¡oh! tú, María, Madre amantísima del género humano, a vosotros vuelvo mis miradas, vosotros lo sabéis, porque veis mi rostro, no este de la carne sino el del espíritu. Los que no ven el de mi espíritu, ¿cómo pueden comprenderme? Hacia Vosotros volaré, invocándoos, llevando en mi diestra la bandera que habéis dado al mundo, la bandera de la libertad, por la cual he vivido y por la cual muero.

Salmón y Alelí movieron la cabeza. Su pena y desasosiego eran muy profundos. Soledad, sin fuerzas ya para luchar con su dolor, estaba a punto de perder el conocimiento. Don Patricio, dicho su último discurso, examinaba una grieta que en el techo había y después la costura del paño del altar. Creeríase al verle que aquellos dos objetos insignificantes merecían la mayor atención.

Varias personas entraron en la capilla, todas decorando sus caras con la aflicción más edificante. El reo se levantó y sin dejar de observar la costura del altar, habló así solemnemente:

—Cayo Graco, Harmodio y Aristogitón, Bruto... héroes inmortales, pronto seré con vosotros... y tú, Lucas, hijo mío, que estás en las filas de la celestial infantería, avanza al encuentro de tu dichoso padre.

Los frailes, puestos de rodillas, recitaban oraciones y jaculatorias, empeñándose en que el reo las repitiera; pero Sarmiento se apartó de ellos afirmando:

—Todo lo que puede decirse lo he dicho en mi corazón durante la misa y después de ella.

Oyose el tañido de la campana de Santa Cruz.

—Tocan a muerto —dijo Sarmiento—. Yo mandaría repicar y alzar arcos de triunfo, como en el día más grande de todos los días. ¡Ya veo tus torres, oh patria inmortal, Jerusalén amada! ¡Bendito el que llega a ti!

El alcaide le saludó, enmascarándose también con la carátula de piedad lastimosa que pasaba de rostro en rostro, conforme iban entrando uno y otro personaje. Después separáronse todos para dar paso a un hombre obeso, algo viejo, vestido de negro, cuyo aire de timidez contrastaba singularmente con su horrible oficio: era el verdugo, que avanzando hacia el reo, humilló la frente como un lacayo que recibe órdenes.

Don Patricio sintió en aquel momento que un rayo frío corría por todo su cuerpo desde el cabello hasta los pies, y por primera vez desde su entrada en la fúnebre capilla sintió que su magnánimo corazón se arrugaba y comprimía.

—Sí, sí, perdono, perdono a todo el mundo —balbució el reo, fijando otra vez toda su atención en los ladrillos del piso—. Vamos ya... ¿No es hora de ir?

Pero su ánimo, rápidamente abatido, forcejeó iracundo en las tinieblas y se levantó. Fue como si se hubiera dado un latigazo. La dosis de energía que desplegara en aquel momento era tal, que solo estando muerta hubiera dejado la mísera carne de responder a ella. Tenía Sarmiento entre las manos su pañuelo y apretando los dedos fuertemente sobre él, y separando las manos lo partió en dos pedazos sin rasgarlo. Cerrando los ojos murmuraba:

—¡Cayo Graco!... ¡Lucas!... ¡Dios que diste la libertad al mundo...!

El verdugo mostró un saco negro. Era la hopa que se pone a los condenados para hacer más irrisorio y horriblemente burlesco el crimen de la pena de muerte. Cuando el delito era de alta traición la hopa era amarilla y encarnada. La de Sarmiento era negra. Completaba el ajuar un gorro también negro.

—Venga la túnica —dijo preparándose a ponérsela—. *Reputo el saco como una vestidura de gala y el gorro como una corona de laurel.*[4]

Después le ataron las manos y le pusieron un cordel a la cintura, a cuyas operaciones no hizo resistencia, antes bien, se prestó a ellas con cierta gallardía. Incapacitados los movimientos de sus brazos, llamó a Sola y le dijo:

—Hija mía, ven a abrazar por última vez a tu viejecillo bobo.

La huérfana lo estrechó en sus brazos, y regó con sus lágrimas el cuello del anciano.

—¿A qué vienen esos lloros? —dijo este sofocando su emoción—. Hija de mi alma, nos veremos en la gloria, a donde yo he tenido la suerte de ir antes que tú. De mi imperecedera fama en el mundo, tú sola, tú serás única heredera, porque me asististe y amparaste en mis últimos días. Tu nombre, como el mío, pasará de generación en generación... No llores; llena tu alma de alegría, como lo está la mía. Hoy es día de triunfo; esto no es muerte, es vida. El torpe lenguaje de los hombres ha alterado el sentido de todas las cosas. Yo siento que penetra en mí la respiración de los ángeles invisibles que están a mi lado, prontos a llevarme a la morada celestial... Es como un fresco delicioso... Como un aroma delicado... Adiós... hasta luego, hija mía... No olvides mis dos recomendaciones, ¿oyes? Vete con ese hombre... ¿oyes?... los apuntes... Adiós, mi glorioso destino se cumple... ¡Viva yo! ¡Viva Patricio Sarmiento!

Desprendieron a Sola de sus brazos; tomola en los suyos el alcaide para prestarle algún socorro, y don Patricio salió de la capilla con paso seguro.

El padre Alelí le ató un Crucifijo en las manos y Salmón quiso ponerle también una estampa de la Virgen; pero opúsose a ello el reo diciendo:

—Con mucho gusto llevaré conmigo la imagen de mi Redentor, cuyo ejemplo sigo; pero no esperen Vuestras Paternidades que yo vaya por la carrera besando una estampita. Adelante.

Al llegar a la calle presentáronle el asno en que había de montar, y subió a él con arrogantes movimientos, diciendo:

---

4   Estas palabras las dijo el valeroso patriota don Pablo Iglesias, ahorcado el 24 de agosto de 1825. Su noble y heroico comportamiento en las últimas horas da en cierto modo carácter histórico al personaje ideal que es protagonista de esta obra. (N. del A.)

—He aquí la más noble cabalgadura cuyos lomos han oprimido héroes antiguos y modernos. Ya estoy en marcha.

Al llegar a la calle de la Concepción Jerónima y ver el inmenso gentío que se agolpaba en las aceras y en los balcones, en vez de amilanarse, como otros, se creció, se engrandeció, tomando extraordinaria altitud. Revolviendo los ojos en todas direcciones, arriba y abajo, decía para sí:

—Pueblo, pueblo generoso, mírame bien, para que ningún rasgo de mi persona deje de grabarse en tu memoria. ¡Oh! ¡si pudiera hablarte en este momento!... Soy Patricio Sarmiento, soy yo, soy tu grande hombre. Mírame y llénate de gozo, porque la libertad por quien muero renacerá de mi sangre, y el despotismo que a mí me inmola perecerá ahogado por esta misma sangre, y el principio que yo consagro muriendo, lo disfrutarás tú viviendo, lo disfrutarás por los siglos de los siglos.

El murmullo del pueblo crecía entre los roncos tambores, y a él le pareció que toda aquella música se juntaba para exclamar:

—¡Viva Patricio Sarmiento!

El padre Alelí le mostraba el Crucifijo que en su mano llevaba (el mismo padre Alelí) y le decía que consagrase a Dios su último pensamiento. Después el venerable fraile rezaba en silencio, no se sabe si por el reo, o por sus jueces. Probablemente sería por estos últimos.

Al llegar a la plazuela, Sarmiento extendió la vista por aquel mar de cabezas, y viendo la horca, dijo:

—¡Ahí está!... Ahí está mi trono.

Y al ver aquello, que a otros les lleva al postrer grado de abatimiento, él se engrandeció más y más, sintiendo su alma llena de una exaltación sublime y de entusiasmo expansivo.

—Estoy en el último escalón, en el más alto —dijo—. Desde aquí veo al mísero género humano, allá abajo, perdido en la bruma de sus rencores y de su ignorancia. Un paso más y penetraré en la eternidad, donde está vacío mi puesto en el luminoso estrado de los héroes y los mártires.

Al pie de la horca, rogáronle los frailes que adorase al Crucifijo, lo que hizo muy gustoso, besándolo y orando en voz alta con entonación vigorosa.

—Muero por la libertad como cristiano católico —exclamó ¡Oh! Dios, a quien he servido, acógeme en tu seno.

Quisieron ayudarle a subir la escalera fatal; pero él desprendiéndose de ajenos brazos, subió solo. El patíbulo tenía tres escaleras; por la del centro subía el reo, por una de las laterales el verdugo y por la otra el sacerdote auxiliante. Cada cual ocupó su puesto. Al ver que el cordel rodeaba su cuello, Sarmiento dijo con enfado:

—¿Y qué? ¿no me dejan hablar?

Los sacerdotes habían empezado el Credo. Callaron. Juzgando que el silencio era permiso para hablar, el patriota se dirigió al pueblo en estos términos:

—Pueblo, pueblo mío, contémplame y une tu voz a la mía para gritar: ¡Viva la...!

Empujole el verdugo y se lanzó con él.

Cayeron de rodillas los sacerdotes que habían permanecido abajo, y elevando el Crucifijo exclamaron consternados:

—¡Misericordia, Señor!

La muchedumbre lanzó el trágico murmullo que indicaba su curiosidad satisfecha y su fúnebre espanto consumado.

El padre Alelí dijo tristemente:

—Desgraciado, sube al Limbo.

XXIX

¿Qué sabía él?... A pesar de ser fraile discreto y gran sabedor de teología, ¿qué sabía él si su penitente había ido al Limbo o a otra parte? ¿Quién puede afirmar a dónde van las almas inflamadas en entusiasmo y fe? ¿Habrá quien marque de un modo preciso la esfera donde el humano sentido merecedor de asombro y respeto, se trueca en la enajenación digna de lástima? Siendo evidente que en aquella alma se juntaban con extraña aleación la excelsitud y la trivialidad, ¿quién podrá decir cuál de estas cualidades vencía a la otra? Glorifiquémosle todos. Murió pensando en la página histórica que no había de llenar, y en la fama póstuma que no había de tener. ¡Oh, Dios poderoso! ¡Cuántos tienen esta con menos motivo, y cuántos ocupan aquella habiendo sido tan locos como él, y menos, mucho menos sublimes!

FIN DE EL TERROR DE 1824.

190

MADRID, octubre de 1877.

Libros a la carta

A la carta es un servicio especializado para

empresas,

librerías,

bibliotecas,

editoriales

y centros de enseñanza;

y permite confeccionar libros que, por su formato y concepción, sirven a los propósitos más específicos de estas instituciones.

Las empresas nos encargan ediciones personalizadas para marketing editorial o para regalos institucionales. Y los interesados solicitan, a título personal, ediciones antiguas, o no disponibles en el mercado; y las acompañan con notas y comentarios críticos.

Las ediciones tienen como apoyo un libro de estilo con todo tipo de referencias sobre los criterios de tratamiento tipográfico aplicados a nuestros libros que puede ser consultado en Linkgua-ediciones.com.

Linkgua edita por encargo diferentes versiones de una misma obra con distintos tratamientos ortotipográficos (actualizaciones de carácter divulgativo de un clásico, o versiones estrictamente fieles a la edición original de referencia).

Este servicio de ediciones a la carta le permitirá, si usted se dedica a la enseñanza, tener una forma de hacer pública su interpretación de un texto y, sobre una versión digitalizada «base», usted podrá introducir interpretaciones del texto fuente. Es un tópico que los profesores denuncien en clase los desmanes de una edición, o vayan comentando errores de interpretación de un texto y esta es una solución útil a esa necesidad del mundo académico.

Asimismo publicamos de manera sistemática, en un mismo catálogo, tesis doctorales y actas de congresos académicos, que son distribuidas a través de nuestra Web.

El servicio de «libros a la carta» funciona de dos formas.

1. Tenemos un fondo de libros digitalizados que usted puede personalizar en tiradas de al menos cinco ejemplares. Estas personalizaciones pueden ser de todo tipo: añadir notas de clase para uso de un grupo de estudiantes,

introducir logos corporativos para uso con fines de marketing empresarial, etc. etc.

2. Buscamos libros descatalogados de otras editoriales y los reeditamos en tiradas cortas a petición de un cliente.

www.ingramcontent.com/pod-product-compliance
Lightning Source LLC
Chambersburg PA
CBHW022153240626

47153CB00007B/2640